FLOR DE TUNA

Raúl Orrantia Bustos

A mis padres, con infinito agradecimiento y cariño.

A mi esposa, sin cuyo apoyo jamás hubiese podido concluir esta novela.

Y especialmente a mi tío Ariel Sánchez Hernández[†] (19-10-1960 – 26-11-2020), amigo, consejero y mecenas inigualable que falleciera víctima de COVID-19.
Descanse en paz.

[…]
Sache donc cette triste et rassurante chose :
que nul, Coq du matin ou Rossignol du soir,
n'a tout à fait le chant qu'il rêverait d'avoir !
Edmond Rostand, *Chantecler*, Acte IV, Scène VI.

…dijo bien cierto alcalde que vio preso a un
estudiante porque hizo una sátira en que decía
las faltas del lugar, que harto mejor fuera haber
preso a los que las tienen.
Francisco de Quevedo, "Prólogo al ilustre y
deseoso lector", *Sueños y discursos*.

…Perché chi sapeva è stato zitto? Perché chi
poteva scoprire non si è mosso? Perché questa
verità era così inconfessabile da richiedere il
silenzio, l'omertà, l'occultamento delle prove?
[…] Quelli che sapevano hanno deciso che i
cittadini, la gente, noi, non dovevamo sapere
[…] Perché?
Il muro di gomma, film italiano.

…they neither believe in the truth of the attack,
nor in the honesty of the man who is attacked;
it becomes well-nigh hopeless to stir them
either to wrath against wrong-doing or to
enthusiasm for what is right; and such a mental
attitude in the public gives hope to every
knave, and is the despair of honest men.
Theodore Roosevelt, "The men with the muck-
rakes" (speech), Washington, DC, 14 April 1906.

Prólogo

No me arrepiento de haber estudiado letras modernas italianas en la UNAM. Sin embargo, ya desde aquellos días universitarios me di cuenta de que yo no estaba hecho para consagrar mi vida al estudio profesional, académico, de la literatura. A mí me encantaba, eso sí, y me sigue fascinando, el acto de la lectura como proceso creativo y de esparcimiento, pero no necesariamente desde un enfoque analítico.

No me arrepiento de mi elección porque durante los años de la carrera aprendí infinidad de cosas y, lo más importante, fui inmensamente dichoso. Además, gracias a la obtención de diversas bolsas de estudio, pude estudiar en Italia y Francia y por ende viajar por casi toda Europa, donde conocí y me enamoré de quien hoy en día es mi mujer.

No, no me arrepiento, pero reconozco que —como en cualquier otro oficio— un profesional de la literatura requiere ciertas cualidades que quizás yo nunca tuve. Solía hallar consuelo, no obstante, en la creencia de que mis cualidades eran más bien las de un escritor en potencia. Hoy en día ya ni de eso estoy tan convencido.

Además, por más obvio que pareciera decirlo aquí, lo cierto es que la literatura como distracción hace ya bastante tiempo que se vio superada por el cine, la televisión y más recientemente por el internet. De ahí que me vea tentando a pedirte disculpas a ti, posible lector, por si acaso no encontraras en mi libro la calidad que esperabas y que sin duda mereces. En verdad que valoro y agradezco tu tiempo, sobre todo si no me conoces, si no eres un amigo o algún familiar, porque entonces nada te obliga a leerme. Te tuve en cuenta en cada frase, en cada párrafo, en cada minuto dedicado con esmero en esta novela. Di lo mejor de mí. Espero no defraudarte.

Nota del autor

Ariel Franco Figueroa es un personaje enigmático, borroso, inaprensible. Físicamente nunca aparece en la novela; tan sólo se le nombra por aquí y por allá. De allí que haya quienes –dentro del libro– lo consideren una invención, un individuo que jamás existió. Si esto es verdad o mentira es algo que no debo revelar aún. De lo que no cabe duda es de que tanto él como todos los demás personajes de esta historia son enteramente ficticios. Sin embargo, Ariel Franco Figueroa es el único de ellos cuyo nombre se formó con la combinación del nombre y los apellidos de personas reales: los de los tres tíos políticos que, por parte de mi familia materna, aún tenía cuando comencé a escribir este relato (Ariel Sánchez Hernández, Rubén Castro Franco y Roberto Figueroa López). Para la trama en sí, dicha revelación carece de toda importancia, y no la estaría haciendo ahora si no fuera porque mi tío Ariel murió intempestivamente hace apenas dos meses a causa del COVID-19.

A él, a mi tío, no sólo le debo largas y eruditas conversaciones sobre literatura, política y cultura en general, sino también gran parte de mi biblioteca. La distancia física nunca fue un impedimento para nuestras amenas tertulias. Todavía conservo en mi correo electrónico y en WhatsApp nuestro nutrido intercambio de e-mails y mensajes de texto. No obstante, por mucho que le agradezca todo esto, en nada se paragona con aquello por lo que le estaré siempre en deuda: su rol preponderante, siempre dispuesto y activo, para salvar la vida de mi madre.

Me explico:

En julio de 2019 contraje nupcias en los Países Bajos. Pese a que mi madre ya presentaba intensos dolores en el muslo derecho y a que los doctores no acertaban a dar con la causa, ella aseguró que no se perdería mi matrimonio por nada del mundo. Y cumplió.

Antes y después de la boda, tuvimos la fortuna de poder viajar por diferentes países del viejo continente, aunque bien podría decirse que mi madre lo hizo semi-dopada, pues ingería sin mesura todo tipo de medicamentos para el dolor. Sobra especificar que durante nuestro itinerario únicamente anduvimos a pie lo más estrictamente indispensable.

Mis padres volvieron a México en agosto, y sólo a mediados de noviembre los médicos lograron descubrir el porqué de aquel insoportable dolor en el muslo derecho de mi madre: no era la ciática ni la columna, como algunos doctores habían supuesto, sino cáncer, un agresivo cáncer de pulmón con metástasis en el sistema óseo, en el hígado, en el sistema nervioso central, incluyendo el cerebro, y en no recuerdo dónde más.

Ahora bien, el examen de defensa de doctorado de mi esposa tendría lugar a principios de diciembre, y como si eso fuera poco, ya habíamos agendado (y por agendado, entiéndase pagado) nuestra mudanza, pues nos moveríamos de Bélgica a los Países Bajos a finales de ese mismo año. No tuve otra opción que convenir con mi esposa que, si bien yo no faltaría a su defensa, la iba a tener que dejar sola con el ajetreo del cambio de casa, ya que yo volaría a México al día siguiente de su examen.

Una vez en México, tras las primeras citas en el ISSSTE de Zapata, Morelos (institución en la que trabajaba mi tío Ariel como psicólogo clínico), los médicos pronosticaron que mi madre viviría un máximo de tres meses. Nos dijeron que no dejáramos de luchar e intentarlo todo, pero que más nos convendría ir haciéndonos a la idea.

Mi retorno a Europa estaba programado para mediados de febrero de 2020. Para entonces mi esposa ya se había mudado de país sin mi ayuda. Aunque así lo hubiese querido, perder ese vuelo me habría traído graves consecuencias, pues tenía agendadas con antelación sendas citas para devolver mi visa en Bélgica y para aplicar para un nuevo visado en los Países Bajos. Tres días antes de mi partida, mi madre se fracturó el fémur derecho mientras se bañaba. Desde hacía tiempo ella se duchaba sentada en una silla de plástico. No obstante, la fractura era inevitable. Los doctores nos aseguraron que ese hueso se hubiera roto de cualquier forma, incluso mientras mi madre dormía. Y es que el origen de aquellos terribles dolores en su pierna derecha radicaba precisamente en un enorme tumor cancerígeno incrustado en el fémur.

Luego de haberla internado en el ISSSTE ese mismo día, siempre con la pronta e indispensable ayuda de mi tío, el traumatólogo nos dijo que operaría a mi madre el viernes próximo, que era la fecha en la que yo regresaría a Europa. Afortunadamente pude ir al hospital a despedirme de ella antes de la cirugía y de allí me dirigí al aeropuerto. Cuando estaba por despegar el avión, me enteré de que la operación había sido exitosa, pero que el estado de mi madre era delicado. Aun así, ella volvió a casa a los pocos días. Pasé dos semanas interminables fuera del país, durante las cuales mis hermanos, mis tíos y mi padre no dejaron de insistirme que debía regresar a México cuanto antes, y que considerara seriamente traer conmigo un traje obscuro.

De vuelta por segunda ocasión en México, me encontré con que mi madre dormitaba la mayor parte del día, casi no tomaba alimentos, y en sus pocos y breves ratos de vigilia, alucinaba. Le habían colocado un sujetador externo a un costado del muslo. Era impactante mirar los agujeros y la carne viva por donde pasaban los cuatro tubos metálicos del sujetador, que se adentraban hasta el hueso y se atornillaban dentro de él. A pesar del buen resultado de la intervención, el traumatólogo previamente nos había advertido que el fémur de mi madre jamás soldaría como antes, derecho, ya que no extraería el tumor, puesto que, de hacerlo así, el sangrado interno propagaría las células cancerígenas al resto del cuerpo.

Huelga decir que, para fortuna nuestra, el pronóstico médico inicial no se cumplió. Mi madre sigue aquí con nosotros. Postrada en cama la mayor parte del día, sin poder caminar, sin poder siquiera ponerse de pie, ir al sanitario o bañarse por sí sola, pero sigue aquí, positiva y alegre. La atención médica oportuna lo hizo posible. Sin embargo, la persona que más nos apoyó en todo momento para agilizar las consultas en el ISSSTE ya no está con nosotros.

Desde la primera ocasión en que mi madre pisó el hospital, en cada cita con la oncóloga, con el traumatólogo, en clínica del dolor, en urgencias, con el radiólogo o con quien fuera, mi tío Ariel nunca dejó de presentarse, de recibirnos en la puerta principal. Allí estaba él sin falta, con sus elegantes pantalones de casimir, de rigurosa camisa planchada, de corbata, con cubrebocas y careta, envuelto en aquella impecable bata blanca con la que lo recuerdo justo ahora. Parecía un ángel, y sin duda lo fue para nosotros.

Pero el destino, la suerte o la probabilidad ya tenía escrito que pese a todas las precauciones que él, su familia y sus colegas tomasen, mi tío se contagiara de SARS-CoV-2 hace tres meses. Él era por desgracia un paciente de alto riesgo. Su esposa e hija lo vieron por última vez el día que lo llevaron a revisión al mismo ISSSTE en el que mi tío trabajaba. Salió de allí en una bolsa de plástico cerrada herméticamente.

Descansa en paz, tío Ariel.

Escribo esta nota en mi tercera estancia en México, tras una breve temporada de dos meses en los Países Bajos para visitar a mi esposa, con quien prácticamente no he vivido desde que nos casamos. La enfermedad de mi madre nos ha cambiado la vida a todos en la familia. En este preciso instante me encuentro en una de las salas de espera del hospital mientras mi madre recibe quimioterapia. ¿Cómo no recordarte ahora, mi estimado Escrutador de Almas (como te gustaba que sólo yo te dijera)? De vez en cuando, a través de mis lentes empañados por el uso ininterrumpido del cubrebocas, observo a los doctores que andan presurosos por los pasillos. Aquí estarías también tú, sin duda, acompañándonos. Como hombre de fe, doy a la ciencia lo que es de la ciencia, a Dios lo que es de Dios, y a ti, tío, lo que es tuyo.

Además de mi más profundo agradecimiento y la memoria perenne de tu persona en mi corazón, vaya hasta donde te encuentres esta mi primera y tal vez única novela.

ISSSTE de Alta Especialidad, Zapata, Morelos.

Departamento de Oncología.

28 de enero de 2021.

1

Perdonar, tal vez. Olvidar no. Olvidar, nunca.

Porque la misma noche en que descubrí que Arturo, mi marido, me era infiel, comencé a descubrir también que el mundo que yo conocía, el que me rodeaba, era uno muy diferente al que creía.

Cuando llegué a la casa de mis padres, envuelta en gritos y ahogada en llanto, ellos no tardaron en sospechar lo que había sucedido. Mi padre me saludó con un cálido beso en la mejilla y se retiró a su estudio como si lo que tenía que contarles fuera asunto exclusivo de mujeres.

–Tranquilízate, Rebeca –me dijo mi madre–. Acomódate en la sala en lo que preparo un poco de té.

Jamás como entonces me había percatado de lo envejecida que estaba mi madre, de su forma arqueada de caminar y de las venas que empezaban a brotarle, arrugadas y cansadas, sobre el dorso de las manos. En el estado de zozobra en que me encontraba, la casa de mis padres se me antojó un cementerio de recuerdos cuyos fantasmas paseaban sus sombras invisibles sobre el piso de mármol y la tapicería anacrónica de rombos dorados. Por un instante me vi a mí y a mis hermanos sentados en esa misma sala, bien peinados y relucientes de limpio, esperando la hora para asistir, como cada domingo, a la misa de mediodía en la catedral de Huelelagua de los Llanos, capital del estado homónimo de la República Mexicana, cuyos habitantes han rebautizado en nuestros días como "Bebe el agua de los baños" a causa de las aguas residuales con que nuestros agricultores irrigan actualmente sus parcelas.

Mi madre volvió de la cocina trayendo consigo esa mirada sumisa y de buen ánimo con cuya luz quería disipar las tinieblas en que me encontraba.

–Bebe un poco. Es té de manzanilla con un toque de valeriana. Te hará bien para los nervios.

–Gracias.

–Mira, también te traje una rebanada de pastel de guayaba. Lo hice anoche con la fruta que don Nicolás le regala a tu padre en cada cosecha.

Don Nicolás, hombre de origen humilde que en los últimos años se fue enriqueciendo hasta convertirse hoy por hoy en uno de los agricultores más acaudalados de Huelelagua, fue de los primeros que, sin dudarlo un instante, decidió regar sus campos de cultivo con aguas residuales, incluso cuando las plantas de tratamiento no habían comenzado a ser construidas.

–Gracias –volví a decir–. Es suficiente con el té.

Tomé la taza entre mis manos y bebí un poco. El manto de un silencio incómodo nos cubrió por unos instantes. De la taza de té se alzaban volutas de vapor como alas de ángeles que pronto se deshacían en su batir sigiloso. Ya había dejado de llorar, pero mi pensamiento seguía fijo en Arturo.

–¿Sabes quién es ella? –preguntó mi madre. Aunque su pregunta venía perfectamente al caso, yo no la esperaba tan directa. Tal vez por ello me escuché a mí misma responder de forma estúpida:

–¿Cómo?

–Que si sabes quién es ella, Rebeca. Porque si no la conoces, es mejor. No investigues. Olvídala.

–No es una en específico –me atreví a responder en voz baja.

–Entiendo.

–No, no creo que entiendas. No es como mi tío Martín, tu hermano, que ambas sabemos en qué se gastaba el dinero de mi tía. Arturo… Arturo…

Las palabras se quedaron danzando en la garganta y en lugar de ellas arrojé un estrepitoso llanto al rostro sereno de mi madre.

–¡Por qué –dije en sollozos–, por qué no pude hallar un hombre íntegro como mi padre!

Mi madre clavó sus dulces ojos en los míos: una mirada que yo juzgué de compasión, pero que más tarde comprendería que se trataba de un reproche a mi ingenuidad.

–Cálmate, hija, y mejor empieza por contarme qué ha pasado realmente. Dime, ¿en qué sitio lo has encontrado?

–¡Mamá!, ¿cómo imaginas siquiera que yo pudiera conocer el nombre del sitio?

–Lo sé, cariño, lo sé. Me refiero a que si lo viste salir de un cabaret, de un *table dance*, de un prostíbulo o de…

–¿Mamá?

–Lo digo porque en esos sitios los hombres no siempre pueden hacer las mismas cosas, tú me entiendes… No me mires así, Rebeca. Estos lugares de esparcimiento masculino existían antes de que tú nacieras y a buena fe que han existido siempre y en todos los rincones del planeta. Así que no te sorprenda que yo los conozca.

Por supuesto que no me sorprendía en absoluto que ella los conociera. Me sorprendía el hecho de que parecía estar tomando partido a favor de Arturo.

–Los hombres tienen ciertas necesidades –continuó ella–, y una como mujer debe de entenderlo.

Mi madre comenzó a dar consejos que yo aún no había pedido. De hecho, no había tenido la oportunidad de aclararle que estaba confundiendo las cosas, que no hablábamos de los mismos *sitios*. Mi silencio, sin embargo, no respondía a esta confusión, sino a que una nueva imagen de mi madre comenzaba a construirse en mi interior. Ella, entendiendo lo que sucedía, bajó la mirada, tomó aliento y dijo lentamente:

–Ya has empezado a juzgarme, ¿no es así?

No respondí.

–Justo ahora estás pensando: "¿A dónde quiere llegar mi madre? ¿Por qué me dice todo esto?"

Nuevamente el silencio entre nosotras. Afuera, una ventisca repentina hizo que la higuera del jardín rasguñara con sus ramas verduzcas y lechosas las ventanas de la cocina.

–Pensabas que él no, ¿eh? –dijo de pronto mi madre, con la voz más firme que nunca– Ninguna madre se salva, Rebeca.

–¿A qué te refieres? ¿Por qué defiendes a Arturo?, ¿por qué no te pones en mi lugar?

–Eso hago, mi vida. Yo lo único que defiendo es tu matrimonio. Te lamentas por no haber encontrado a un hombre tan pulcro como tu padre. Pues siento mucho tener que destruir esa percepción inmaculada que tienes de él, pero quizá sea la única forma de hacerte entrar en razón.

–¿De qué hablas?

–Hablo de la causa por la que has venido a verme, Rebeca. Hablo de que tú tienes la ventaja de no saber con quién o quiénes se acuesta tu marido. Hablo de que en ti cabe la esperanza de que él no quiera de ellas más que su cuerpo. Yo, en cambio, tuve que vivir soportando la omnipresencia de Rosa, la presunta prima de tu padre que tú y tus hermanos quisieron tanto durante su infancia. Hablo, hija mía, de que tu padre no fue tan imprudente como para dejar que Rosa, o Rosita, como ustedes la llamaban, siguiera viviendo bajo este techo cuando ustedes comenzaron a crecer y podían darse cuenta de la realidad. Por eso inventó que Rosa tenía asuntos impostergables que resolver en la Ciudad de México, adonde había tenido que partir inmediatamente sin poder despedirse de nadie. De eso hablo, Rebeca, de los secretos y la entereza que una buena esposa debe mantener en todo momento para no manchar la reputación de su familia.

Mirando mi rostro entablado por el desconcierto y la incredulidad, mi madre concluyó:

-Si no me crees, ahí está tu padre detrás de la puerta del estudio, escuchando mis conversaciones a escondidas, como de costumbre. Eres libre de ir a preguntarle, de descubrir la verdad por ti misma.

2

Conduje de regreso a casa bajo un cielo de ceniza, negándome a creer que lo que acababa de descubrir era cierto. ¡Rosa, la tía Rosita, amante de mi padre!

Me preguntaba qué habría sido de ella; sobre todo, qué tipo de relación pudieron haber establecido mi madre y Rosa durante el tiempo que vivieron bajo un mismo techo (porque claro está que no había tenido la imprudencia de hacerle tal pregunta a mi madre).

A esas horas de la madrugada, el centro histórico de Huelelagua de los Llanos se alzaba con sus palacetes coloniales, la mayoría convertidos hoy en edificios de gobierno, hoteles y restaurantes. De las terrazas de La Posada Allende se escabullía el ruido inconfundible de la fiesta trasnochada. Pasé junto a la alameda municipal, cuyo interior de plantas tropicales y árboles de oriente era iluminado por la luz de polvo cobrizo de las farolas semigóticas traídas de Francia durante el Porfiriato. Al llegar al antiguo acueducto de los conventos de Riva Salgado, seguí de frente en lugar de girar a la izquierda rumbo a mi casa. Había decidido explorar los arrabales de la ciudad, la zona de tolerancia donde se extendían bares y cabarets de la peor reputación.

Al llegar a la avenida Hidalgo, famosa por su vida nocturna, reduje la velocidad con que conducía al punto de que, sin darme cuenta, prácticamente me había detenido en medio de la calle. Plantadas a lo largo y ancho de la acera, chicas en minifaldas y tacones altos mostraban sus mejores poses de venta. Pocas eran las que no fumaban e incluso quienes lo hacían tiritaban de frío cada y cuando. Algunas de ellas tenían un cuerpo tan bien torneado que, más que envidiarlas, dudé si se trataban realmente de mujeres.

Las luces neón de los bares y cabarets patinaban sobre el cofre de mi carro, trazando figuras indescifrables. Me perdía en ellas cuando un pordiosero chocó sus nudillos contra la ventanilla de la puerta del copiloto. Instintivamente aceleré y no me detuve hasta llegar a casa. Arturo, angustiado, me esperaba en la puerta. Al pasar junto a él lo empujé con todo el desprecio que me inspiraba.

–¿Dónde están los niños? –pregunté.

–Por favor, Rebeca, habla más bajo. No los despiertes. Siguen durmiendo como cuando te fuiste. Si quieres hablar con ellos, si quieres confesarles la clase de persona que soy, espera por favor hasta mañana. Son sólo unos niños. Dejémoslos dormir.

No sé de dónde le habrá venido aquella idea a Arturo, porque a mí nunca me pasó por la cabeza decirles a nuestros hijos que su padre era un sucio pervertido al que había encontrado horas antes masturbándose frente al monitor de la computadora, teniendo algo así como ciber-sexo en vivo con dos jovencitas rubias de sabrá Dios qué nacionalidad que se manoseaban frenéticamente entre sí a la par que se esforzaban por mostrar a la cámara de video sus innegables atributos físicos.

–¿Sabes el asco que me das?

–No mayor al que me doy yo mismo –dijo cabizbajo.

–Ay, Arturo, por favor.

–Rebeca…

–¿Qué quieres?

–Te am…

–¡Ni se te ocurra decirlo! ¡Ni se te ocurra!

Arturo se alejó como un perro acobardado.

–Rebeca…

–¿Ahora qué?

–Discúlpame.

–¿En verdad quieres que te disculpe?

13

Sus pupilas se iluminaron en redondo, esperanzadas, como las de un gato en noche plena.

–En ese caso, muéstrame la página que utilizaste para hacer lo que hacías.

–¿Estás loca, Rebeca?

–¡Qué me la muestres!

–No sé qué pretendes, amor, pero borré el historial cuando te fuiste.

Me dirigí entonces al garaje, abrí la cajuela del vehículo de Arturo y saqué su portafolio.

–La contraseña –dije secamente cuando volví a la sala.

–Mi amor…

–¡Dame la contraseña de tu laptop! Pudiste haber borrado el historial de la computadora de la casa, pero no creo que lo hayas hecho de tu computadora personal: seguro de que con ésta también has hecho porquerías.

–Ahí sólo tengo documentos del trabajo.

No hubo necesidad de que le respondiera. Arturo no sabía mentir. Incluso cuando me compraba flores o algún regalo, su sola mirada, su incipiente sonrisa que en balde intentaba esconder, me revelaban de antemano que Arturo estaba por soltar cualquier mentirilla inocente a fin de poder alegrarme después con una sorpresa fracasada desde el inicio.

–Está bien, Rebeca. No te voy a engañar dos veces la misma noche. Sólo te pido que no termines de dibujar en tu alma el retrato de esa persona repugnante que sin duda alguna ahora mismo crees que soy. Deja un espacio en blanco. Que las tinieblas no lo cubran todo… Rebeca, yo nunca te he sido infiel más allá del monitor, y aun en esos momentos (por más asco que te dé el escucharlo), aun en esos momentos, mi cielo, la única mujer en la que siempre he pensado es en ti.

No supe qué responder. Conozco a Arturo. No mentía.

–Dame la computadora, Rebeca –agregó pausadamente–: escribiré la contraseña.

–No, Arturo. La voy a escribir yo.

–Es que es la misma contraseña que uso en mi correo.

–¿Ahora resulta que es de mí de quien se debe desconfiar?

–Está bien, al menos permite que no esté a tu lado. No soportaría la vergüenza. Ve lo que quieras aquí abajo: yo me vuelvo a la recámara.

Arturo se dirigió a la cocina, tomó una servilleta arrugada, escribió en ella la contraseña y, apenas me la hubo dado, se encaminó hacia nuestra habitación. Al subir las escaleras que daban al primer piso, sin voltear a verme, agregó con voz derrotada:

–Señor va con mayúscula.

No era necesario que lo precisara: con todo y las arrugas y los manchones azules de la tinta mal absorbida del bolígrafo, sobre la faz de la servilleta se podía leer claramente:

"gracias, Señor, por Rebeca"

3

La sala de mis padres es anticuada y pomposa, atiborrada de objetos inservibles que sólo acumulan polvo. La mayor de todas estas chatarras es el piano alemán, que hoy sirve como una estantería más que mi madre adorna con flores y fotos. Sé de sobra que ni en los Ordoñez, la familia de mi padre, ni en los Cuesta, la familia de mi madre, ha habido jamás gran admiración por las artes. Cuando yo tenía cuatro años, quizá cinco, mi padre le pagó a mi madre una institutriz de piano particular que durante algunos meses visitó con frecuencia nuestra casa. El recuerdo lo tenía olvidado hasta hoy. Mi madre nunca aprendió a tocar ninguna melodía. Ni siquiera "La cucaracha". No me sorprende, como tampoco me sorprende no poder hallar en mi memoria una sola imagen de la institutriz sentada al piano. Después de lo que mi madre me confesara sobre mi padre, dudo incluso que aquella jovencita supiera tocar algún instrumento.

¿Ingenua? ¿Olvidadiza? No lo sé. Júzguenme como quieran. Lo único seguro es que tras la muerte de Javier, mi hermano mayor, bloqueé todo recuerdo de mi infancia y adolescencia. A partir de ese día decidí no voltear atrás, vivir únicamente el presente, el ahora.

Javier murió en un accidente de tránsito a los diecisiete años de edad. Yo tenía doce años y Víctor, mi hermano menor, nueve. Javier estaba por entonces tratando de convencer a mis padres de que, al terminar la preparatoria, lo dejaran ir a la Ciudad de México a estudiar danza. A mis padres, la sola idea de que uno de sus hijos se convirtiera en bailarín profesional los aterrorizó aún más de cuando Javier les confesó que no estaba tan convencido de la existencia de Dios. Aquella noche mi madre lloró a boca de jarro; mi padre le dio una bofetada por blasfemo, pero en seguida le invitó una copa de whisky. Nadie lo escuchó más que yo, pero mientras mi padre servía el whisky murmuró con cierto orgullo: "Ah, mi hijo se está haciendo todo un hombre." En cambio, cuando supo de las intenciones de Javier por estudiar danza, sentenció tranquilamente, escondiendo su enojo:

–Yo sé cuál es tu enfermedad, muchacho, y gracias al cielo también sé cuál es la cura.

Tomó a Javier del antebrazo y lo llevó a la cochera; lo metió en el asiento del copiloto y, antes de subir él también al vehículo, le gritó a mi madre:

–No nos esperen para cenar.

En aquel momento, no dudé ni un segundo que mi padre llevaba a Javier al consultorio del doctor Mendoza, nuestro médico de cabecera…

Al volver, Javier se encerró en su habitación sin dirigirle la palabra a nadie. Mi padre encendió la televisión de la sala para ver las noticias del día. "Éstas son las que importan, las que influyen", me dijo. Luego tomó el diario y lo hojeó sin mucho detenimiento. "Pero éstas, las que indagan", concluyó.

Dos días más tarde un Camaro blanco último modelo relucía frente a nuestra casa. Hasta entonces, Javier únicamente había salido de su habitación para ir al baño o para tomar la bandeja con alimentos que mi madre le dejaba en el pasillo, junto a su puerta. La última vez que Javier quiso llevar comida a su dormitorio, lo que encontró en la bandeja fueron las llaves del Camaro, el mismo que tres meses después lo conduciría a la muerte.

4

Yo quise para mi casa una sala moderna, elegante pero sin decoraciones inútiles. Creía que los fantasmas del recuerdo sólo podían habitar casas con olor a antiguo. Después de la muerte de Javier, como ya he escrito, decidí vivir en el aquí y el ahora. Un aquí y un ahora superficiales. Pensé que era la mejor manera de ignorar el pasado y evitar así sus dolores. Sin darme cuenta, este estilo de vida me llevó a no madurar, incluso a retroceder y a vivir en un perenne estado de infancia. No reflexionaba el pasado, en consecuencia no prevenía ni mucho menos me preocupaba por el futuro.

La situación económica nunca fue una dificultad para mis padres. Al contrario, incluso hasta el día de hoy siguen siendo una de las familias mejor acomodadas y con más prestigio en todo Huelelagua de los Llanos. Eso explica en gran parte por qué, una vez superada la pérdida de mi hermano, resultara bastante sencillo considerarme a mí misma como una adolescente nueva, despreocupada y feliz.

Pero la mía era una felicidad ciega, egoísta e ingenua (quizá como la mayoría de las felicidades), y en ese estado continuaría viviendo todavía de no haber encontrado a mi marido masturbándose aquella noche frente a la computadora del estudio, engañándome con dos jovenzuelas impúdicas en una suerte de infidelidad moderna que en verdad yo nunca hubiese podido siquiera imaginarme.

Sí, mi vida probablemente continuaría siendo la misma si aquel acontecimiento no hubiese derivado en la revelación de mi madre sobre el tipo de esposo que había sido mi padre; pero sobre todo si, en el trascurso de las semanas subsiguientes, no hubiera descubierto poco a poco la suciedad y podredumbre de mi ciudad natal, y esta vez no me refería exclusivamente a sus ríos, desagües y formas de riego.

Y es que quién, sino una "niña-adulta", hubiera reaccionado de la manera en que lo hice. ¿Quién, sino alguien como yo, hubiera salido corriendo de su casa cubierta de sollozos en busca del consuelo de sus padres, creyéndose la víctima de la peor traición conyugal de la historia?

Con esto, aclaro, no estoy diciendo que no repugnara (y siga repugnando) lo que desenmascaré de Arturo; muchos menos, que yo haya experimentado la más mínima responsabilidad por su comportamiento. Lo que comencé a reprocharme después de aquella noche fue mi ceguera, tanto del pasado como del presente.

Y mi presente, entonces, era éste: mi marido –por lo demás una pareja atenta, amable y trabajadora– tenía citas cibernéticas con prostitutas (supongo que así llevo llamarlas) sabrá el Cielo desde hacía cuánto. Eso por una parte. Por la otra, yo lo amaba, y estaba segura de que él también a mí.

Supongo que por eso le pedí su laptop: más que averiguar qué páginas visitaba, tal vez lo que yo deseaba en el fondo era comprender por qué lo hacía, independientemente de que lo fuera a disculpar o no.

5

–Su marido es un depravado, hija mía. Y que el Señor me perdone la palabra.

–Ya lo sé, abad Higinio. Pero no es para hablar de él por lo que he venido.

–¿Entonces cuál es la razón de su visita?

En la calva encerada del abad Higinio danzaba el reflejo de las llamas de los candelabros. La iglesia de los conventos de Riva Salgado aromaba a rosas y azucenas. Yo había ido en busca del padre Rómulo, a quien tenía cierta confianza desde que era niña. Mis padres, antes de que cambiaran sus preferencias hacia la catedral de Huelelagua, solían traernos aquí a mí y a mis hermanos a escuchar misa cuando el padre Rómulo aún la oficiaba. Después le asignaron otra parroquia, como es normal, y le perdimos la pista durante muchos años. Un día como cualquier otro me enteré de que había vuelto a los conventos de Riva Salgado, pero ya no como sacerdote en hábitos, sino como fraile retirado. Aun así, una podía intercambiar dos palabras con él cada domingo, que era el día en que la iglesia y parte del convento (porque solamente uno de los tres conventos de Riva Salgado sigue fungiendo como tal) estaban abiertos al público. En esa ocasión, siendo entresemana, me había sido negada la entrevista con el padre Rómulo. En su lugar me atendió el abad Higinio, hombre robusto, de piel blanca, o mejor dicho amarillenta, como la vainilla. A diferencia de la mayoría de los monjes, el abad Higinio se conducía con movimientos desenfadados y con una sonrisa que –para ser sincera– yo calificaría de picarona.

–¿Qué le inquieta, hija mía? –volvió a preguntar el abad– Espero poder brindarle la misma confianza que le inspira el hermano Rómulo.

–Por supuesto que sí –respondí sin convicción.

–Adelante entonces. No dude en compartir conmigo su dolor y su secreto. Su marido es un depravado, ya lo he dicho, pero usted no debe sufrir por pecados ajenos. Será él quien le dé cuentas al Creador.

–No es eso, padre… ¿O debo llamarlo abad?

–Llámeme como guste, como le haga sentir más cómoda.

–Padre está bien.

–Padre entonces.

–Padre…

–Dígame, hija.

–¡Padre, no soy la única esposa que ha vivido una experiencia similar!

–¿Eso era lo que tanto le inquietaba, hija mía? Temo decirle que su descubrimiento, por desgracia, no me sorprende en absoluto. Son estos tiempos, sí, estos tiempos.

–¿Quiere decir, padre, que usted ya sabía que muchas mujeres son engañadas por sus parejas mediante el internet?

–No es que ya lo supiera, hija, sino más bien que la promiscuidad se sirve y se ha servido siempre de cualquier medio.

–Lo mismo me dijo mi madre.

–Muy acertada doña Hortensia, muy acertada.

No debe de extrañarles que el abad Higinio conociese a mi madre. No sólo por la posición acomodada de nuestra familia, sino sobre todo por las cuantiosas donaciones anuales que mi padre aportaba sin falta a los conventos de Riva Salgado desde hacía lustros.

–Ya casi es mediodía –señaló de pronto el abad Higinio–. El coro de la congregación no tardará en venir a ensayar. ¿Le molestaría acompañarme al jardín?, no quisiera que disturbáramos a nuestros hermanos.

El abad Higinio me condujo hacia afuera, donde el resplandor del cielo, en contraste con la sobria iluminación de la iglesia, cegó mi vista por unos instantes.

21

Tras un par de parpadeos, se reveló frente a mí un patio extenso sembrado de rosas y geranios. Al fondo se divisaban huertos frutales y pequeños invernaderos. Algunos monjes podaban el césped, otros recogían peras y manzanas. Uno barría el camino empedrado cerca de donde nosotros nos encontrábamos, otro venía entristecido sosteniendo algo entre sus manos.

–Es un pobre gorrioncillo –dijo éste al pasar a nuestro lado–. Se cayó de su nido. Esperemos que el hermano Fidel, que es muy bueno para estos menesteres, pueda salvarlo.

El monje se fue presuroso sin esperar nuestra respuesta.

–No se espante de que la traiga aquí. En teoría, lo acepto, usted no debería entrar; pero en teoría también muchas cosas debieran hacerse en este país y no se hacen. Además, la suya no es en ningún sentido una visita ordinaria, la tomo como oficial, como si hubiera estado agendada. Ello y más se merece usted, en su honor y en el de don José.

¡Don José, don José!… ¡Qué podía saber el abad del honor de mi padre! Por el momento no quería ni oír su nombre. Si en otro tiempo estuve orgullosa de su buffet de abogados y de su impecable servicio como funcionario estatal, ahora no podía ver en él más que la desfachatez de un mujeriego que osaba llevar a sus amantes a la casa en que habitaban su esposa e hijos.

–Si entendí bien, hija mía –reanudó la conversación el abad Higinio–, lo que le inquieta no es la obscenidad de su marido, sino el adulterio en general.

–No precisamente, padre. Le decía yo que al descubrir… llamémosle el lado oscuro de mi esposo; al descubrirlo, descubrí también que no era la única mujer que sufría por el mismo motivo.

–Si sólo fue eso lo que descubrió, no hay mucho de qué preocuparse –sentenció el abad casi con voz de alivio, dejando escapar una de esas sonrisas muy suyas.

En ese momento, el monje que barría el camino pidió disculpas por distraernos. "Debo recoger ese montoncillo de hojas secas", dijo, señalando discretamente con el dedo índice. El abad Higinio y yo dimos algunos pasos y continuamos la conversación.

–No lo tome a la ligera, padre, porque aún no llego a donde quería.

–Hágalo entonces.

–¿Usted conoce Google?

–¿Y quién no, hija mía?

–Es que pensé que ustedes, estando aquí…

El abad me miró con condescendencia, o eso espero. Yo proseguí:

–En la barra de buscador de Google escribí "hallé a mi marido masturbándose frente a la computadora". No sé por qué lo hice, pero el resultado fue inesperado. Me encontré con decenas de blogs y foros de opinión, centenares de testimonios de mujeres que pasaban o habían pasado por lo mismo que yo. No le digo lo que cada una de ellas opinaba por respeto a usted.

–¡Dígalo, no tenga pendiente! Recuerde que estamos en secreto, como en la confesión –interrumpió el abad.

–Leía aquellas experiencias y opiniones cuando de repente apareció en la pantalla una publicidad sobre, usted sabe, chicas del oficio.

–Prostitutas, querrá usted decir.

–Sí, padre: prostitutas.

–Bueno, y qué pasó después.

–La ventana se abrió por sí sola. Yo no quería mirarla, pero fue inevitable. Estaba por cerrarla cuando alcancé a leer "convierte tus fantasías en realidad: hay una chica esperando por ti aquí mismo en Huelelagua de los Llanos".

–¿Eso decía el anuncio?

–Sí, padre. Y entonces le di clic.

–¿Y luego?

En efecto, la del abad Higinio era una sonrisa picarona.

–No podía parar ahí. Contacté a una de las chicas.

–¡Hija!

–No se alarme, padre. Sólo lo hice por curiosidad, por no seguir sumergida en la ignorancia, por saber un poco de lo que sucede clandestinamente en esta ciudad.

–Ay, hija mía –se lamentó el abad Higinio–, no olvide que la curiosidad mató al gato. Hay cosas que más vale ignorar.

–¿Pero qué hacer, padre, una vez que esas cosas han salido a la luz? Yo vivía tranquila, consciente, sí, de que los maridos infieles existían, de que la prostitución era cosa cotidiana alrededor del mundo, pero aun así veía todo eso como algo muy, muy lejano. ¡Y sin embargo está aquí, padre, a la vuelta de la esquina! ¡Literalmente está a la vuelta!

–¿Qué quiere decir? –preguntó el abad con cierta preocupación.

–¿Sabe dónde me citó la chica que contacté?

El abad Higinio se alzó de hombros.

–¡Aquí, a un costado de los conventos de Riva Salgado!

–¿Está usted insinuando algo, hija mía?

–No, claro que no. Yo no insinúo nada. Después de todo, tras haberlo reflexionado, me pareció normal que las prostitutas cibernéticas de Huelelagua hicieran sus citas en esta parte de la ciudad.

–Explíquese bien por favor –dijo el abad en tono de orden.

–Piénselo, padre –le respondí–: toda la ciudad sabe que la zona de tolerancia de Huelelagua está en las afueras, a lo largo y ancho de la avenida Hidalgo. Esto ni yo misma lo ignoraba. Allá se da cita la gente que uno no quiere conocer, y allá también la policía hace sus rondines. ¿Pero aquí, padre?, ¿en este cerro que, si bien ahora ya pertenece al centro de la ciudad, sigue siendo virgen a no ser por los conventos de Riva Salgado? Al pie del cerro hay centenares de viviendas, sí, pero en sus faldas no habita nadie, sólo ustedes, y están enclaustrados. Ustedes no podían saberlo, no podían sospecharlo. Por eso he venido aquí, por eso quería platicar con el padre Rómulo. Necesitaba advertirles.

–Quédese tranquila –dijo el abad Higinio nuevamente sosegado–: la tentación y la maldad han asediado desde siempre a los conventos, así como asedian día a día al espíritu de cada hombre. De todas formas le agradezco su confianza, aunque pienso que es a la policía adonde debió de haber acudido.

–¿A la policía?

–No me diga que usted también.

–No, padre, yo no. Yo aún creo en ella. Pero le repito que era a ustedes a quienes quería advertir.

–Entiendo, hija, entiendo. Váyase tranquila. Y por favor, ya no se interese más en el lado oscuro u oculto de Huelelagua de los Llanos (como usted misma lo ha descrito), no vaya a ser que se tropiece con algo que después lamente.

Aquella sugerencia, lejos de sofocarla, habría de atizar aún más esa chispa que estaba naciendo en mí; sobre todo, luego de que el abad Higinio pidiera mi consentimiento para hablar un instante en privado con un monje que previamente había llamado traer. Y es que, sin proponérmelo, había alcanzado a escuchar que el abad le decía en voz baja al monje: Adelántate a mi oficina y trata de comunicarme con don José Ordoñez.

¿Qué tenía que ver mi padre en todo esto? ¿Para qué querría comunicarse con él? Casi en seguida di con una posible respuesta: cuando en aquel mediodía yo había llegado a las puertas de los conventos de Riva Salgado preguntando por el padre Rómulo, diciendo que había descubierto algo importante que tenía que platicar con él, mi petición no pudo haber pasado inadvertida para el abad, por lo que él mismo había decidido atenderme, no sin antes informar a mi padre que su hija se encontraba allí. Quizá el abad lo había hecho en deferencia hacia mi padre. Fuese como fuere, aquel acto me confirmaba lo que yo ya venía presintiendo: el abad Higinio no me inspiraba la misma confianza que el padre Rómulo.

En tales cavilaciones me encontraba, cuando de pronto me sacó de ellas el monje que barría el camino empedrado no muy lejos de mí. Se me acercó discretamente y sin voltear a verme susurró:

–Me parece que su merced ha dejado caer por distracción estos papelillos mientras conversaba con el abad Ingenuo, digo, Higinio.

Puso entonces entre mis manos unas hojas de papel dobladas meticulosamente. Quise devolvérselas, decirle que no eran mías, pero él no me lo permitió.

–Léalas por favor, doña Rebeca Ordoñez Cuesta.

Desconcertada de que aquel fraile conociera mi nombre, sin saber a bien por qué lo hacía, guardé los papeles en mi bolso.

–No puedo hablar más con usted ahora. Soy el hermano Sebastián, por si volviera usted por aquí, aunque más nos convendría a ambos que su merced usara el número de celular que le dejo escrito en sus hojillas.

Y en cuanto hubo dicho lo anterior, se dio media vuelta, sacudió la escoba y comenzó a barrer nuevamente, como si jamás me hubiese dirigido la palabra. Por su parte, el abad Higinio pareció no haberse percatado de nada en absoluto. Tras despedirse del otro monje, volvió sonriendo a mi lado para acompañarme a la salida. Mientras lo hacíamos, además del rasgueo acompasado de las hebras de la escoba sobre el suelo, llegó a nuestras espaldas el silbido no de un cántico litúrgico, sino a mi parecer el de algún mundano reguetón cualquiera. Opté por no mirar atrás: de todas formas estaba segura de que aquel sonido venía del monje que acababa de darme las hojas dobladas.

6

Salí de los conventos de Riva Salgado con la imagen de fray Sebastián en la cabeza. Tras subirme al coche, quise abrir mi bolso de inmediato para leer los papeles que el monje me había dado. Por casualidad o por costumbre miré el reloj en el tablero del carro y me percaté entonces de que me había olvidado por completo de mis hijos, Francisco y Mariana. Francisco tenía en ese momento doce años de edad y cursaba el primer grado de secundaria. Mariana, de nueve años, frecuentaba el tercero de primaria. Aventé el bolso al asiento del copiloto y conduje al colegio a toda velocidad, recriminándome por mi distracción.

Al llegar al colegio, noté que Mariana me esperaba sola.

–¿Dónde está Francisco? –le pregunté.

–Se fue con Beto.

–¿Con Beto? –exclamé sorprendida– ¿Y te dejó sola? Francisco no me dijo nada anoche. No me avisó que hoy se iría a casa de su primo.

Carlos Alberto, o Beto, es hijo de mi hermano Víctor y de su esposa Lorena Stefanoska. Ahora bien, en este punto me veo obligada a hacer un corto paréntesis y referir la historia de ellos dos, sin la cual no se comprendería de buena forma mi relato.

Lorena Stefanoska se vino de los Balcanes hace un par o más de lustros para terminar aquí su tesis doctoral sobre las culturas prehispánicas de Huelelagua de los Llanos. Víctor y ella se conocieron a causa de un litigio por unos terrenos en los que la empresa constructora que preside mi hermano pretendía alzar un gigantesco centro comercial. Apoyada por un grupo de arqueólogos nacionales y extranjeros, así como por diversas instituciones y casas de estudios, Lorena consiguió que el gobierno federal le retirara el permiso a la constructora de Víctor, además de permitir que ella y su equipo de trabajo continuasen estudiando los terrenos. Solamente había un problema. El problema de siempre. Ni el gobierno federal, ni mucho menos el estatal, disponían del presupuesto suficiente para financiar las investigaciones. Lorena estaba entonces por volverse a su tierra cuando pasó lo que nadie hubiera imaginado. Víctor convenció a los inversionistas de la constructora de patrocinar, es decir de cubrir gran parte de los gastos de las excavaciones arqueológicas.

Concebida inicialmente por mi padre como Ordoñez-Cuesta Constructores, la empresa se hubiera ido pronto a la bancarrota si Víctor no hubiese persuadido a mi padre de fraccionar y vender casi el total de la compañía para de esta forma atraer capital. Pasado algún tiempo, solventados ya sus problemas financieros, la constructora cambió su nombre por el de Grupo ORCU, considerada actualmente como una de las empresas nacionales mejor apuntaladas y con mayor empuje.

En aquellos días del litigio con Lorena, Grupo ORCU no tenía mucho tiempo de haber adquirido su nuevo nombre ni de haber zanjado sus dificultades administrativas. No era de extrañar por lo tanto que mi padre haya dado un grito furibundo cuando supo que Víctor había convencido a los inversionistas de malgastar millones de pesos en una inversión a todas luces infructuosa. Recuerdo que Víctor le pidió a mi padre hablar a solas con él. Se encerraron en el estudio por un lapso muy breve y, al volver a la sala, mi padre venía trasfigurado, satisfecho con las razones que Víctor le había planteado. Mi padre, siguiendo su predilección por el whisky, abrió una de sus mejores botellas y brindó con mi hermano. Después abrazó a mi madre y el asunto quedó resuelto. A instancias de mi propio padre, que quería informarse sobre los avances de las investigaciones arqueológicas, Lorena cenaba con bastante frecuencia en nuestra casa. Siendo el presidente de Grupo ORCU, Víctor no podía faltar a dichas juntas. En poco tiempo entendí que las pretensiones de mi hermano no eran exclusivamente culturales, como de hecho jamás lo han sido. Y es que mediante este ágil movimiento logró hacerse poco a poco con el amor franco de Lorena, amén de escamotear para Grupo ORCU el pago de ciertos impuestos.

Yo ya tenía entonces algunos años de casada con Arturo cuando supe que Lorena estaba embarazada de Víctor. Le propuse a Arturo que nosotros también intentáramos tener un hijo para que de esa forma nuestro hijo o hija tuviera más o menos la misma edad que su primo o prima. Nació Carlos Alberto; pasados un año y tres meses nacería Francisco. Cuatro años después tendríamos a Mariana.

Una vez en el carro, le pregunté a Mariana si quería comer en casa o si prefería ir a algún restaurante. Me respondió que no sabía. La sentí triste.

–¿Qué tienes, mi amor?

–Nada.

–¿Estás segura?

–Sí.

No hacía falta ser su madre para saber que Mariana mentía. No pregunté más y conduje a casa. Una vez ahí, mientras me disponía a servir la mesa, recibí la llamada de Lorena. Francisco había sido suspendido dos días de clases; Carlos Alberto, tres. Lorena me contó con detalle lo que había sucedido, pero aun así quise que Mariana me narrase su versión de los hechos.

–¿Entonces no tienes nada, Mariana?

Mi hija negó con la cabeza. Los ojos se le cristalizaban haciendo un esfuerzo por no llorar, hasta que finalmente las lágrimas se desbordaron.

–Mariana, mi amor, ¿por qué no me tienes confianza? Tenías que haberme dicho de inmediato lo que pasaba.

Mariana corrió a abrazarme. Yo continué:

–Ven aquí, mi cielo. Ya no llores. Yo no me iba a enojar. O quizá sí, pero nunca debes de ocultarme nada. Pase lo que pase, siempre, escúchame bien, siempre, siempre, debes de estar segura de que cuentas con tus padres, conmigo especialmente.

Mientras le decía esto, le acariciaba el cabello y le enjugaba las mejillas. Le di un beso en la frente y ella lloró entonces con más ímpetu.

–Ya no llores. Mira, vamos a terminar de comer y luego, ya con calma, me platicas lo que pasó.

–¿Pero no te vas a enojar conmigo?

–Ya te dije que no, mi amor.

–Ni con Francisco.

–Ni con Francisco.

–Ni con Beto.

–Tampoco con Beto.

–¿Me lo prometes?

–Sí, Mariana, te lo prometo.

–Francisco se peleó a golpes con un estudiante de tercero de secundaria.

–¿Ah, así que fue eso? ¿Y por qué se peleó tu hermano?

–Bueno, es que el de tercero de secundaria tiene un hermano que va en mi salón.

–Ajá…

–El niño de mi salón tenía días molestándome. Mis amigas me decían que yo le gustaba, pero él lo único que hacía era burlarse de mí.

–¿Y por qué no me lo habías dicho? ¿O a tu papá, o a algún maestro?

–No sé.

Mariana guardó silencio. Estaba a punto de volver a llorar. Por eso dije:

–No te estoy regañando, mi amor, pero quiero que ahora tú me prometas que esto no se va a repetir nunca más.

–Te lo prometo, mami.

–Me refiero a que en lo sucesivo, siempre que alguien te moleste o que tengas un problema, debes de tenerme confianza, debes de hablar conmigo inmediatamente. Ahora fue esto, pero no quiero ni imaginarme lo que otras niñas llegan a callar por miedo. ¿Me has entendido, Mariana? Prométeme por favor que nunca más me ocultarás nada.

–Sí, mami, te lo prometo.

–Bueno, sígueme contando qué pasó.

–Yo no sé cómo ni quién, pero alguien le dijo a mi hermano que un niño de mi grupo me molestaba. Tú conoces a Francisco, mami, él no se atrevería a encarar ni a una mosca. Pero esta vez era diferente.

–¿Diferente? ¿Por qué?

–Pues porque soy su hermana y él me quiere mucho.

Admito que sonreí. No me gustaba en absoluto lo que había pasado, pero sonreí.

–A la hora del recreo, Francisco vino a buscarme. Le señalé al niño que me molestaba y fue a hablar con él. En verdad sólo hablaba. Tú conoces a Francisco, mami.

Asentí.

–En eso llegó el hermano mayor de mi compañero, un gigantón y abusivo de tercero de secundaria. Le dijo a Francisco: "Métete con uno de tu tamaño", y en seguida lo golpeó en el estómago. Mi hermano fue a dar al suelo, pero se levantó. Quiso golpear a aquel grandulón, pero éste esquivó el golpe, que para la mala fortuna de mi compañero de clase fue a dar en su rostro. Al mirar la escena, el grandulón se abalanzó sobre Francisco, esta vez con más coraje.

–Y fue entonces cuando intervino Carlos Alberto –agregué.

–Sí, mamá. Beto salvó a mi hermano. Tú conoces a Beto, mami. Siempre ha hecho deporte, como mi tío Víctor, y además es cinta negra, y juega fútbol, y ahora empieza con eso del box tailandés…

–Entiendo, Mariana, entiendo –la interrumpí–. Sólo dime cómo terminó el pleito.

–Pues que Beto salvó a Francisco, y al de tercero tuvieron que salvarlo dos conserjes y un profesor, porque Beto gritaba enfurecido que con su familia nadie se mete.

–¿Eso dijo?

–Sí, mamá.

–Está bien, Mariana, ahora sí terminemos de comer antes de que se acabe de enfriar la comida.

Con mi familia nadie se mete. Aun cuando esta frase ha sido dicha a lo largo de la historia bajo diferentes matices para justificar ideas xenófobas, racistas y tribales, en boca de mi sobrino no me pareció tan terrible. Por segunda ocasión en aquella tarde sonreí involuntariamente, teniendo la sensación de que no debía de hacerlo. Así se lo conté a Arturo en la noche, cuando volvió del trabajo. Para entonces Lorena ya había pasado a dejar a Francisco a la casa y yo ya lo había regañado, si bien no olvidé decirle que había estado bien en defender a su hermana, pero que antes debió de haber hablado conmigo o con un profesor. Le dejé en claro mi completo rechazo a la violencia, que no permitiría que entrara en nuestro hogar. Creo incluso haber citado aquel refrán de que "quien a fierro mata, a fierro muere".

Arturo también intercambió algunas palabras con Francisco. Por lo poco que escuché, le dijo esencialmente lo mismo que yo le había aconsejado horas antes. Ya en la cama, le conté a Arturo lo de mis sentimientos encontrados hacia aquel acto de Francisco y de Carlos Alberto. Debo puntualizar que desde la noche en que lo había descubierto en medio de su vídeocita pornográfica, no sólo no habíamos tenido relaciones (como era de esperarse), sino que de hecho no le permitía que me dirigiese la palabra una vez acostados. Esta ocasión, no obstante, yo misma fui la que empezó a hablar.

Conversamos largamente de lo sucedido: del *bullying* de ahora en las escuelas y de la guasa o carrilla de nuestra infancia, de lo que Francisco haría durante los días de suspensión y de la necesidad de establecer una comunicación honesta y constante con nuestros hijos. Sin embargo, no comenté nada de lo de mi visita a los conventos de Riva Salgado, y no fue sino hasta la mañana siguiente cuando recordé que aquel fraile de nombre Sebastián me había prácticamente obligado a recibir como míos unos extraños papeles que en realidad no me pertenecían.

7

Arturo me amaba, de eso yo no tenía la menor duda. Sin embargo, me era imposible sacar de mi mente la escena de cuando lo descubrí masturbándose delante de la computadora, observando enajenado a esas dos muchachitas sinvergüenzas que se manoseaban entre sí.

La imagen la tenía tan presente justo como tenía también aquella frase con que Arturo había intentado explicar lo sucedido:

Siempre que recurría al internet, en mi imaginación sólo estábamos tú y yo, Rebeca.

Contrario a lo que creí en un primer momento, aquélla no había sido una excusa irreflexiva…

No, no lo había sido, y por más extraño que parezca, este hecho me desconcertó igual o incluso todavía más que la confesión implícita de mi marido de que no una, sino quién sabe cuántas otras muchas o pocas veces con antelación, había consumido algún tipo de pornografía cibernética.

Ahora bien, en esto entraba también lo que le había comentado al abad Higinio, es decir, que en internet una encontraba de todo. Y es que fue precisamente gracias a mi incipiente hábito de plantear cualquier duda mía en Google o Yahoo lo que me ayudó a comprender (que no a disculpar) que yo no era la única esposa en el mundo con este problema de consortes, tan propio de nuestros días.

Además –siguiendo siempre este método– me forjé una idea más precisa de los diferentes servicios sexuales que un individuo puede contratar desde el internet (sin olvidar por supuesto el sinfín de páginas pornográficas gratuitas que allí hay).

Sin embargo, lo más importante fue tal vez que tras mis frecuentes y largas visitas a los foros de opinión, llegué a la firme sospecha de que alrededor del mundo –en la vida pública– las relaciones conyugales obedecen, sí, a diversas reglas cívicas y sociales y por ello varían de una cultura a otra, pero que –en lo íntimo– los matrimonios no se distancian notablemente, pues a la mayoría de los hombres le encantaría tener relaciones con su pareja a cualquier hora, en cualquier lugar y de cualquier modo.

Según las opiniones que leí, la única diferencia remarcable radicaba en que hay esposos que intentan realizar sus deseos y fantasías; otros, por la razón que fuere, los ocultan y/o los acallan.

Mi situación se parecía más o menos a la de una mujer española:

De qué me puedo quejar, tías, que nosotras algunas veces tenemos algo que ver; que en ocasiones andamos por ahí en la vida exaltando las virtudes y los recatos que nos vienen de nuestras madres y abuelas, y ahora que estoy en su lugar, dudo mucho sinceramente que nada de lo que nos decían era cierto, que sus puñados de hijos les habrán valido al menos un gustito, ¿no os parece? No digo tampoco que gozaran de las mismas libertades e igualdades que una mujer de nuestros días, pero, vamos, que en mi caso me había creído la gilipollada esa de los príncipes azules que sólo dan besos y te abrazan por las noches con mucho respeto y cariño antes de dormir. Llamadme tonta si queréis, que ya me lo he dicho yo misma bastantes veces. La cosa está en que ni mi marido ni yo éramos felices. Haberlo pillado frente al ordenador, mirando las cosas que vuestros maridos también miran, nos llevó, claro, primero a la riña y a las amenazas de abandono, pero hablando se entiende la gente… y eso era lo que le faltaba a mi matrimonio: comunicación, mucha comunicación. Y buen sexo (o llamadle amor o como queráis); lo que es de mí, yo ya no me trago las moralejas de la abuela. En mi hogar faltaba la chispa del deseo; o mejor dicho, el deseo estaba pero jamás la realización. Él no se atrevía y yo mucho menos: el uno ignoraba los pensamientos y apetitos del otro. Nos carcomía por dentro el qué dirá, el qué pensará de mí mi pareja si yo… ¿me entendéis? Mirad que no estoy ni culpando ni mucho menos absolviendo a mi marido: simplemente, tías, lo pasado lo hemos dejado ahí, en el pasado, y hoy puedo decir con alegría y satisfacción que disfrutamos cuanto queremos, cuando ambos queremos, y sin remordimiento alguno.

Leer este comentario hizo que me preguntara qué papel jugaba yo en todo esto. No en cuanto a sentirme culpable, porque ya he escrito anteriormente que ese sentimiento jamás lo experimenté, y porque aún pienso que lo que Arturo hacía no era aceptable de ninguna manera.

Me explico: lo que estoy tratando de decir es que, tras haber leído aquella opinión, lo único que empecé a cuestionarme fue si yo era feliz con la vida sexual que Arturo y yo llevábamos hasta entonces.

Él, evidentemente, no lo era.

8

A pesar de todo, o mejor dicho, a pesar de las innumerables horas que últimamente había pasado en internet buscando una respuesta, una curación milagrosa, la herida de sentirme traicionada, engañada por mi marido, estaba lejos de cerrarse. ¡Cuánto hubiera querido que en mi caso las cosas se hubiesen resuelto tan rápido y de manera tan sencilla como lo relataba la mujer española! Pero la realidad era que yo, tanto por mi carácter como por mis convicciones, no me asemejaba mucho a ella cuanto sí a su abuela o a su madre. Y es que si bien era cierto que jamás he creído en príncipes azules, también lo era que en mi concepción del amor no cabe ni ha cabido nunca la intimidad con mi pareja como un mero acto físico (para mí es eso y algo más).

Aquella noche, por ejemplo, luego del altercado de Francisco y de su primo Carlos Alberto, Arturo y yo conversamos de buena forma en la cama sobre lo acontecido. Sin embargo, el tema de nuestra intimidad continuó siendo tabú.

A la mañana siguiente, incómoda y molesta conmigo misma por no haberme atrevido a hablar de lo que realmente me inquietaba, hice lo que ya se me estaba volviendo un hábito: pasar horas enteras en internet.

En los días anteriores, después de que los niños se marchaban al colegio y Arturo al trabajo, yo me dirigía a la computadora para buscar y leer sobre una infinidad de temas diversos. Procedía de la misma manera en que lo había hecho respecto a la vídeocita de Arturo: escribía en el buscador de internet cualquier palabra o frase que me interesara y en seguida me ponía a explorar las páginas que arrojaba el buscador.

Ahora bien, escasos días antes del pleito de los niños en la escuela, el telenoticiero matutino había informado que en el zoológico estatal de Huelelagua una persona mayor se había suicidado saltando al área restringida de los tigres. Al parecer se trataba de un anciano cuya esposa –su único familiar cercano– había fallecido recientemente, hecho que lo había sumergido en un profundo cuadro de depresión.

Esa mañana, ignoro por qué, estando ya sentada frente a la computadora, me vinieron a la mente las palabras con las que el locutor había cerrado la noticia:

…y aunque visitantes y cuidadores intentaron socorrer al viejo lanzando respectivamente toda clase de objetos a los tigres y disparándoles dardos tranquilizantes, las bestias no pudieron frenar sus instintos asesinos e hicieron de su víctima parte de su platillo diurno.

"Hicieron de su víctima parte de su platillo diurno." Ahora que transcribo esta frase la encuentro bastante inoportuna, diría incluso que ofensiva e inhumana. ¿Qué acaso el locutor no se conmovía ni respetaba en lo más mínimo la muerte de aquel anciano?

Sí, ya sé: el periodismo debe ser objetivo e imparcial, ¡pero en Huelelagua de los Llanos, así como supongo en el resto del país, este principio ha sido casi siempre una mera teoría aplicada a conveniencia!

En fin, aquella frase cruda y desalmada fue seguramente la que me llevó a escribir en la barra del buscador de internet: "hombre deprimido se suicida en el zoológico de Huelelagua". Las primeras páginas que aparecieron fueron las de los consabidos diarios televisivos de circulación nacional, seguidas por las de los periódicos estatales. Sin embargo, no tardé en dar con el así titulado: "video del anciano devorado por tigres en Huelelagua". Según la descripción, el video había sido grabado por un visitante con su teléfono celular.

Únicamente después, ya con la ventaja reflexiva que otorga el alejamiento temporal, habría de darme cuenta de que la pregunta que debí de haberme hecho en ese preciso instante no era tanto si en verdad miraría aquel video, sino sobre todo por qué no advertía en lo más mínimo que ahora era yo quien parecía navegar a escondidas en la computadora del estudio, la misma computadora que mi marido había utilizado días antes para contratar y sostener su vídeocita pornográfica.

Pero la cosa fue que esa mañana no reparé ni en eso ni en nada, y sin titubear ni replanteármelo dos veces, descargué el video.

9

Si es verdad o mentira que alguien grabó el suicidio de aquel viejo desdichado, si existió o aún existe ese video en internet, son cuestiones que no pretendo investigar. Lo que yo descargué esa mañana fue un virus tremendo que colapsó al instante el sistema operativo de la computadora, así que lo único que miré fueron las cuantiosas y diminutas partículas de polvo que comenzaron a contrastar con el fondo negro del monitor luego de que el CPU se apagara.

Por más que oprimí como loca cada uno de los botones que encontré, por más que desenchufé, desenrollé y volví a conectar hasta el hartazgo todos los cables, nada, absolutamente nada funcionó. No tuve más remedio que resignarme y bajar a preparar la comida en lo que pensaba cómo iba a explicarle a Arturo lo de la descompostura de la computadora.

Fue entonces cuando, tras descender las escaleras y mirar mi bolso colgando del perchero del pasillo, me acordé de los papeles que aquel extraño monje me había dado en la víspera. Al momento tomé mi bolso, extraje los papales y me fui a sentar a la mesa del comedor. Lo primero con que me encontré fue con la siguiente nota breve, de caligrafía grande y cursiva:

Su merced disculpará que este humilde servidor suyo se haya permitido escribirle en un valioso manuscrito, que por precauciones que no puedo explicarle siempre me acompaña. Le ruego tenga con él la prudencia que yo no muestro ahora, pero debía presentarme a su merced luego de oír su conversación con el abad Higinio (a quien prefiero llamar Ingenuo, aun a sabiendas de que de ingenuo no tiene un pelo).

Doña Rebeca Ordoñez Cuesta, usted únicamente ha descubierto una pequeña parte de lo que sucede extramuros del convento. Si no le teme a la verdad, si sabrá guardar discreción hasta que algo verdaderamente significativo se pueda hacer con ella, la invito a que me contacte a este número de celular: 0052…

Suyo, fray Sebastián

Cierto: el tono y el contenido de la nota eran como para desconcertar a cualquiera, pero lo que a mí me produjo fue más bien una sonrisa socarrona e indulgente al mismo tiempo. Estaba segura de que jamás buscaría a ese monje. Si yo había ido a los conventos de Riva Salgado, había sido única y exclusivamente para conversar, para prevenir al padre Rómulo de lo que había descubierto en internet, y eso porque a él lo conocía desde mi infancia.

Mi indiferencia hacia el mensaje de fray Sebastián, sin embargo, no significaba que yo no quisiese echar un vistazo al resto de las hojas, sobre todo si habían sido descritas como un "valioso manuscrito".

En ellas yacía un texto de diminuta letra de molde, plagado de glosas y tachaduras. Estaba firmado por un tal Ariel Franco Figueroa, nombre que en ese momento no me decía nada, pero que muy pronto habría de resonar por todo el estado e incluso más tarde por el país entero.

Allí lo tenía frente a mí, aquel manuscrito, manchado ya con las huellas ennegrecidas de mis manos polvorientas por haber manipulado los cables de la computadora. De buenas a primeras podría antojarse simple la decisión de si debía o no incluirlo íntegramente en mi relato, pero la realidad es que resultó un dilema bastante espinoso. El principal punto en contra radicaba en que, si bien yo sólo era un ama de casa, ello no quería decir que no fuera consciente de que incorporar el manuscrito equivaldría a romper el hilo conductor de lo que hasta ahora había venido narrando, y que la consecuencia más lamentable de esta acción

41

(al menos esa era mi experiencia como lectora) sería que el público terminara fastidiándose y abandonando el libro, lo que considero ha de ser la preocupación más grande de todo escritor profesional.

Ahora bien, los puntos a favor eran los siguientes: yo, antes que nadie, percaté lo mucho de extraordinario y terrible que había en todo lo que viví después de encontrar a mi marido haciendo lo que ustedes ya saben frente a la computadora del estudio. Parecía como si una conexión misteriosa y muy poco probable entrelazara la sucesión de acontecimientos que me habían ocurrido y que luego, ya en mi autoexilio, me propuse relatar. Comprendí casi desde el comienzo que esa conexión misteriosa de la vida real podría convertirse en inverosimilitud literaria una vez vertida mi historia en palabras y oraciones. Por si eso fuera poco, este manuscrito de Ariel Franco Figueroa sólo sería el primero de otros tantos que de ahí en adelante caerían en mi poder. En resumidas cuentas, si omitía este primer manuscrito, no veía la razón para no hacer lo mismo con los subsiguientes, y ello podría agravar el problema de la inverosimilitud literaria. Por el contrario, incluir los textos de Ariel Franco Figueroa sin duda alguna ayudaría a disminuir las probabilidades de incredulidad en el lector, además de que me libraría de la tarea subjetiva y no poco parcial de tener que resumir su contenido.

Teniendo en cuenta tanto los pros como los contras, resolví finalmente que la mejor solución era adjuntar los escritos de Ariel Franco Figueroa en un apéndice al término del libro, de tal suerte que pudiera revisarlos únicamente quien así lo deseara.

Leí, pues, la nota y el manuscrito que me había dado fray Sebastián. Como ya lo he dicho, las palabras del monje me habían dejado indiferente, no así el otro texto. Y es que, aunque de lectura un tanto difícil para mí, su argumento versaba precisamente sobre la historia de los tres conventos de Riva Salgado. Yo, quizás como el promedio de los huelelagüenses, conocía de habladas la biografía de Modesto de Riva Salgado, de quien los conventos habían tomado el nombre; sin embargo, jamás había oído nada de las cínicas e inmorales aventuras de fray

Tomás Chico, el personaje principal del manuscrito. Descompuesta la computadora del estudio, no tuve otra alternativa que ir por la Tablet de Francisco y *glooglear* en ella aquel nombre. Soslayando un par de ocurrencias vulgares de doble sentido, la información que hallé en internet, además de escasa y breve, divergía de manera notable con lo que se decía en el manuscrito. No sólo en las fechas, que después de todo era lo que menos me interesaba, sino en los acontecimientos mismos[1].

En ese instante no me había dado cuenta aún, pero intuyo que fue más o menos entonces cuando empecé a desconfiar de la información que a diario recibía, tanto de la procedente de los medios informativos tradicionales como de la que hallaba en internet. Fue también –y he aquí lo más valioso– cuando comencé a cuestionarme si estaba en grado de discernir si todo lo que leía, veía y escuchaba era mentira o era verdad.

Y es que, tomando siempre como ejemplo la historia de los conventos de Riva Salgado, era imposible no plantearse si las dificultades para recuperar "la verdad histórica" (llamémosla así) de un hecho acontecido hace cientos de años, no serían exactamente las mismas con las que se enfrentaría una ciudadana común como yo al querer dilucidar un suceso más reciente.

Cabe la posibilidad de que esto último fuera incluso más difícil, pues el suceso en cuestión –apenas ocurrido– podría ser enmarañado, encubierto, minimizado y/o acallado… Y ello tanto por los involucrados directos e indirectos, cuanto por quienes trabajan o controlan los medios masivos de información.

---

[1] Para quien haya optado por leer el manuscrito de Ariel Franco Figueroa, pondré como ejemplo cierta página web en la que se omitía por completo la denuncia de que Felipe Hurtado hubiese sido un ladrón y un mujeriego. Muy por el contrario, en ella se enaltecían las virtudes de un hombre íntegro, defensor notable del Catolicismo frente a la amenaza latente del Protestantismo holandés. Además, según la información de esta página, Felipe Hurtado habría nacido al menos tres cuartos de siglo antes de los acontecimientos relatados en el texto de Ariel Franco Figueroa, en un pequeño poblado a las afueras de Brujas, en la actual Bélgica, cuando aún estaba bajo el dominio español de Felipe II. Tras defender la fe católica contra los protestantes holandeses, Felipe Hurtado habría viajado efectivamente a Córdoba y de allí a la Nueva España, donde –cito– "nunca dejó de luchar a favor de la Santa Iglesia Católica, Apostólica y Romana". En ese mismo sitio se decía muy poco de Modesto de Riva Salgado. No se negaba que él había sido un mártir protector de indígenas, mestizos y mulatos, pero no se mencionaba en absoluto quiénes lo habían martirizado ni mucho menos se hacía referencia a la forma especial en la que su féretro hubo de ser construido.

10

A la mañana siguiente, antes de desayunar, me percaté de que Arturo sacaba a escondidas del estudio el CPU de la computadora. Cuidadoso de no hacer ruido, bajó sigilosamente las escaleras, abrió el portón del garaje y lo guardó en la cajuela de su carro. Supe por las facciones de su rostro que se creía el responsable de la descompostura, y hacía bien, pues después de todo ¿cuántos virus no habría podido descargar por accidente en las páginas pornográficas que utilizaba?

Resolví que no le aclararía lo ocurrido, que lo dejaría cargar con ese remordimiento, que muy merecido se lo tenía. Tampoco le dije nada acerca de los papales ni de la nota que aquel extraño monje me había dado dos días antes en los conventos de Riva Salgado.

Por un periodo de tres o cuatro semanas no hubo acontecimientos remarcables, más allá de que Arturo había vuelto un día como cualquier otro con el CPU reparado, y que Francisco y Carlos Alberto habían reanudado sus estudios con normalidad luego de cumplir con sus respectivas suspensiones.

Se llegó así la fecha en la que la Agrícola Garza-Reyes (de don Nicolás, el amigo de mi padre), el gobierno del estado de Huelelagua de los Llanos y Grupo ORCU habrían de firmar un acuerdo tripartito que, según lo que se decía a toda hora en la radio y la televisión, habría de fomentar el desarrollo agropecuario como nunca antes. Grupo ORCU se encargaría de modernizar las presas, los puentes y las carreteras de las históricamente olvidadas zonas rurales de nuestra entidad. Por su parte, la Agrícola Garza-Reyes dotaría de tecnología y capacitación a agricultores y ganaderos. Todo ello bajo la supervisión y el financiamiento del gobierno estatal.

El análisis de los perjuicios y beneficios de dicho convenio lo dejo a otra persona, a alguien competente en la materia, pues yo no poseo ni los conocimientos económicos ni los jurídicos necesarios. Tan sólo diré, eso sí, que el evento tuvo lugar un sábado al mediodía en el Palacio de Gobernación, y que el festejo correspondiente se efectuó de manera privada en la lujosa casa de campo que Víctor se había construido a las afueras de la ciudad.

Cuando Arturo, los niños y yo arribamos al festejo, además de Lorena, de Carlos Alberto y del propio Víctor, ya estaban presentes mis padres y don Nicolás Garza Reyes con su nueva esposa, una jovencita de apenas veinte años, bellísima. Al costado izquierdo del jardín se habían colocado alrededor de quince mesas con sus respectivos parasoles. Francisco y Mariana corrieron hacia su primo en cuanto lo vieron, y antes de que Arturo y yo hubiésemos llegado adonde las mesas, ya habían corrido de regreso para avisarnos que entrarían a la casa a jugar Xbox. Quise decirles que primero saludaran a mis padres y a sus tíos, pero no tuve tiempo. Los miré alejarse entre carcajadas, bajo las sombras intermitentes de los pinos, cubiertos por los aromas del verano y de la barbacoa que ya se calentaba en los tradicionales hornos de piedra. Arturo y yo intercambiamos tres palabras de felicitación con mi hermano, quien agradeció nuestra presencia y se disculpó por tener que dejarnos solos aquella tarde.

–Pero saben que éste es su hogar –nos dijo, y en seguida él y Lorena se fueron a recibir al gobernador, que en ese momento entraba también al jardín acompañado de políticos y guardaespaldas.

Debo decir que no había vuelto a buscar a mis padres desde la noche en que había ido llorando a su casa para que me consolasen por lo que acababa de descubrir de Arturo, pues aún no me reponía totalmente de la desilusión que me había causado saber que mi padre no sólo había sido un marido infiel, sino uno capaz de instalar a sus amantes bajo el mismo techo en que vivían sus hijos y su esposa.

Pese a todo, fue aquella tarde soleada –al verlos sentados a la mesa, charlando tan amenamente– cuando terminé de entender que cada matrimonio era libre de solventar sus dificultades como quisiese o pudiese. Yo no tenía ningún derecho a juzgar su relación conyugal; a lo sumo, a juzgarlos como lo que eran respecto a mí: mis padres, y en ese sentido siempre fueron magníficos.

Me acerqué a ellos y con tal cariño los abracé, que los tres sobrentendimos que aquella era una especie de reconciliación. Arturo, no obstante, se quedó a la distancia, temeroso. Lorena volvió entonces a nuestro lado y nos preguntó si nos había satisfecho la mesa que Víctor había escogido para nosotros. Mi padre respondió que cualquier decisión que Víctor tomara estaba bien para él.

Debajo del elegante pero sobrio vestido blanco de Lorena se podía adivinar un cuerpo esbelto y muy bien torneado. La erudición, en ella, no estaba peleada con el deporte. La imaginé a un mismo tiempo y a una velocidad sólo posible en la mente, jugando tenis, su deporte favorito, y leyendo libros y revistas de arqueología; descifrando jeroglíficos prehispánicos y repartiendo raquetazos a diestra y siniestra.

Lorena se despidió nuevamente de nosotros, añadiendo que volvería más tarde. No se había alejado ni diez metros cuando de pronto se giró hacia mí e hizo una seña discretamente para que yo la alcanzase. Llamé a Arturo y le dije que lo dejaba unos segundos en compañía de mis padres. Arturo respondió con una sonrisa tímida, pues se sabía descubierto como lo que era: un pervertido de internet. Sin embargo, ni mi madre ni mi padre le pusieron mala cara. Muy por el contrario, ambos se mostraron más afectuosos y comprensivos que nunca.

Los dejé, pues, y fui a ver para qué me quería Lorena. Ella, en voz muy baja, me preguntó si podía acompañarla a su casa de todos los días.

–Tengo que guardar los documentos que Víctor firmó hoy –dijo.

Fue inevitable cuestionar en mi interior si realmente debía de hacerlo justo ahora, si no podía postergarlo o si en última instancia no podría guardar los documentos momentáneamente en la casa de campo. Percibiendo mi asombro, Lorena precisó:

–Sí, yo tampoco comprendo las minuciosidades de tu hermano en sus negocios, pero tengo que aceptar que hasta ahora le han funcionado con creces: cada contrato o acuerdo que suscribe, lo archiva al instante según la fecha, el tipo de trabajo que emprende y, sobre todo, según los nombres y las biografías de los demás firmantes. Todo mundo piensa que el resguardo original lo tenemos en las oficinas centrales de Grupo ORCU, pero acá entre nos está en nuestra casa.

No tuve otra alternativa que acompañar a Lorena. Nos subimos a su lujosa camioneta blindada y dejamos la celebración sin avisar ni despedirnos de nadie. Mientras descendíamos por la escarpada carretera federal, fijé mi atención en los montes que se recortaban a lo lejos, hacia el oeste, de los que en tiempos de lluvia bajaban riachuelos de agua limpia y fresca, que por desgracia desembocaban en el Río de los Consuelos, de aguas tóxicas e inmundas, vulgarmente conocido como "El Brownie" porque –según había oído– rebosaba de cacao.

Sí, ese río era el mismo que el gobierno había prometido tratar a fin de poder utilizarlo en labores agrícolas; el mismo por el que nuestro estado y su capital homónima se habían granjeado en el resto del país el sobrenombre de "Bebe el agua de los baños", ya que don Nicolás y uno que otro terrateniente habían comenzado a irrigar sus cultivos con esas insalubres aguas residuales desde mucho antes de que se iniciara la construcción de las plantas de tratamiento.

–Muchas gracias por acompañarme, Rebeca. La verdad es que no quería ir sola –me agradeció Lorena.

–No es nada –respondí sin despegar la vista de los pinos y los oyameles de la sierra, que esa tarde parecían envueltos en un acolchonado edredón de niebla que descendía velozmente hacia nosotros.

–¡Qué bello!, ¿no? –dije sin reparar en mis palabras.

–¿Qué cosa?

–La naturaleza, la privilegiada biodiversidad de Huelelagua de los Llanos.

Se me antojó entonces respirar aquel aroma a humedad y a resina, tan típico de nuestros bosques. Me disponía a bajar la ventanilla del copiloto para empaparme de aquel aire, pero Lorena lo impidió amablemente con una de sus mejores sonrisas acompañada de un:

–Mejor no, Rebeca.

No, no era necesario que lo explicara. Mi vida y la de ella no podían ser las mismas. Aunque mi vida era holgada, sin restricciones económicas, mi presupuesto estaba lejos, muy pero muy lejos de ser el mismo que el de Lorena. Supongo que Víctor es multimillonario. Y escribo supongo porque en verdad que no lo sé: durante nuestra infancia (la mía y la de mis hermanos) mi padre fue, digámoslo así, moderadamente rico. Lo que él y Víctor han acaudalado desde la creación de Grupo ORCU, son sumas estratosféricas que hasta el día de hoy rebasan mis cálculos.

11

Al llegar a la casa de todos los días de Víctor y Lorena, una mansión de estilo moderno ubicada en la exclusiva zona residencial de Las Cochinillas, un anciano enjuto y encorvado nos recibió en la puerta. Vestía un overol de mezclilla con manchas verdes de pasto y un sombrero destejido de paja. Supuse que pese a su avanzada edad debía fungir tanto de conserje como de jardinero.

La casa de campo de Víctor la conocía bastante bien, pues ahí se solían celebrar las fiestas familiares. En cambio, su casa de todos los días la había visitado en muy contadas ocasiones y casi siempre de prisa.

–Me parece que desde hace mucho que no nos visitabas –me dijo Lorena mientras caminábamos por el jardín.

Si no los visitaba era por la sencilla razón de que ni ella ni Víctor me invitaban. Aun así no tomé a mal su comentario, pues la situación era recíproca: tampoco Arturo ni yo los invitábamos a nuestra casa.

Terminamos de atravesar el jardín, pulcro pero sin flores, y pasamos a la sala por una bellísima puerta de caoba roja con adornos de cristal cortado. Adentro nos recibió una jovencita de posiblemente quince o dieciséis años de edad. Lorena la saludó con campechanía, sin solemnidades, y tras habérmela presentado meramente como Altagracia, le dijo:

–Por favor, avísale a Juanito que no cierre el portón, que sólo venimos de entrada por salida.

–Sí, señora.

–Y dile a Zenaida que me prepare un jugo de zanahoria con piña y betabel. ¿Tú qué quieres tomar, Rebeca?

–¿Cómo? –respondí distraída, paseando mi mirada por el recinto.

–Que qué quieres beber.

–No, nada, así estoy bien –y luego de un corto silencio, añadí–: pues yo recordaba que tu sala era muy diferente.

–Sí, Víctor y yo hicimos algunas remodelaciones hace ya algunos años. Él quiso que demoliéramos las tres recámaras que se encontraban en este piso, de tal forma que pudiéramos ampliar la sala y la cocina. Yo sugerí los vitrales en el descanso de la escalera, así como cambiar las paredes que daban al jardín por ventanales corredizos. Ya sabes, para aprovechar mejor la luz del día.

–Ah, entonces aquí es donde lees –asumí con ingenuidad, creyendo que era lo mismo leer novelas y cuentos esporádicamente, como yo lo hacía, en la comodidad de un buen sofá, que ser una investigadora académica.

–No, no –respondió Lorena sonriente y amable– mi estudio lo tengo arriba. ¿Quieres verlo? Aunque te advierto que es un caos.

–Me encantaría.

–Vamos, pero no te asustes cuando lo veas –y en seguida, murmurándome al oído, confesó–: ahí es donde guardo los documentos de Víctor. Nadie en la casa puede entrar a mi estudio. Está absolutamente prohibido que toquen y revuelvan mis cosas. Sé perfectamente dónde tengo cada uno de mis libros, dónde dejo hasta el objeto más insignificante. Tan sólo Víctor y yo… –al llegar a este punto, Lorena reflexionó lo que estaba por decir y, ya sin murmurar, enderezando su espalda, corrigió– Bueno, no: en realidad a mi estudio yo soy la única que entro. Víctor dice que es un lugar imposible para trabajar. Él tiene su propio estudio en otra habitación. Uno mucho más pequeño que el mío.

En ese instante apareció una anciana de tez muy morena y ojos cansados, amarillentos, que pese a ello reflejaban alegría. Traía el jugo de Lorena.

–Déjelo por favor en la cocina, doña Zenaida –dijo Lorena apenas la vio venir–. En seguida bajo por él–. La anciana dio media vuelta en silencio y desapareció por donde había venido.

–Hay que darnos prisa –comentó Lorena– ¡Y con lo que me choca andar a las carreras, y ni se digan estos vestidos incómodos!

–Pero si te va de maravilla –dije.

–Gracias. Tú también te ves muy bien con tu vestido.

–Lo digo en serio, Lorena.

–También yo –contestó ella mientras cerraba y apretaba los ojos. Acto seguido, preguntó–: ¿has estado haciendo deporte?

–No, la verdad es que no.

–Pues tienes un cuerpo muy lindo. Yo no puedo vivir sin ejercitarme.

–Claro, el tenis –dije.

–No, desde hace algunos años que ya no tengo tiempo para el tenis. A raíz de entonces descubrí que sin el ejercicio, sin actividad física, o me deprimo a muerte, o me vuelvo un ogro con la ansiedad hasta las nubes. Fue por eso que Víctor acondicionó parte del sótano para convertirlo en un pequeño gimnasio para mí. Lo recuerdas, ¿verdad?, el sótano. Es como el de la casa de campo pero con sólo dos mesas de billar, y la cava es mucho más reducida.

–Sí, más o menos lo recuerdo –en realidad yo nunca había estado en el sótano.

–Bueno, pues hicimos eso y también un squash al otro lado del jardín; sólo que no se ve porque a Víctor le gustó más la idea de que fuera subterráneo.

–Sí… seguro que eso es mejor.

–¡Pero mira la hora que es! Hay que darnos prisa, Rebeca.

Aunque Lorena repetía que debíamos apresurarnos, lo cierto era que no nos habíamos movido del lugar en que la jovencita de quince o dieciséis años llamada Altagracia nos había recibido. Para colmo, Lorena había vuelto a cerrar los párpados. Esta vez, además, noté que apretaba los puños.

–Bueno, vayamos arriba –dijo ella luego de que hubo reabierto los ojos.

Subíamos ya las escaleras cuando recordé que durante el trayecto, mientras manejaba, Lorena había hecho ese mismo tic en por lo menos un par de ocasiones.

Aunque me había parecido una gran imprudencia de su parte, pensé que al ser ella una investigadora de renombre, seguramente aquello se debía a un riguroso régimen de estudio. Ahora, tras haberla visto repetir aquel espasmo en medio de la sala, comencé a dudar de que la razón fuese exclusivamente la inmensurable cantidad de horas transcurridas ante libros, revistas y la computadora.

El estudio de Lorena era más bien una auténtica biblioteca. Su extraña geometría dificultaba el cálculo de sus dimensiones. De cualquier modo a mí me pareció desmesurada y, en efecto, un lugar en donde imperaban las tinieblas, el polvo y un aparente desorden.

En contraste con la sala –con la ventilación y la luminosidad de sus ventanales, con el resplandor de su piso de mármol, la blancura de sus paredes y en general con su aseo meticuloso–, el estudio de Lorena semejaba un laberinto sofocante de estanterías polvorientas y libros apilados en el suelo, malamente iluminado por la escasa luz que se filtraba de entre unas cortinas cenicientas y cerradas de par en par que tal vez algún día fueron azules.

Sobre nosotras flotaba un aire denso, impregnado de ese olor característico de la polilla y del papel antiguo. Acepto que algo de cuento fantástico había allí, algo de irreal y misterioso. Imaginé que en una obra de ficción aquel sitio suscitaría cierto encanto, mas no así en la vida real; al menos no en mi propia casa. Afuera, en una librería de segunda mano o en una biblioteca olvidada, allí sí que aquella atmósfera sería envolvente e invitaría a que una se pasease por sus pasillos y recovecos. Lo más extraño e inverisímil era que un sitio así yacía incrustado justamente en la que me había parecido la casa más elegante y pulcra de toda Huelelagua de los Llanos, patrimonio además del director de una de las empresas constructoras más importantes de todo México.

–No te quedes ahí parada. Ven, acércate –me dijo Lorena–. Te advertí que era un desastre, pero es que no tengo tiempo de escombrar y no me gusta que nadie toque mis cosas.

–No te preocupes, me pasa lo mismo –mentía: ni me incomodaría que alguien más limpiara la casa por mí (porque yo nunca he tenido gente que me ayude en mis quehaceres), ni mucho menos me permitiría vivir en un desorden como ese.

El enorme escritorio de Lorena, de quizá cinco por tres metros de superficie, hacía juego con el resto del estudio. Además de la computadora, sobre él descansaban centenares de hojas y documentos; libros y libros, uno sobre otro, de entre cuyas páginas sobresalían trocitos de papel y toda suerte de separadores improvisados.

Pese al caos aparente, no tardé en percatarme de que un vertiginoso orden simétrico designaba a cada objeto un lugar y una posición precisos: si a la derecha del monitor había una pila de libros de medio metro de altura, a la izquierda, simétricamente colocada, había otra pila con las mismas dimensiones. Los bolígrafos estaban acomodados dependiendo de su tinta y distanciados el uno del otro por medidas idénticas, y todos apuntaban con sus tapas hacia una misma dirección. Sobre el respaldo de la silla colgaba una percudida bata de laboratorio, y debajo de ella yacían dos mancuernas de gimnasio, una a la izquierda y otra a la derecha.

En ese instante me di cuenta de que Lorena tenía dificultad para decidir si guardaba o no los documentos de Víctor frente a mí. Fingí entonces interés por sus libros y pregunté si podía echarle un vistazo a la biblioteca.

–No es ninguna biblioteca. Yo prefiero llamarlo estudio –respondió Lorena–. Pero sí, adelante, mira lo que gustes: serás la primera a quien se lo permita –agregó riendo.

Correspondí las risas y me puse a deambular entre los anaqueles colmados de libros, casi a punto de reventar. Muy pronto deduje que la superficie de la sala, en el piso de abajo, no podía coincidir con la de la biblioteca.

–Tu biblioteca, o mejor dicho, tu estudio, está justamente sobre la sala, ¿verdad? –pregunté mientras seguía andando los pasillos.

–Y sobre gran parte de la cocina y el comedor –las palabras de Lorena llegaron sin fuerza, como si ella me estuviese dando la espalda y su voz, tras haber rebotado en la pared, hubiera tenido que librar el sinuoso sendero de libros y estanterías hasta poder llegar a mí, fatigada.

Continué adentrándome en aquel recinto. La ya de por sí insuficiente luz, que cada vez se volvía más tenue, la obstruía sin querer con mi propio cuerpo. Caminaba casi a tientas cuando de pronto di con un sillón colocado entre dos anaqueles. Decidí esperar sentada en él, pero una nube de polvo se alzó apenas lo hube tocado. Me alcé en seguida y noté que las palmas de mis manos, con las que me había apoyado en los descansos del sillón, se habían coloreado de gris. Me sacudí de arriba a abajo y reanudé mi torpe andar.

Al cabo de algunos metros me topé con un diminuto escritorio empotrado en la pared. Tenía su taburete y una lámpara que cuando quise encender no arrojó ninguna luz. Soplé el polvo que cubría la bombilla para poder mirar el interior: comprobé que el filamento estaba roto. Seguí adelante.

Aunque la iluminación se hacía prácticamente nula, alcancé a advertir las arañas patonas que, entre las repisas de los libreros, habían tejido redes descomunales en las que aún yacían cadáveres de mocas y demás bichos succionados.

A un cierto punto no tuve otra alternativa que detenerme, impresionada de no poder divisar el término del estudio: así de impenetrable resultaba para la vista aquella atmósfera.

–¿Lorena, qué hay más allá? –pregunté, pero nadie respondió.

Resolví que era tiempo de regresar a la entrada del estudio. Para ello quise tomar un pasillo diferente. Elegí uno al azar. No sé cuánto avancé en él, pero el hecho es que de pronto me encontré con que un estante bloqueaba el paso y me obligaba ya sea a volver por donde había venido o a girar a la derecha. Giré a la derecha.

Metros después apareció un nuevo estante que también impedía el paso y me obligaba a girar otra vez a la derecha. Por absurdo que se escuche, confieso que consideré seriamente la probabilidad de poder extraviarme en aquella especie de laberinto.

Fue entonces cuando allá a lo lejos, en la oscuridad profunda, me pareció distinguir un brillo tenue y fugaz.

–¿Quién anda ahí? –pregunté titubeante.

La única respuesta que recibí fue el sonido exacto de un libro retornando a su repisa correspondiente. El centelleo que recién había mirado volvió a aparecer, pero esta ocasión su intensidad fue disminuyendo paulatinamente hasta que al fin pude reconocer el rostro de Lorena, que caminaba hacia mí vistiendo la percudida bata de laboratorio que minutos antes había percatado a la entrada del estudio, sobre el respaldo de la silla del escritorio principal.

Aunque cueste creerlo, en todos los años que llevaba de conocer a Lorena, jamás la había visto así, portando aquellos inverosímiles lentes de miope, gruesos como fondo de botella, tras los cuales sus bellos ojos eslavos semejaban dos diminutos e inquietos pececillos azules.

12

Mientras conducía de regreso a la casa de campo, Lorena no dejó de disculparse (tampoco de reírse) por el susto que me había dado. Me explicó que, como era su costumbre cada vez que recorría su estudio, se había puesto la bata de laboratorio para no empolvarse el vestido. Por otra parte, el grosor descomunal de sus anteojos no sólo esclarecía el reflejo que yo creía haber visto en plena oscuridad, sino también la razón de que ella prefiriese no mostrarse con ellos en público.

Legamos, pues, de vuelta a la comida. Luego de entrar al jardín por un ingreso exclusivo para ella y para Víctor, Lorena sacó de su bolso un paquete nuevo de lentes de contacto. Se los colocó con tal rapidez y habilidad que ni para enjugarse el líquido antiséptico de las mejillas fue necesario que se mirara en el espejo retrovisor.

Antes de despedirse de mí, Lorena volvió a agradecerme por mi compañía y me acompañó hasta la mesa en que mis padres y Arturo conversaban reconfortados con sendas copas de vino. Me senté junto a Arturo a la par que preguntaba en voz alta cómo la estaban pasando. Él y mi padre respondieron que muy bien, pero mi madre me ignoró por completo, absorta en la contemplación de una pequeña biznaga de flores púrpuras que fungía como adorno de mesa.

–Yo tengo un cactus muy parecido en la cocina –dijo ella–. Algo más grande, nada más. Lo que se me hace raro es que desde que lo compré, aunque el cactus no ha dejado de estirarse ni ensancharse, sus flores siguen igual de frescas y coloridas, sin que se marchiten en lo más mínimo.

Mi padre miró de reojo a mi madre sin hacer ningún comentario. Arturo aprovechó la ocasión para darme un golpecito en el muslo por debajo del mantel con el propósito de que volteara hacia la barra de bebidas.

–¿Alguien ha visto mis anteojos? –preguntó de pronto mi madre, observando siempre con atención la pequeña biznaga.

–Los traes colgando del cuello –le respondió mi padre.

Junto a la barra de bebidas, más allá de las mesas de los comensales, Víctor, el gobernador y don Nicolás discutían acaloradamente sobre algo. Al verlo, mi padre se levantó en un santiamén y sin mediar palabra con nosotros se dirigió hacia el grupo. Víctor lo recibió mostrándole un periódico. Mi padre lo ojeó rápidamente sin cambiar de página y en seguida lo arrojó al césped con furia. Acto seguido, los cuatro se encaminaron al interior de la casa. Lorena, que lo había presenciado todo recargada en el marco de la puerta, esperó a que los hombres pasaran de largo y se encerraran dentro, en algún recinto, para poder ir a la barra de bebidas, recoger el periódico y desenmarañar el motivo de semejante alboroto.

–Ah, esto no es nada bueno –suspiró Lorena mientras venía hacia nosotros.

–Ni que lo digas –segundó mi madre.

–Pero no se preocupe, doña Hortensia: quienes hayan hecho esto no son más que unos viles embusteros.

–Y de la peor calaña, Lorencita, y de la peor calaña –coincidió mi madre–. ¡Mira nada más lo que les hacen a las pobres plantas!

–¿Eh? –exclamó Lorena confundida.

–Ya se me hacía raro que no se marchitasen las flores de mi biznaga.

–Disculpe, suegra, ¿de qué está usted hablando?

–¿De qué va a ser? Hablo de esos sinvergüenzotas que les pegan flores de plástico a las biznagas y se las venden a una como naturales –explicó mi madre, señalando el cactus al centro de la mesa.

En efecto, en la base de una de las flores (que de un primer vistazo hubiera sido difícil adivinar como falsas) se lograba distinguir el excedente de algún tipo de pegamento incoloro.

–Discúlpeme, doña Hortensia –la interrumpió Lorena algo exaltada–, yo me refería a esto –y posó entonces el diario sobre nuestra mesa.

MAFIA Y CONFLICTO DE INTERÉS BAJO EL AMPARO DEL GOBERNADOR DE HUELELAGUA, rezaba el titular. Arturo tomó el periódico y lo examinó detenidamente.

–Esta hoja no es como las demás –dijo–. Para mí que ha sido añadida. No creo que forme parte de la tirada original.

–Eso mismo pensé yo –concordó Lorena.

–Déjame ver, Arturo –dije impaciente, pues creía haber reconocido algo en aquella nota.

Arturo me tendió el periódico. Para resumirlo en pocas palabras, la noticia acusaba a Grupo ORCU de ser una empresa con larga tradición en el lavado de dinero y el desvío de recursos; a don Nicolás lo vinculaba con un sanguinario cártel de la droga; denunciaba además la corrupción imperante en el gobierno estatal, así como en la mayoría de los municipios, citando los nombres y los cargos de los principales funcionarios públicos deshonestos.

–Son patrañas, injurias de alguien que quiere perjudicarnos –dijo mi padre, que había vuelto a la mesa sin que yo lo hubiese percatado, abstraída como lo estaba en la lectura de aquella nota.

–¿Y quién querría hacer algo así? –le pregunté con la voz entrecortada.

–No lo sé, hija, pero por lo pronto ya nos hemos comunicado con el director del periódico, quien nos jura y perjura que ninguno de sus redactores escribió la noticia.

–Pero si hasta firmada está –señaló Arturo.

–Sí, es muy probable que se trate de un nombre ficticio, de algún seudónimo –argumentó mi padre–. Todo apunta a que la hoja fue anexada de último momento en los periódicos, ya sea en la imprenta o durante la distribución. Sea como fuere, lo importante es descubrir quién o quiénes están detrás de esto y hacerles pagar por sus calumnias.

¡Estuve a punto de decirlo, por Dios que sí! ¡Por Dios que me quedé a una milésima de segundo de hablar! Pero algo dentro de mí hizo que vacilara, y entonces en un dos por tres se me fue el valor necesario para contar cómo y por qué conocía yo aquel nombre –real o no– con que estaba firmada la noticia: Ariel Franco Figueroa.

13

Aquella misma noche, ya en nuestra propia casa, después de que los niños se fueron a acostar, le pedí a Arturo que por favor me preparara un café. Su semblante, sorprendido, pareció preguntarme: ¿Café? ¿A esta hora? ¿Tú, Rebeca, que un simple capuchino es suficiente para dejarte en vela toda la noche?

Pero Arturo no dijo nada. Se levantó del comedor y fue a prepararme el café. Lo miré de espalda, alto, delgado, siempre pausado en sus movimientos. Se me figuró una palmera mecida melodiosamente por el cálido soplo del desierto. Ahí estaba él, el mismo de siempre, el que me pretendió durante más de un año para que fuera su novia.

Cuando lo conocí, Arturo trabajaba como asesor en el buffet de abogados de mi padre. En aquellos días era un joven recién egresado de la licenciatura, tímido y extremadamente circunspecto. Había obtenido las mejores notas de su generación, lo que precisamente le valió su puesto en el buffet de mi padre. Sin embargo, al no estar titulado y por ende no poseer una cédula profesional, Arturo no podía ejercer en los tribunales.

Esta situación duró cerca de cuatro años, durante los cuales Arturo no escribió ni una sola línea de su tesis. De hecho, ese fue el principal motivo por el que renunció a su trabajo, pues quería titularse y obtener su cédula profesional de una vez por todas. Y es que en aquel momento él y yo ya éramos novios. Decía que ni se veía siendo toda su vida un simple asesor, ni mucho menos permitiría que la gente pensara que su amor hacia mí era fingido y nuestro noviazgo por pura conveniencia.

Luego de titularse y abrir su propio despecho, Arturo siguió preparándose mediante diplomados y especializaciones, hasta que terminó por cursar una maestría en el entonces incipiente sistema abierto de la universidad de Huelelagua. Su objetivo era renunciar a los casos penales y civiles a fin de dedicarse por entero a los mercantilistas.

Pero volvamos a la época en que Arturo y yo comenzamos a andar. Él, como ya he dicho, se había incorporado al buffet de mi padre en cuanto concluyó sus estudios. Más o menos por ese mismo periodo yo también estaba por dejar la universidad. No como graduada, sino como desertora… Sé que sonaré poco objetiva, pero la realidad es que si procedí de esa manera no fue por falta de aptitudes, sino más bien porque nunca, durante toda mi trayectoria académica, desde la primaria hasta el último día en la licenciatura, nunca –repito– sentí ni obligación ni gran placer por el estudio.

No tengo la más mínima idea de lo que estaba pensando cuando me inscribí en la carrera de administración; lo cosa está en que, durante tres semestres exactos, frecuenté con sobradas ausencias la facultad de contaduría. Supongo que después me habré ocupado en actividades poco productivas que, no obstante, nunca me hicieron sentir que estuviera perdiendo el tiempo.

Fue entonces cuando un día como cualquier otro mi padre empezó a llevar a la casa a Arturo, y aunque es cierto que muy pronto entablamos buena amistad, también lo es que mi padre influyó para que yo aceptara finalmente una de las tímidas pero atentas invitaciones que Arturo solía hacerme para salir.

–Veo algo bueno en ese muchacho –me dijo en una ocasión mi padre–. ¿Por qué no te das la oportunidad de conocerlo? A leguas se nota que lo traes de un ala.

–¿Pero no te parece algo…? ¿Cómo decirlo…? ¿Algo infantil?

–¿Quién? ¿Arturo? –me respondió con una expresión de asombro que hasta el día de hoy, pese a lo que ahora sé de mi padre, sigo juzgando sincera– Para nada, Rebequita, para nada. Arturo es inocente y bueno, que es distinto. Bastantes similitudes hay entre una persona buena e inocente, y una infantil, pero, créeme,

61

no son sinónimos. ¿Quieres un matrimonio feliz?: cásate con alguien bueno. Bueno y noble como el pan, Rebeca.

Bueno y noble como mi madre, habrá querido decir. En ese entonces no había entendido su consejo, pero no se necesita mucha inteligencia para adivinar que mi padre concebía el matrimonio como una lucha de poderes. ¿Para qué empezar una batalla con alguien más fuerte que tú, con alguien que te vencería? Eso era lo que en realidad me estaba diciendo. Cásate con alguien bueno y tendrás siempre la última palabra.

Sin embargo, yo no me casé con Arturo por ese motivo. Empecé a amarlo gracias a sus atenciones, precisamente gracias a su carácter bondadoso. Hoy me pregunto si –en vista de todo lo que ignoraba de mi entorno– no era yo quien le parecía a mi padre la "buena y noble", lo que a sus ojos podría significar ingenua y débil.

–¿Vas a querer azúcar, mi cielo? –me preguntó Arturo, ocupado en lavar el filtro de la cafetera. Respondí que sí sin pensarlo, aún abstraída en lo que había sucedido aquella tarde en la casa de campo de Víctor.

–¿Quién podrá ser? –pregunté.

–¿Quién podrá ser quién, amor?

–Ariel Franco Figueroa. ¿Tienes alguna idea de quién es él?

Arturo caviló un segundo.

–No, ninguna. Jamás había escuchado ese nombre.

–¿Crees que sea cierto lo que escribió de Grupo ORCU? Quiero decir, ¿crees que mi hermano se prestaría para negocios sucios, para lavar y desviar dinero?

Arturo volvió a reflexionar.

–No lo sé, Rebeca, no lo sé. A Víctor lo conozco como cuñado, no como empresario. Ignoro qué tan redituable sea el mundo de las constructoras, aunque por otro lado…

–¿Aunque por otro lado qué, Arturo? –pregunté afligida.

–No, no es nada. Mejor olvídalo.

–Arturo, te lo ruego. Necesito saber tu opinión.

–Es que ni yo mismo sé lo que opino.

–¿Qué me ibas decir entonces?

–Te lo digo siempre y cuando se sobrentienda que yo no confirmo ni desmiento nada, ¿está bien?

–Está bien.

–Bueno, pues la realidad es que desde que trabajaba como asesor en el buffet de abogados de tu padre, ya se oían ciertos rumores.

–¿Qué rumores?

El silbido de la cafetera coincidió con el término de mi pregunta. Arturo dio media vuelta y sirvió una taza de café. Dudó un instante y sirvió otra. Sobre la mesa, delante de mí, colocó la primera taza y, mientras soplaba el vapor de la segunda, la que se había quedado para él, respondió:

–Se rumoraba sobre la forma rápida y extraña en que tu padre comenzaba a hacerse de una fortuna considerable.

–¿Extraña? ¿Por qué extraña?

–Supongo que porque tu padre se enriquecía con una rapidez inaudita, sobre todo como consecuencia de sus litigios a favor y en contra del gobierno estatal.

–Pero eso fue hace bastante tiempo. Mi padre es actualmente un hombre retirado. Ya ni siquiera preside el buffet.

–Sí, quizás porque requería de más tiempo libre para poder consolidar su constructora junto con tu hermano.

–¡*Voilà*! ¡Por fin llegas al tema que me intriga: Víctor y Grupo ORCU! Hasta ahora te habías limitado a hablar de mi padre, y a él de hecho no lo mencionan en la noticia infiltrada del periódico.

–Ya te expliqué, mi vida, que a tu hermano no lo conozco en el terreno laboral, sólo a tu padre, y no demasiado, por cierto: recuerda que yo era un simple asesor, un pasante que no podía litigar.

–Dime al menos si crees que puedan ser verídicas las acusaciones lanzadas contra mi hermano y Grupo ORCU.

–Déjalo, Rebeca. No ganamos nada con conjeturas y suposiciones. Lo más indicado es esperar a ver qué sucede; sobre todo, ver si estas denuncias tendrán eco a nivel federal.

14

Nuestra conversación finalizó ahí, con un consejo acertado y con otro que pensaba saltarme. Acertado: que Arturo y yo no ganábamos nada haciendo conjeturas y suposiciones. Para omitir: que lo más indicado era esperar a ver qué sucedía.

¿Esperar? ¿Cómo esperar cuando mi vida toda había sido de inacción, apatía e ignorancia? No, esta vez no iba quedarme con los brazos cruzados en espera de lo que fuere a acontecer, sobre todo si contaba con el número de celular de alguien que pudiese estar ligado al autor de la noticia infiltrada en el periódico (esto, claro, suponiendo que aquel monje llamado fray Sebastián no fuese él mismo Ariel Franco Figueroa).

Por ello, en cuanto Arturo y yo terminamos nuestras respectivas tazas de café, subimos a nuestra habitación y nos pusimos nuestras pijamas, aproveché el momento en que mi marido se cepillaba los dientes en el baño para sacar de mi gaveta la nota que fray Sebastián me había dado. Tomé mi celular y sin poner demasiada atención en las palabras, escribí y envié el siguiente mensaje de texto:

Buenas noches, fray Sebastián. Soy Rebeca Ordoñez Cuesta. Disculpe por la hora tarde en que le escribo. Espero no incomodarlo. Por favor, necesito hablar con usted cuanto antes. ¿Cree que podríamos vernos?

Para mi sorpresa (desbaratando además ese prejuicio mío de que todo religioso era un ser empecinado en vivir en el pasado), fray Sebastián me contestó por WhatsApp:

Buenas noches, señora mía. Su mensaje no me incomoda en absoluto. Le respondo por WhatsApp para que ninguno de los dos gaste su crédito. En relación a su pregunta, ¿le parece si nos vemos este jueves? Es el único día de la semana que tengo licencia para salir del convento.

La luz blanquecina que se colaba hasta la habitación por la puerta entreabierta del bañó desapareció de pronto, seguido del clic metálico de la cerradura. Aquella era la señal inconfundible de que Arturo había dejado de cepillarse los dientes y que ahora estaba por usar el inodoro, lo que significaba que yo tenía el tiempo suficiente para cerrar mi cita con fray Sebastián.

Este jueves está perfecto para mí. ¿A qué hora gusta que pase al convento por usted?

La respuesta de fray Sebastián llegó al instante, incluso antes de que se bloqueara la pantalla de mi celular.

¡No, nunca más en el convento, señora mía! Ya le explicaré más tarde los motivos, pero en el convento ya no existo para su merced. ¿La veo entonces este jueves a las 11 en punto en la sucursal de M&H de Plaza Magnolias?

Respondí que estaba bien, que ahí nos veíamos, aunque acepto que no sin cierta turbación: ya por su negativa a que lo buscase en el convento, ya por el lugar en que nos encontraríamos.

15

No, no escribí mal. La tienda de vestido y accesorios en la que fray Sebastián me citó, propiedad de un empresario del norte de Uruapan, se llamaba justamente Mujeres y Hombres, y su eslogan era M&H.

Sí, a todas luces se trataba de un plagio a la célebre compañía de ropa sueca. Pero bueno, yo no me había quedado de ver en el H&M de Plaza Magnolias (que también lo había), sino en el M&H.

Llegué a la tienda con quince minutos de anticipación, y para no quedarme esperando parada junto a la puerta, decidí echarle un vistazo a las blusas. No bien había comenzado a pasearme por el lugar, cuando escuché un susurro detrás de mí:

–"A quien madruga Dios le ayuda."

Giré mi rostro y descubrí a un fray Sebastián bastante diferente al que recordaba. Quizás porque vestía de civil, o no lo sé, pero había algo distinto en él, menos su peculiar forma de expresarse.

–Habedme ya aquí, señora mía. ¿En qué puedo serle útil?

Su pregunta fue sólo de trámite, pues fray Sebastián no me dio tiempo de responderle. Ni siquiera de saludarlo. Fingiendo interés en una blusa blanca de diminutas flores violetas que sostenía con ambas manos, me explicó:

–Disculpará su merced tantas precauciones, pero ya entenderá a su debido tiempo que lo hago más por mi señora que por mí.

Tras decir esto, se alejó con lentitud hasta llegar al estante de donde supongo había tomado aquella blusa, puesto que allí la depositó, y en su lugar tomó una falda horrible de pliegues largos y arrugados.

–Ahora le ruego –añadió– que aparente no conocerme. Finja que ha venido a comprar algo, lo que sea.

Hice lo que fray Sebastián me pedía. Agarré el primer vestido que vi y me encaminé hacia él, por un pasillo paralelo al suyo.

–El sábado pasado –comencé– el sábado pasado…

Desentendiéndose de los modales que hasta entonces había mostrado para conmigo, fray Sebastián me interrumpió, aunque acepto que sin asperezas:

–Conozco la noticia, mi señora, como todo Huelelagua. Es para hablar de su autor que ha querido verme, ¿no es así?

–Sí, así es, y usted mejor que nadie sabe por qué razón solicito su ayuda.

–¿Vuestra merced la solicita o la solicita su hermano?

No niego que la pregunta de fray Sebastián me incomodó bastante. Estuve a punto de terminar ahí mismo el jueguito ese de fingir no conocernos; de volverme a casa, llamar por celular a Víctor y contarle lo poco o mucho que sabía de Ariel Franco Figueroa. Pero no lo hice. En su lugar, contesté:

–Si a lo que se refiere es a que si le he contado a mi hermano lo del manuscrito que usted me dio, mi respuesta es que ni a él ni a nadie le he dicho nada todavía: puede estarse tranquilo.

A la par que cogía otra falda del mismo modelo y la comparaba con la que ya tenía, fray Sebastián exclamó:

–No esperaba de mi señora un proceder contrario. No obstante, tengo la impresión de que su merced olvida que "al que pida se le dará, y el que busque encontrará": ¿qué es lo que usted persigue realmente, doña Rebeca Ordoñez Cuesta? Yo la escuché afirmar en el convento que su merced se interesaba por el lado oscuro y oculto de Huelelagua de los Llanos. Le pido por favor que reflexione qué es lo que desea, y que dentro de unos cuantos minutos me encuentre allá donde los pantalones de mezclilla, en los estantes del fondo.

No había nada que reflexionar. Ahí mismo le respondí:

–Lo que deseo es saber si usted es Ariel Franco Figueroa, y si lo es, que me diga si es cierto lo que escribió de mi hermano.

Esa sería la primera y única ocasión en aquel día en que fray Sebastián girase su rostro hacia mí y me mirase de frente.

–No lo mencione, señora mía, ese nombre no lo mencione en público.

–¿Y por qué no?

–Su merced lo entenderá a su debido tiempo.

–Ya me ha dicho eso antes.

–Y quizá se lo repita después.

–No me causan ninguna gracia sus comentarios, fray Sebastián.

–¿Pero por qué se molesta conmigo? Fue usted quien ha querido verme. Yo no tengo la culpa de lo que se publicó en el periódico, ni tampoco de que sea cierto.

–¿Está seguro de que lo es?

–Le daría mi palabra de religioso, señora mía, si no fuese porque hoy por hoy esa palabra suele valer tan sólo para dos cosas.

En ese momento se escuchó una voz de mujer por toda la tienda: "Se les recuerda a nuestros estimados clientes que las camisas y sacos para caballero están a treinta por ciento de descuento al pagar a seis meses sin intereses."

Aproveché esta interrupción para intentar calmarme.

–Está bien, fray Sebastián –dije–, no dudaré de su honestidad. Ahora dígame por favor si usted es… si usted es "él".

–Ojalá lo fuera, pero no, y tampoco sé quién pueda serlo. Por mi parte, si yo fuera esa persona, me habría servido de las redes sociales para difundir esas noticias que los grandes medios se esmeran en ocultar. ¡Mire que valerse en nuestros días de la prensa para emprender un proyecto de tal magnitud!… Pero en fin, si le interesa saber lo que creo, le diré que debe tratarse de un intelectual comprometido, aunque también un tanto romanticón, pues se niega a aceptar el fin de la palabra impresa, tal y como ciertos empresarios y pseudo-periodistas no terminan de entender que la era de la televisión está en su crepúsculo.

Claro, en ese entonces yo no lo sabía, y por lo visto fray Sebastián tampoco, pero el hecho de que el o los sujetos detrás del nombre de Ariel Franco Figueroa utilizaran los diarios para infiltrar sus noticias de manera anónima respondía a una premeditada estrategia de seguridad, precisamente para poder seguir en el anonimato el mayor tiempo posible. Y es que después de todo no estábamos en Holanda o en Noruega, sino en Huelelagua de los Llanos, cuya policía cibernética ha solido malgastar sus recursos en identificar y perseguir opositores y no verdaderos criminales cibernéticos. Por lo demás, nuestra entidad federativa no era desgraciadamente una excepción en México, que no por nada es hasta el día de hoy el país oficialmente no en guerra más mortal para periodistas.

16

Ya no sé si por desgracia o para mi buena suerte. O si se debió a un capricho improbable del destino. Lo cierto es que mi entrevista con fray Sebastián la finiquitó en un santiamén una súbita y ambigua llamada por teléfono de Lorena Stefanoska, quien quería preguntarme si yo podía recoger del colegio a su hijo y llevarlo a mi casa. Ella pasaría más tarde por él.

–No te preocupes, Lorena. Yo recojo a Beto. Sus primos estarán fascinados con la noticia.

–Muchas gracias, Rebeca –en su voz se percibía una angustia evidente.

–Perdón que lo pregunte, pero te escucho algo agitada. ¿Está todo bien?

–Sí, sí…

–¿Segura?

–Sí, segura.

Entendí que Lorena no quería contarme lo que fuese que le hubiese sucedido, por lo que me limité a preguntar:

–Bueno, ¿hay otra cosa que quieras que haga?

–No. Con que mi hijo no venga a la casa por ahora es más que suficiente.

Miré el reloj del celular: aún faltaban casi tres horas para que los niños salieran del colegio. Sin embargo, intranquila por la anómala petición de mi cuñada, el interés de seguir conversando con fray Sebastián había pasado a segundo término. Él lo percibió al instante, por lo que se despidió de mí en cuanto acabé de hablar por teléfono.

Una vez sola, con la duda en mi mente de qué podría haber detrás de la llamada de Lorena, me puse a recorrer los pasillos de M&H sin poner demasiada atención en la ropa. A decir verdad, no necesitaba nada, pero en esta era en que vivimos ¿quién compra realmente algo por mera necesidad, máxime cuando se trata de prendas de vestir?

Me probé cinco vestidos, tres blusas y un pulóver. Al final sólo compré un paquete de calzoncillos para Mariana y uno de calcetines para Francisco, olvidando que las camisas estaban en descuento y que un par de ellas no le hubiera venido mal a Arturo.

Al salir de Plaza Magnolias, decidí tomar la avenida Tláloc y doblar sobre Quetzalcóatl para pasar cerca del área residencial donde vivía mi hermano, por si acaso Lorena cambiaba de opinión y requería que fuese a verla.

En la esquina de Quetzalcóatl y Otontecuhtli, famosa por sus semáforos interminables, un joven de cabellos enmarañados aprovechaba la luz roja para ganarse la vida con un acto de malabarismo. Fue entonces cuando presentí en dónde podría hallar la explicación a la insólita llamada por teléfono de Lorena.

–¡Hey, muchacho! –le grité al malabarista–, ¿puedes venir un segundo por favor?

El jovencito me miró de reojo, cesó de hacer girar los aros en torno a su cintura, cachó las pelotas con las que hacía su acto y corrió hasta mi ventanilla.

–¿Qué pasó, jefa?, ¿en qué soy bueno?

En medio de la avenida Quetzalcóatl corría un camellón ajardinado en el que, además de numerosas bancas y uno que otro aparato para hacer deporte, había esparcidos algunos quioscos de revistas, diarios y flores. En el entronque con Otontecuhtli se levantaba uno de estos quioscos. Saqué dos monedas de mi bolsa y le pedí al joven que por favor me comprara el periódico local, el mismo en el que días antes habíamos encontrado la noticia infiltrada de Ariel Franco Figueroa.

El joven no tardó en volver con mi pedido. Hojeé y agité el diario de inicio a fin, pero no hallé nada fuera de lo común en él.

–Devuelve por favor este ejemplar y tráeme otro –le dije al jovencito, que se había quedado con la boca abierta al ver lo que yo hacía–. Ah, pero antes de traérmelo cerciora por favor que haya en él una hoja diferente a las demás.

El malabarista de los cabellos hirsutos tomó el periódico que me había traído y regresó corriendo al quiosco. Desde la ventanilla de mi automóvil lo miré fisgonear los diarios uno a uno. El dueño del negocio, distraído sabrá Dios en qué, no se percató en absoluto de lo que sucedía: cualquier ladronzuelo de segunda hubiera podido despacharse a manos llenas, aunque supongo que traficar con la lectura no es un delito muy redituable que digamos.

Observé entonces que el joven alzaba un brazo y comenzaba a agitarlo: había dado con lo que yo quería. Le pedí que me lo trajera, pero el semáforo se puso en verde: al instante, la fila de carros que tenía tras de mí comenzó su sinfonía de pitidos y majaderías hacia mi persona. Cuando estaba a punto de gritarle que me esperara, que yo le daría la vuelta a la manzana, aquel joven malabarista se valió de toda su experiencia de oficio para sortear los coches de los otros carriles, que ya estaban en movimiento.

–Aquí tiene, jefa.

Le agradecí con mi mejor sonrisa y con un billete que bien recompensaba el riesgo y el esfuerzo. Los silbidos y groserías detrás de mí subieron de tono, por lo que aceleré en seguida.

Una vez en marcha, al mirar un segundo por el espejo retrovisor, mis ojos se encontraron con los del conductor del vehículo a mis espaldas. Eso era lo que él estaba esperando, pues no desaprovechó la oportunidad para lanzarme con su mano derecha el inconfundible y mundialmente famoso ademán del dedo de en medio levantado.

17

La noticia en el periódico, firmada nuevamente por Ariel Franco Figueroa, advertía a los habitantes del estado que una nueva ola de violencia se avecinaba a causa del arribo de "Los de allá", un cártel de reciente creación conformado por desertores del ejército, inmigrantes centroamericanos e inclusive por antiguos miembros de "Los de acá", el cártel que históricamente había tenido el control de esta zona del país.

Para ningún huelelagüense son extrañas las numerosas ejecuciones ni los narcomensajes atribuidos a Los de allá, *que en los últimos días han aparecido en diferentes puentes y vías públicas de esta ciudad. Sin embargo, atendiendo el acuerdo de las más grandes televisoras y radiodifusoras del país, los medios de comunicación no informan a la audiencia sobre estos sangrientos mensajes.*

Es entendible que tales industrias de la (des)información no quieran ser los vehículos para sembrar más pánico en la ya temerosa población civil ni mucho menos para fomentar el uso de dichos mensajes, pero cabe preguntarse si no será contraproducente fingir que no pasa nada y obligar a que la sociedad se entere (si es que lo hace) de estos hechos violentos únicamente de manera oral, trayendo como consecuencia que los estados del sur no sepan lo que sucede en los del norte, ni los del este en los del oeste.

Esta interrogante se torna aún más pertinente si se toma en cuenta que los cárteles no han disminuido ni el derramamiento de sangre ni el intento por dar a conocer sus narcomensajes. Prueba de ello, por desgracia, es el horripilante video que el día de ayer comenzó a circular por internet en el que un adolescente de dieciséis años de edad es interrogado, torturado y finalmente decapitado por un grupo de encapuchados, miembros del cártel de Los de allá.

La víctima, además de revelar su identidad, confesó que trabajaba como halcón o espía para Los de acá y que, así como él –dijo–, "hay un chingo de morros de mi edad al servicio de don Nico". Luego de que uno de sus captores, fusil en mano, le pidiera que aclarase a quién se refería con don Nico, el adolescente precisó: "pos a don Nicolás Garza Reyes, señor".

Al final del video, los sicarios declararon que la disputa por la plaza entre ambos cárteles no es pareja y que por lo tanto no darán ni un paso atrás hasta evidenciar que el gobierno y la policía estatales están al servicio de Los de acá.

Amarillismo de lado, es importante que la sociedad sepa de la existencia de esta clase de acontecimientos, no para mirarlos en internet, sino para exigir a las autoridades (in)competentes el arresto de los responsables y el esclarecimiento de las acusaciones a Nicolás Garza Reyes como principal lugarteniente de Los de acá en Huelelagua de los Llanos.

Me encontraba ya en la cochera de la casa, todavía en mi auto, cuando leí la noticia. La sola imagen en mi mente de un adolescente siendo decapitado me petrificó por completo…

Y aún quedaba por averiguar si existía o no un vínculo entre lo que acababa de leer y la llamada de Lorena.

18

La hora de recoger a los niños del colegio se acercaba, y yo que seguía con ese aletear de murciélagos dentro de mí: una especie de náusea vertiginosa que me había dejado en shock, totalmente paralizada, sin animarme a salir del coche. Aún tenía el teléfono entre mis manos, con el video en pausa del bestial interrogatorio al adolescente de dieciséis años por miembros del cártel de *Los de allá*.

¡Por qué demonios se me ocurrió buscarlo!

Sí, hoy podría justificarme diciendo que la nota infiltrada en el periódico y todo lo que se había venido suscitando en mi vida me alentaron, pero la verdad es que no hay explicación que valga. Simplemente antes de que me diera cuenta ya estaba navegando en internet desde mi celular, y no demoré nada en dar con el video. Lo abrí sin reparar en lo que hacía. Dos segundos, únicamente dos segundos bastaron para que lo pausara: la sola escena inicial de aquel adolescente golpeado, maniatado y arrodillado en medio del bosque, rodeado por violentos sicarios, me fulminó.

Pero ya era demasiado tarde. Ya había visto su rostro, sus facciones, su mirada. Esa mirada que parecía decir: "Sé lo que está por venir." No, no pude ver más…

No pude ver más y sin embargo no logré impedir que involuntariamente mi imaginación recreara las intimidaciones, los puñetazos y la horripilante decapitación de ese chico cuya fisonomía ahora conocía y que dudo mucho algún día podré borrar de mi memoria.

Aterrada y aturdida, comencé a sentir que a mí también me asechaba la realidad violenta de Huelelagua de los Llanos, que nadie en la ciudad estaba exento de un final semejante. Me estremecí hasta la médula de sólo pensar que aquel adolescente hubiera podido ser alguno de mis hijos.

Quién sabe cuánto tiempo más habría permanecido en ese estado si el timbre de la casa no me hubiese hecho volver en mí.

Sí, había vuelto en mí, pero el espanto no se había ido por entero. Aún temerosa, bajé del coche procurando no hacer ruido, entré a la casa por la puerta que daba del garaje a la cocina y, lentamente, caminé de puntitas hasta la ventana del comedor. Antes de llegar a ella, tres golpes repentinos en la puerta principal provocaron que casi gritara. Miré hacia afuera ocultándome detrás de las cortinas.

¡Claro, eso era! ¡Lo había olvidado! Días antes Arturo finalmente había cedido ante las interminables insistencias de Francisco de comprar la última versión de FIFA para PlayStation. Compuse mi semblante lo más que pude y abrí la puerta.

–Buenas tardes. ¿El señor Arturo Muñiz? –preguntó el repartidor leyendo el nombre de mi marido escrito en el paquete. Al alzar la vista y dirigirla hacia mí, no tuvo ningún reparo en exclamar:

–¡Santa madre Teresa de Calcuta! ¿Se encuentra bien, señora?

No supe qué responder.

–Disculpe mi reacción y disculpe también que me entrometa, pero ¿ya fue al doctor?

"¿Tal es mi aspecto?", pensé. El repartidor continuó:

–N'hombre, doña, casi me mata del susto –su risa dejaba entrever la incrustación metálica de una de sus muelas superiores–. Debe de ser el calor de temporada, mi mamá anduvo igual hace algunos meses, con esa misma cara.

–Aaaaah… ¿sí? –fue lo único que se me ocurrió decir.

–Sí, igualita de pálida.

–¿Y qué tenía su mamá?

–Bueno, al principio creímos que se trataba de una simple gripe, pero no se le quitaba por más que se tomaba sus medicinas. Después los doctores dijeron que para ser gripe ya había durado mucho tiempo, así que supusieron que era una alergia.

–¿Y eso era?

–Eso creímos también, pero tampoco.

–¿Entonces?

–Fiebre tifoidea. Sí, como lo oye. Y aparentemente se está volviendo una epidemia en la ciudad, porque ya sabe que uno va por ahí contando este tipo de cosas con los compañeros del trabajo, y bueno, no faltó el que tuviera un familiar o un conocido con el mismo problema. ¿Es eso lo que tiene usted?

–No, no, lo mío no es para tanto –inventé.

–Menos mal, señora. Pero cuídese de todos modos. Ahora más que nunca hay que desinfectar muy bien las verduras: ya ve con qué agua las están regando.

–Sí, yo siempre las lavo antes de usarlas.

–No, no basta con lavarlas. Hay que desinfectarlas –el repartidor pareció recordar algo, me pidió que lo esperara un segundo, se dirigió a su vagoneta, tomó una bolsa de plástico de la guantera y volvió hacia mí–. Mire, quédese con estas gotas –dijo mientras sacaba un frasco de la bolsa.

Al percatar el gran entusiasmo del repartidor, supe que no me dejaría rechazar su regalo. Tomé el frasco y pregunté de todas formas:

–¿Está seguro?

–Claro que sí. Lo que más he comprado en los últimos meses han sido desinfectantes para las verduras, y éste es el que mejor ha salido. Con eso de lo de mi madre, la verdad es que me entró un poco de miedo y decidí comprar varios frascos para regalarle uno a cada uno de mis hermanos, y ahorita recordé que todavía traía uno conmigo. Úselo, le digo que esas gotas han salido muy buenas.

–Muchas gracias, lo voy a hacer.

–Sí, más vale prevenir.

El hombre se sacudió las manos, tomó el aparato electrónico con el que controlaba los paquetes y concluyó:

–Bueno, firme aquí por favor.

Apenas lo hube hecho, el repartidor se despidió de mí. Sin saber bien por qué, permanecí recargada en el quicio de la puerta mientras aquel hombre caminaba de regreso a su vehículo. Allí me quedé observando cómo subía a su vagoneta, cómo la echaba a andar y cómo, tras sonreír y decirme adiós con la mano, su muela color de plata se hacía evidente incluso a la distancia. Creo que inconscientemente le estaba agradecida, pues me había devuelto la confianza en el prójimo que minutos antes creía perdida para siempre.

Ya con el ánimo recuperado, conduje tranquila al colegio de los niños. Durante todo el trayecto no dejé de prometerme que nunca más me involucraría en asuntos que no fueran míos, que de ahí en adelante nuevamente dejaría de importarme lo que sucediera a mi alrededor, que con que mi familia y yo estuviéramos bien era más que suficiente, y que por nada del mundo me permitiría volver a caer en un estado de shock como el que había experimentado en la cochera.

19

Una vez en la escuela, apenas le hube avisado que Lorena no podría recogerlo esa tarde, Carlos Alberto preguntó de inmediato si todo estaba bien en su casa.

–Claro que sí. Debe tratarse de un imprevisto cualquiera –respondí.

Luego me dirigí a los tres, es decir a Carlos Alberto y a mis hijos:

–¿Quién quiere comer pizza?

–Yo prefiero hamburguesa –dijo Mariana.

–Sí –explicó Francisco–, a mi hermana le gustan las que traen regalito. Es que todavía no crece.

–Como si a ti no te gustara jugar con tus muñecos de luchadores –se defendió Mariana.

–Bueno, vamos a donde diga Beto: es nuestro invitado –dije.

–Para mí cualquier lugar está bien, tía.

–¡A las hamburguesas! –gritó Mariana.

–¡Cállate, Mariana!

–Francisco, no le grites de tu hermana.

–A las hamburguesas está bien, tía.

¿Cuántas horas habían trascurrido entre la conversación con fray Sebastián esa misma mañana en M&H y el instante en que digitaba la contraseña de mi tarjeta de débito para pagar las hamburguesas de los niños? A mí, sinceramente, me parecía una eternidad.

"Qué tonta fui al citarme con ese fraile deschavetado", pensé.

Ya en la mesa, Mariana mostró efectivamente más interés en los muñecos que venían de regalo que en la comida. Me preguntó a los pocos minutos si podía ir a los juegos.

–Primero termínate tu hamburguesa.

–Pero ya me llené.

–Al menos cómete la carne, deja el pan y las papas si quieres.

Mariana se metió a la boca el resto de la carne. Las mejillas se le inflaron como las de un hámster. Me preguntó con la mirada si ya se podía ir a jugar. Le dije que sí. Mariana engulló el bocado a toda prisa, bebió un poco de soda y dijo acelerada:

–Gracias, mami.

En seguida corrió hacia los juegos. Antes de que yo pudiera pronunciar palabra alguna, ya había vuelto a la mesa.

–¡Ven, Francisco: la alberca de pelotas está sola!

–Uy, qué divertido –respondió Francisco con sarcasmo.

–¿Verdad que sí? Qué suerte, ¿no?

Carlos Alberto soltó una risita ligera.

–Así se la pasan todo el día –dije–. Ya lo verás.

Y fue cierto. No tardó mucho para que Mariana comentase que se le antojaba "un helado de los que venden en el cine".

–Se llaman ICEE –intervino Francisco.

–Oye, Francisco, hoy andas muy molestón con tu hermana –lo reprendí.

Era curioso pensar que hace sólo algunas semanas ese mismo niño de lentes, delgado y de baja estatura, que parecía no tener mejor diversión que hacer enojar a su hermanita, había sido capaz de enfrentarse a golpes con un chico mayor que él para defenderla.

Sonreí.

–Vamos por tu helado, Mariana. Es más, vamos a ver una película – propuse.

–¡Sí, la de los dinosaurios asesinos!

–No, no creo que ésa sea la más apropiada para tu edad.

–Entonces la de *Las hadas de caramelo*.

–¿Las qué?

–*Las hadas de caramelo*, mamá, la de las caricaturas.

–Ah, sí… pues la que ustedes quieran.

Francisco se opuso a la propuesta de Mariana; Carlos Alberto también, aunque de una forma mucho más discreta. Terminamos viendo una película de superhéroes que al parecer satisfizo a los cuatro, porque me incluyo.

Salimos del cine con un gigantesco recipiente de palomitas que los niños y yo apenas habíamos pellizcado, y con el ICEE de Mariana a la mitad, hecho agua: Francisco y Carlos Alberto habían terminado los suyos. Tiré todo aquello al cesto de basura y me dirigí al baño a lavarme las manos.

–¿Te podemos esperar en los videojuegos? –preguntó Francisco.

–Está bien, pero no se muevan de ahí. Tú vienes conmigo, Mariana.

Ya habíamos salido de los sanitarios y caminábamos al negocio de los videojuegos cuando recibí otra llamada de Lorena.

–Hola, Rebeca. ¿Cómo están?

–Muy bien, Lorena. Pasé por los niños y vinimos a comer a Plaza Magnolias. Ahorita vamos saliendo del cine. ¿Tú cómo estás? ¿Ya resolviste tu contratiempo?

Mariana me soltó la mano para correr al local de videojuegos, en cuyo interior se podían distinguir sin dificultad a Carlos Alberto y a Francisco jugando Air hockey.

–De eso quería hablar contigo, Rebeca –respondió Lorena.

–¿Todo bien?

–Sí y no, pero ya te contaré mañana que pase por Carlos Alberto a tu casa. Porque ese favor quería pedirte ahora: ¿puede quedarse a dormir Carlos Alberto hoy con ustedes?

–Claro que sí, no hay ningún problema. ¿Pero segura de que todo está bien?

Lorena no respondió. Se podía escuchar su respiración al otro lado de la línea. También la voz lejana de mi hermano discutiendo con sabrá Dios quién:

"–¿Qué han descubierto hasta ahora? –oí que decía mi hermano– ¿Quién es el idiota que está infiltrando calumnias en los periódicos?

"–Cálmese, don Víctor, no tardaremos en encontrarlo. Mire, le presento a Eleuterio Santoyo, mejor conocido como La Araña. Él se va a encargar de su caso. Ya verá cómo más pronto que tarde dará con el malhechor ese.

"–Encantado, don Eleuterio, y más encantado estaré si descubre al sinvergüenza de las notas. ¿Usted también es policía en servicio o exagente judicial?"

La conversación de mi hermano con los desconocidos se escuchaba cada vez más y más distante, hasta que de pronto se convirtió en un murmullo indescifrable y luego, tras un breve silencio, en un trinar de golondrinas.

–Rebeca, ¿sigues ahí?

–Sí.

–Discúlpame, Rebeca. La policía está en casa y preferí salir al jardín.

–¿Qué ha pasado?

–Víctor me ha dicho que no se lo cuente a nadie, pero no puedo más.

–Dime qué sucede. Confía en mí, guardaré el secreto.

–Ay, Rebeca, no imaginas cuánto agradezco tu apoyo. Ahora más que nunca necesito desahogarme.

–No tienes nada que agradecerme. Mejor cuéntame qué pasó.

–¿Recuerdas a Zenaida, la señora que cocina y que hace los jugos en nuestra casa?

–Sí, por supuesto que la recuerdo.

–Pues hace tres días que su hijo no aparecía. Ella no me había dicho nada, pero yo la notaba distraída en sus quehaceres, muy angustiada. Ayer no aguanté más y le pedí que me dijera qué le sucedía. Zenaida me lo contó todo hecha un llanto. Altagracia, la jovencita que me ayuda con la limpieza, ¿la recuerdas también a ella?

Hubiera preferido no escuchar el resto de la historia. Cerré los ojos e inmediatamente vi a aquel jovencito hincado en medio del bosque. El mismo pánico paralizante de hace apenas unas horas amagó con adueñarse de mí una vez más, pero yo lo impedí respirando muy hondo y con calma. Después respondí:

–Sí, también la recuerdo.

–Pues ella ya lo sabía y había intentado tranquilizarla:

"–Yo ya le dije a la señora Zenaida que no se preocupe, doña Lorena, que los chicos de su edad a veces salen de fiesta y se la siguen –dijo Altagracia.

" –Mi niño no es así –respondió Zenaida.

"Esto fue ayer por la mañana; en la noche encontraron su cuerpo a las afueras de la ciudad… Fue cosa de bárbaros, Rebeca, de trogloditas inhumanos… No puedo creer todavía lo que le hicieron. En todos los años que llevo viviendo aquí, jamás imaginé que las cosas podrían ponerse tan, pero tan feas."

–Lorena, ¿te puedo preguntar algo? –dije con voz mesurada.

–Claro.

–¿Ese chico es el adolescente de la nota de Ariel Franco Figueroa?

–¿Cómo lo sabes?

–Compré el periódico esta mañana.

–Pues sí, Rebeca, es el mismo.

Hubo un breve silencio entre nosotras.

Ahora que escribo sé que debí de haber dicho algo más, o al menos hacer evidente mi aflicción, que era sincera, y pedirle a Rebeca que le diese mi pésame a Zenaida. En lugar de eso sólo se me ocurrió decir:

–No te preocupes, Lorena, Beto no sabrá nada.

–Muchas gracias, Rebeca, en verdad que muchas gracias.

Antes de concluir la llamada, Lorena quiso avisarle ella misma a Carlos Alberto que esa noche él dormiría en nuestra casa. Mis hijos recibieron la noticia con entusiasmo y gritos de felicidad. Francisco, aprovechando la ocasión, propuso comprar un videojuego para que lo estrenara en la noche con su primo, pues era la primera vez que se quedaba a dormir con nosotros.

–No exageres –le respondí a mi hijo–. Tu papá apenas te compró el de FIFA.

–Sí, pero quién sabe cuándo va a llegar.

–Llegó antes de que pasara por ustedes al colegio.

–¿Ya llegó? ¡Yeah!

Mariana también se alegró de tener a Carlos Alberto de invitado. Le propuso toda clase de películas y juegos de mesa que ella tenía en su habitación, pero él los ignoró a ambos, a Mariana y a Francisco. No lo hacía adrede: algún mal presentimiento experimentaba mi sobrino.

El mismo mal presentimiento que noté en Arturo –ya de noche y en nuestra casa– cuando le referí las diferentes conversaciones que durante aquel día había tenido por teléfono con Lorena.

–Sí, lo mejor es que Beto se quede hoy con nosotros –dijo tras haber posado el periódico que leía sobre uno de los brazos del sofá. Luego se levantó y se dirigió a la puerta principal de la casa.

Arturo acostumbraba echar llave únicamente a una de las tres cerraduras que tenía esa puerta. Decía que en caso de una emergencia en la que la familia debiera salir de prisa (un incendio o un terremoto, por ejemplo), lo mejor era tener que preocuparse por abrir una cerradura y no tres. Además, dejaba las llaves incrustadas en la puerta, lo que facilitaría aún más la tarea de una fuga repentina.

Aquella noche, Arturo echó seguro a las tres cerraduras, llevándose luego las llaves consigo. Y no sólo eso, sino que después fue hasta la puerta del jardín posterior y a la de la cochera para hacer lo mismo.

Mientras tanto, yo había echado un vistazo al periódico que Arturo había dejado sobre el brazo del sofá. No se necesitaba ser una adivina para saber de qué periódico se trataba, ni tampoco hojearlo demasiado para corroborar que éste también contenía la noticia infiltrada de Ariel Franco Figueroa.

20

Carlos Alberto regresó a su casa al día siguiente después del colegio, es decir, un viernes. Ese mismo día, muy por la mañana, Rebeca había pasado a dejarle una muda de ropa limpia. Me dijo que iba a las carreras, que aún tenía algunos pendientes que resolver, así que se bajó de su camioneta únicamente para darme la ropa de mi sobrino y se marchó sin dar más explicaciones. Yo tampoco le pregunté nada, ya que seguía firme en mi promesa de dejar de entrometerme en asuntos que no fueran míos. Además, creía haber hallado sosiego en este silogismo: si las acusaciones contra Grupo ORCU y don Nicolás hubiesen sido ciertas, o si por lo menos poseyesen un mínimo de fundamento, entonces las autoridades federales ya habrían hecho o declarado algo. Ahora bien, puesto que dichas autoridades permanecían calladas e inactivas, luego no había delito que perseguir.

"Todas esas calumnias", deduje, "no pueden más que venir de una bola de mentecatos pusilánimes, asalariados sin iniciativa ni espíritu emprendedor, que sólo critican a quienes en el fondo envidian por sus éxitos."

Lo anterior, sobra decirlo, no cancelaba ni la pena ni el horror que sentía por lo que le había sucedido al hijo de la empleada doméstica de Lorena. Sin embargo, no podía adjudicarme ninguna culpa o responsabilidad al respecto; mucho menos, permitir que los problemas de los demás repercutieran en mi ánimo, en mi carácter.

Y como tampoco deseaba que sobre ningún otro miembro de la familia se fueran a desplegar las negras alas del desconsuelo, ese mismo viernes por la noche le hablé por teléfono a Lorena para invitarlos a nadar a Víctor, a Carlos Alberto y a ella al día siguiente.

–¿A nadar? –preguntó sorprendida– ¿Justo ahora, Rebeca?

Comprendía muy bien lo que Lorena quería darme a entender con su última pregunta, por ello respondí:

–Sí, justo ahora; ahora más que nunca. Víctor y tú lo necesitan, y no se diga Beto. Piénsalo bien.

–Bueno, sí, quizás tengas razón. Quizás después de todo no estaría mal distraerse un rato.

–Justamente por eso lo digo. Hay que olvidar las injurias y calamidades de los últimos días.

–Estoy de acuerdo.

–¿Entonces te animas?

–Primero tengo que ver qué opinan mis dos varones. ¿Qué te parece si les comento tu propuesta y en seguida te regreso la llamada?

–Perfecto.

–A propósito, ¿les digo que irían ustedes cuatro o también van a ir tus papás?

–No había pensado en ellos todavía, pero tienes razón, voy a invitarlos.

–Bueno, entonces llámalos y mientras tanto yo pregunto aquí quién quiere ir a nadar.

No lo niego: había pasado por alto a mis padres, pero a decir verdad invitarlos era una idea magnífica, pues de esa forma se terminarían de lijar las asperezas (si es que aún quedaba alguna; de hecho, si es que las hubo) surgidas entre ellos y Arturo tras mi revelación de las infidelidades cibernéticas de mi marido.

21

Mis padres aceptaron la invitación de buen grado, lo mismo que Carlos Alberto y Lorena. Únicamente mi hermano se disculpó por no poder acompañarnos a causa de sus compromisos previamente agendados. No obstante, dijo que nos proporcionaría una furgoneta para diez personas con todo y conductor para que pudiéramos transportarnos cómodamente en un solo vehículo.

La mañana siguiente, a primera hora, la minivan pasó por nosotros luego de haber recogido a mis padres, a Lorena y a Carlos Alberto. Nuestro destino era el parque acuático Tropicana, ubicado en Aguarevoltosa, una pequeña comunidad a unos 73 km al sur de Huelelagua, que si no fuera por este balneario y por sus escasos vestigios prehispánicos, menos de los ya de por sí pocos mexicanos sabrían de su existencia.

No exagero: ese parque acuático –el más grande e importante del estado– era y sigue siendo el principal generador de empleos directos e indirectos de Aguarevoltosa y sus alrededores. Abandonada la agricultura casi en su totalidad, que ni a de subsistencia llega en nuestros días, la gente de allí vive del comercio de sus artesanías y dulces típicos, que son adquiridos en su mayoría precisamente por los visitantes del Tropicana.

Llegamos, pues, al balneario poco antes de que lo abrieran, ya que mi padre decía que debíamos aprovechar las albercas cuando aún no estaban repletas de gente ni de orines de niños.

–Y de los no tan niños –agregó con una sonrisa socarrona.

Además de por sus borbollones, toboganes y aguas termales, el Tropicana era reconocido por sus elegantes y modernos búngalos que uno podía rentar para hospedarse, que fue lo que hicimos, aunque nosotros no pensábamos pasar allí la noche: únicamente queríamos mayor privacidad.

Tras haber acomodado nuestras mochilas en el búngalo, nos dirigimos al restaurante central del balneario. Habíamos adquirido tanto el buffet del desayuno como el de la comida. Mis padres, los niños y yo desayunamos de manera abundante, pero Lorena no comió más que un pan con mantequilla y mermelada y una taza de té negro.

–Eres como mi marido –le dije–. Por las mañanas sólo toma café y pan, y con frecuencia sólo café.

–No sé qué tan saludable sea lo segundo –respondió Lorena.

–Pregúntale a él –dije sonriendo–, Arturo se la vive inventando remedios caseros para la gastritis que jamás le funcionan, pero aun así no deja ese mal hábito suyo.

–Es más fácil –intervino mi madre, que había hecho como que no escuchaba nuestra conversación mientras comía un omelette de champiñones con queso–; y no sólo más fácil sino que incluso más probable, que un día el hombre sea capaz de mudarse de cuerpo (y de arruinar también éste por los mismas causas), que cambiar cualquier costumbre o tradición que tengamos, incluidos por supuesto los vicios y los malos hábitos.

Nadie replicó su sentencia.

Concluido el desayuno, decidimos recorrer el aviario mientras trascurrían las dos horas reglamentarias para la digestión. Entre los graznidos de los flamencos y el ulular de las guacamayas, Mariana se hizo de un pequeño loro verde limón: lo colocó en su antebrazo izquierdo y con la mano derecha le acariciaba el piquito y la frente. Cuando mi padre intentó ponérselo en el hombro, simulando la caricatura de un viejo corsario inglés, el loro alzó el vuelo, no sin antes defecarle el pecho.

–Ahora hasta los pericos me cagan encima –dijo.

Los niños, reloj en mano, no dejaron que pasara ni un minuto más de las dos horas. Morían de ganas por arrojarse de los toboganes. Mariana, en cambio, quería que Lorena y yo la acompañáramos a la alberca con olas, que, según los horarios establecidos, no tardaría en comenzar. Carlos Alberto y Francisco traían puestos sus trajes de baño desde el desayuno, así que únicamente se quitaron las camisetas, se las dieron a guardar a Arturo y corrieron juntos al tobogán más cercano. Mariana había dejado su traje de baño en el búngalo.

–¡Niños, se cuidan! –grité, pero ya estaban demasiado lejos para oírme.

–Yo voy con ellos –dijo Arturo mientras se quitaba la playera tipo polo color crema que vestía, y luego me la dio a guardar junto con las camisetas de Francisco y Carlos Alberto.

–¿Y la cartera? –pregunté.

–Cierto, aquí tienes. ¿La podrías guardar en mi mochila por favor? La dejé junto a la cama.

–¿Dónde nos vemos?

–Voy a alcanzar a los niños para decirles que estaremos en la alberca con olas, que allí nos podemos ver más tarde, o si no que nos encontramos a la hora de la comida directamente en el restaurante central.

Una vez en el búngalo, Mariana se puso el traje de baño a toda prisa. Yo me dirigía al sanitario para ponerme el mío cuando de pronto, en medio de la recámara, Lorena se quitó el vestido que traía puesto.

–Yo también ya estoy lista –dijo.

Debajo del vestido portaba un bikini rojo escarlata. Clichés aparte, su cuerpo era ciertamente escultural. Era inevitable no comparar su cuerpo con el mío, con el que me sentía a gusto pero al que solía poner en último término en lo que yo consideraba los tres componentes del ser humano: cuerpo, mente y espíritu.

Ignoro si eso de cultivar tanto el físico como el intelecto era un hábito del país del que Lorena provenía; de lo que sí estaba segura era de que yo pertenecía a una tradición sociocultural que restaba importancia al cuerpo frente a la mente y sobre todo frente al alma. No sé si esta última exista (es cuestión de fe y en ese sentido sé en lo que creo), pero la facultad de pensar sí que la poseemos todos (que algunos la ejerzan y ejerciten más que otros, es diferente). Lo mismo ocurre con el cuerpo que –en el caso de los huelelagüenses, y yo diría que en el de la mayor parte de los mexicanos– solemos acordarnos que también somos materia cuando algo anda mal en ella, cuando nos sobreviene una enfermedad o simplemente cuando descubrimos frente al espejo que la persona delante de nosotros ya no nos gusta.

–Qué lástima que Víctor no pudiera venir –dije–. Le habría encantado verte así.

–¿Te refieres al bikini? –preguntó Lorena.

–Sí.

–No te preocupes, sí me vio. Él mismo eligió el bikini que usaría yo hoy. Si mal no recuerdo, fue Víctor quien me compró este traje en Ibiza… ¿o habrá sido en Córcega?… En fin, ayer en la habitación me probé frente a él algunos de mis bikinis favoritos y éste fue el que más le gustó.

Europa, en ese entonces, yo aún no la conocía; y si he de ser honesta, Aguarevoltosa tampoco. O al menos no como la conocería más tarde.

Contrario a lo que supuse, había bastante gente en la alberca con olas pese a ser relativamente temprano. Al sonar la alarma que avisaba el inicio de las olas, Carlos Alberto y Francisco aparecieron corriendo de la nada.

–¡Allá voy! –gritó Carlos Alberto.

–¡Cowabunga! –segundó Francisco mientras saltaba a la piscina.

Un vigilante del balneario se acercó para amonestarlos. Les dijo que no se podía brincar ni echar clavados en esa alberca. Francisco y Carlos Alberto fingieron escucharlo e inmediatamente después nadaron hacia el frente. Al lado opuesto, es decir donde las olas debían romper, Lorena sujetaba a Mariana de la mano.

–No te preocupes, yo la cuido –me dijo.

Casi en seguida miré a Arturo que venía por el mismo camino por donde habían aparecido Francisco y Carlos Alberto.

–Los perdí de vista.

–Están allá enfrente –respondí.

–Es imposible con ellos.

Las olas comenzaron y en poco tiempo se convirtieron en auténticos maremotos para mi hija, que batallaba para sortearlas incluso con la ayuda de Lorena.

–¿Quieres que nos salgamos? –le preguntó mi cuñada.

Cuando Mariana iba a contestar que sí, una ola la golpeó en pleno el rostro, por lo que en vez de palabras lo que brotó de su boca fue un chorro de agua.

Arturo y yo nos disponíamos a salir también de la alberca, pero Lorena dijo que no era necesario, que llevaría a Mariana al chapoteadero contiguo y que allí nos esperarían.

Una vez solos, Arturo me tomó de la mano. Brincamos juntos un par de olas antes de que lo invitase a ir un poco más al frente, donde el agua nos cubriera hasta los hombros. No sé por qué lo hice. Quizás si lo hubiese pensado no me habría atrevido. El hecho es que, estando ya a esa altura de la alberca, me coloqué delante de él e hice que sus manos abrazaran mi cintura. Así sorteamos el resto de las olas, y durante todo ese tiempo no dejé de sentir el efecto físico que mi audacia había provocado en Arturo, quien inclusive debió permanecer sin mí algunos minutos más en la alberca para no evidenciarse al salir. Me despedí de él con un beso en la mejilla, y él me correspondió, incrédulo, con una mirada de adolescente enamorado.

Nadie había preguntado a mis padres en dónde iban a estar, pero no hacía falta. Sólo había dos lugares a los que les gustaba ir: al borbollón y a las aguas termales. Ya habíamos pasado por el borbollón y no los habíamos visto, así que nos dirigimos a la segunda opción. Allí los encontramos. Les pregunté si querían ir al búngalo con nosotros a tomar una limonada o un refresco.

–Un coco con ginebra me vendría mucho mejor –respondió mi padre.

Entre la zona de albercas y los búngalos, se localizaban el aviario y las canchas de tenis, futbol rápido y baloncesto. Lorena quiso que nos detuviéramos a mirar una partida de tenis. Al darse cuenta de ello, el jugador que al parecer iba ganando comenzó a fanfarronear, lo que irritó a su contrincante, que terminó por abandonar el juego.

–¿Quieres intentarlo? –preguntó altaneramente el jugador fanfarrón a Arturo.

–No, honestamente el tenis no es lo mío.

–¿Y tú, amiga? –se dirigió a Lorena.

–Por qué no.

Ignoro si fue para granjearse la simpatía de Lorena o si simplemente la subestimó, pero aquel jugador, joven y atlético, se comportó como si Lorena fuese menos que una aprendiz, cosa que no debió ser del agrado de ella, pues respondió con un tremendo revés que el joven apenas vio.

–No dijiste que sabías jugar –dijo él.

–No preguntaste.

La cancha se rodeó de curiosos en poco tiempo. El joven sonreía e intentaba demostrar al público que el juego estaba bajo su control, aunque la realidad era que Lorena lo iba ganando. Cuando la superioridad y el dominio de Lorena se volvieron más que evidentes, el joven cambió el semblante fanfarrón y de falsa condescendencia por uno de ira.

–Punto gana –gritó entonces Lorena.

El otro no tuvo tiempo de responder. El punto de Lorena llegó al instante. La gente que presenciaba la partida la ovacionó.

–No se vale, estaba distraído –se justificó el joven, nuevamente con la sonrisa y la jactancia del principio–. Que sea a los tres puntos.

Lorena lo venció una vez más, agradeció al joven por el juego y volvió a nuestro lado. Ya nos encaminábamos hacia al búngalo de nuevo cuando el joven se acercó trotando a Lorena.

–Perdón, no quería que te marcharas sin decirte que juegas muy bien. Me sorprendiste.

–Gracias.

–¿Eres profesional?

–No, cómo crees: eso se me nota a leguas. Pero gracias de todas formas por pensarlo.

–Oye, eres extranjera, ¿verdad?

–Así es, aunque ya tengo muchos años viviendo en Huelelagua.

–Claro, debe de ser así, porque tu español es perfecto.

–Ah, muchas gracias. Aunque reconozco que aún tengo un acento muy fuerte.

–Pues a mí me gusta.

–A mi marido también.

El joven enmudeció un instante. No esperaba esa respuesta natural, sin doble propósito, por parte de Lorena.

–Bueno, tengo que irme –dijo ella.

–No, espera –reaccionó el joven–: también quería decirte que estoy hospedado aquí con unos amigos, muy agradables todos ellos. Me preguntaba si más tarde te gustaría beber algo con nosotros.

–Muchas gracias, pero vengo con mi familia, y además casi no bebo.

–Bueno, entonces quizá otro día, cuando estés sola. ¿Qué te parece si me das tu número de celular y yo me comunico contigo después?

Lorena, que durante la conversación no había dejado de caminar junto a nosotros, se detuvo y dijo con voz tajante:

–No quiero parecer grosera, pero sólo fue un juego. No estoy interesada en nuevas amistades.

Miré de reojo al joven que, sorprendido, incrédulo, permaneció de pie, observando detenidamente cómo se alejaba de él el cuerpo bien formado de Lorena. Pensé entonces una vez más en mi concepción tripartita del ser humano. Se me ocurrió que haría falta fomentar un verdadero desarrollo integral en nuestros niños para tal vez así aspirar un día a una sociedad en la que la vestimenta de cualquier mujer jamás fuese vista por la gente (e incluyo en *gente* a las propias mujeres) como una justificación al acoso.

Aclaro que aquello no me había venido a la cabeza necesariamente a causa del joven tenista, que pese a ser un fantoche de primera, no había dicho ni hecho nada irrespetuoso. Si de repente había pensado en el acoso, se debió más bien a una de esas asociaciones mentales, súbitas e involuntarias, que me hizo recordar que más allá de sus dulces, sus artesanías y del Tropicana, la principal razón por la que de un tiempo a la fecha Aguarevoltosa volvía a ser mencionada con frecuencia en nuestra entidad, era por su desenfrenado incremento de feminicidios.

Me negué a reflexionar más en el tema porque creía que de no hacerlo así estaría faltando a mi promesa de dejar de involucrarme en asuntos que no me concerniesen. Sí, lo sé: actuaba como si yo no fuera una mujer, como si, pese a la palabra *feminicidio*, no relacionara aquel crimen con mi género, sino con una clase social a la que yo no pertenecía (pues las víctimas, casi siempre, eran jovencitas muy humildes).

Al pasar junto a la fosa de clavados, Carlos Alberto no lo pensó dos veces para subirse a la plataforma de cinco metros y saltar de ella con un mortal hacia delante. Cuando salió del agua, le propuso a Francisco:

–Ven, aviéntate un clavado conmigo.

–No, primo, yo paso. A lo mucho me aviento de pie y de la plataforma de tres metros.

–Está bien, vamos.

Estuve a punto de impedirlo, pero Arturo, conociendo mis tendencias sobreprotectoras, me detuvo discretamente. El primer salto de Francisco fue exitoso. Carlos Alberto lo felicitó y lo convenció a que ahora intentara arrojarse un clavado.

–¿Crees que lo logre? –le preguntó Francisco a Carlos Alberto.

–Por supuesto, sólo confía en ti mismo y no dudes.

–Bueno, ¿y cómo le hago?

–Elevas tus brazos y juntas las manos así, ¿ves?, formando una cuña.

–Ajá.

–Pegas la barbilla al pecho, proteges tu cabeza ocultándola entre los brazos, y saltas.

–Ok.

–Es más fácil si te encarreras, porque de esa forma evitas que te vaya a dar miedo la altura.

–Ya entendí, pero aviéntate tú primero para verte.

El cuerpo de Carlos Alberto dibujó una hermosa parábola en el aire antes de hundirse en el agua como una saeta.

–¿Viste? –preguntó Carlos Alberto apenas hubo salido de la fosa– Es muy fácil.

–Sí, pero no puse atención en tus brazos por observar cómo te impulsabas.

–¿Quieres que me aviente otra vez?

–Pues no estaría mal.

–¡Ya aviéntate, muchacho! –gritó de pronto mi padre–: no se aprende nomás mirando.

–Está bien, está bien –suspiró Francisco, y en seguida se persignó y saltó a la fosa.

El cuerpo de mi hijo, rígido como un tablón, cayó al agua de forma horizontal. No hubo ni parábola ni mucho menos la verticalidad necesaria para romper satisfactoriamente la resistencia de la superficie. Al mirar el malogrado clavado de Francisco, Arturo se arrojó de inmediato a la fosa. Entre él y Carlos Alberto lo ayudaron a salir. Lorena y yo corrimos hasta ellos. Francisco tenía el estómago y el pecho completamente enrojecidos, también las rodillas y gran parte de los muslos. Lloraba. No tardó en asistirnos un salvavidas que, tras haberse comunicado por radio, dijo:

–Ya les avisé a mis compañeros. Vienen en camino para trasladar el joven a la enfermería. No se preocupen, estoy seguro de que no es nada grave, pero de todas formas un médico le hará una revisión general.

–Muchas gracias –respondí.

Carlos Alberto no sabía dónde esconder su rostro avergonzado. Lo abracé y le dije que no había sido culpa suya.

Aunque los demás intentaron acompañarme a la enfermería, Arturo encontró más práctico que yo me adelantara con Francisco y que el resto de la familia se fuera al búngalo mientras tanto. Él también iría al búngalo pero sólo de entrada por salida para ponerse su playera y para traerme mi vestido y mi bolso por si se ocupaba pagar algo.

Arturo nos alcanzó antes de que llegáramos a la enfermería. De inmediato me puse el vestido y abrí mi bolso para cerciorarme de que mi monedero estuviera dentro.

–¡Caramba! –exclamé disgustada conmigo misma– Discúlpame, Arturo, pero con los nervios olvidé que esta mañana saqué mi monedero del bolso y lo puse en la mochila, junto a tu cartera.

–¿En cuál mochila? ¿En la mía o en la tuya?

–En la tuya.

–No te preocupes, amor. Vuelvo en seguida.

Arturo corrió algunos metros antes de detenerse y girarse hacia mí:

–¿Quieres que te traiga otra cosa?

Miré dentro del bolso: mi celular estaba ahí.

–No, nada más el monedero por favor.

Entramos al consultorio antes de que Arturo regresara. Poco después recibí un mensaje suyo diciendo que estaba en la sala de espera, que allí aguardaría por nosotros. Entretanto a Francisco lo atendía un médico que a juzgar por su apariencia bien podría haberse tratado de un pasante o incluso de un estudiante realizando su servicio social. Sea como fuere, el trato de aquel jovencito hacia mi hijo me pareció excelente. Recostó a Francisco sobre la cama de exploración y con mucho cuidado le untó pomada analgésica en el pecho y el estómago. Luego nos dio a él y a mí un dulce de caramelo sabor hierbabuena.

–¿Cómo te sientes? –preguntó el jovencito.

–Todavía me duele, aunque ya no tanto.

–Es normal: el dolor va a desaparecer en unos cuantos minutos. Y mientras eso sucede, ¿estás de acuerdo de que te deje descansar aquí en lo que voy al consultorio de al lado a ver cómo sigue una niña a la que le picó un abejorro?

Francisco asintió con la cabeza.

–¡Ánimo, amigo! Un mal clavado no va a impedir que más tarde te eches otros tantos. ¡Mira nada más esas piernas y esos brazos: no les pasó nada! Eres más fuerte de lo que imaginas. A mí quién sabe cómo me hubiera ido, la verdad.

Francisco sonrió.

–No estoy tan seguro de que lo vuelva a intentar.

–Desde la plataforma de tres metros quizás no. Cualquier cosa que hagamos por primera vez en la vida hay que iniciarla desde lo más básico, paso a pasito.

El doctor (o pasante, o lo que haya sido) se volvió hacia mí y concluyó:

–Señora, entonces los dejo un minuto. No tardo.

Decidí aprovechar la ausencia del doctor para responder el mensaje de Arturo. Sin embargo, mientras digitaba la primera palabra en el celular, saltaron a mi vista los apellidos Franco Figueroa. Estaban escritos en el encabezado de un documento medianamente oculto, debajo de otros papeles que yacían sobre el escritorio, justo frente a mí.

Giré mi rostro hacia Francisco: mi hijo continuaba acostado bocarriba, frotándose el estómago con los ojos cerrados. Lentamente deslicé hacia afuera aquellas hojas para corroborar lo que tal vez ya no hacía falta.

Sí, era un texto firmado por Ariel Franco Figueroa, y sí, es verdad que había prometido dejar de entrometerme en asuntos que no fuesen míos, pero...

Pero la cuestión no radicaba en si iba a romper o no mi promesa, porque indudablemente quería saber cuál era el contenido de aquel escrito, sino más bien en si sería capaz de robar algo por primera vez en mi vida.

La respuesta, por fortuna, literalmente la tenía en mis manos.

Mientras silenciaba la cámara del celular, observé de nuevo a Francisco: seguía flotándose el estómago con los ojos cerrados. Rápidamente fotografié cada una de las páginas de aquel artículo, que por suerte estaban numeradas. Cuando las devolvía al lugar del que las había sacado, el clic metálico de la puerta anunció que el doctor había vuelto. Francisco abrió los ojos, y a mí no se me ocurrió nada mejor que fingir que respondía el mensaje de Arturo.

22

Cuando prometí que ya no me inmiscuiría en asuntos que no fueran míos, estaba convencida de que lo cumpliría. Jamás dudé de mi palabra, de mi voluntad. ¿De qué estarán forjados los caracteres de las personas que saben guardar sus promesas? ¿O acaso todos, absolutamente todos, alguna vez hemos faltado a nuestra palabra? Tal vez simplemente haya promesas que en nuestro fuero íntimo valen menos que otras y por tanto no nos sentimos tan mal cuando las rompemos. O tal vez es más grande el impulso que nos lleva a transgredirlas que el control sobre nosotros mismos, sobre nuestros actos.

Sea como fuere, el hecho de yo haber roto mi promesa no me hizo reparar en que quizás con el tiempo Arturo también habría de quebrantar la suya y volvería a consumir pornografía en internet.

Pero, claro, aquellas sólo eran suposiciones. Lo único real era que yo me había hecho de un texto sin la autorización de su propietario. Como dije más arriba, su contenido me intrigaba, sí, pero también el misterio que se escondía detrás de aquellas hojas, es decir, en su elaboración y distribución clandestinas.

Y es que ese mismo sábado por la mañana, cuando apenas nos dirigíamos al balneario, la furgoneta tuvo que detenerse en los sanitarios de la caseta de cobro de la autopista, pues mi madre quería pasar al baño. Arturo aprovechó la ocasión para comprar el periódico local. Ya de vuelta cada quien en su asiento, yo fui la primera en hojearlo. No niego que lo hice con la inquietud de posiblemente hallar otra noticia de Ariel Franco Figueroa, por lo que fue un alivio advertir que, al menos en ese ejemplar, no había ninguna.

Pero si no del periódico, ¿de dónde entonces había obtenido el doctor, pasante o lo que fuera aquel artículo? Si habría de dar crédito a la palabra de fray Sebastián, entonces debía asumir que él no era el autor detrás de aquel pseudónimo. ¿Podría tratarse acaso de un jovencito al que a duras penas lograba atribuirle la posesión de una cédula profesional?

Estas preguntas venían perfectamente al caso, pues en cuanto tomé las hojas en el consultorio me di cuenta de que el tipo de papel no correspondía al de las notas anteriores aparecidas en los periódicos: en esta ocasión se trataba del papel ordinario de una impresora doméstica. Este hecho, aunado a que las hojas no mostraban maltrato alguno, me hizo suponer que el doctor mismo había impreso el artículo. Otra posibilidad era que alguien más se lo hubiese dado, pero de haber sido así, las hojas hubieran tenido dobleces o, por lo menos, arrugas. Como yo descartaba esta última hipótesis, la sola interrogante que quedaba era si –además de imprimirlo– el joven doctor también había escrito el texto, o si lo había obtenido de un medio distinto a la prensa, presumiblemente el internet.

Poca importancia tiene ahora admitir que quizás desde un inicio debí de haber llegado a la conclusión –tal y como lo hacía en ese instante– de que el nombre de Ariel Franco Figueroa no encubría a uno, sino a varios individuos, algo así como a una sociedad secreta, ya que era absurdo suponer que un solo sujeto pudiese llevar a cabo semejante infiltración y divulgación de noticias sin una red bien organizada de cómplices.

Lo relevante, en todo caso, era que a partir de aquel día en el Tropicana mi percepción sobre el misterio de Ariel Franco Figueroa (y por tanto la forma en que me plantearía sus interrogantes) había dado un valioso giro: más allá de haber sustituido el "quién" por el "quiénes", ahora me interesaba más el "cómo".

El "porqué" –consciente o inconscientemente– aún me negaba a planteármelo.

23

No tuve oportunidad de leer el artículo sino hasta ya entrada la noche, luego de que cada quien hubo vuelto a su casa tras nuestra visita al parque acuático[2]. Para entonces Víctor ya había informado a mi padre, y mi padre a su vez a Arturo y a mí, que don Nicolás pretendía abrir las puertas de la Agrícola Garza-Reyes a los medios de comunicación y al público en general para desmentir las calumnias de las que de un tiempo a la fecha había sido víctima.

–Y ya se había tardado –agregó mi padre por teléfono. Luego, suspirando, remató–: Ay, Rebequita, es que en nuestros días resulta tan fácil levantar y difundir falsos... ah, y la pobre gente, siempre tan ingenua e ignorante que se lo cree todo. Pero el tiempo se encargará de poner las cosas en su sitio.

–Sí, supongo que así será –respondí vacilante.

–Por eso te recomiendo que vayas el sábado.

–¿El sábado? Pensé que habías dicho que aún no se sabía la fecha.

–Formalmente aún no se sabe: se hará pública en el transcurso de la semana entrante. Sin embargo te puedo adelantar que será ese día, durante el horario habitual de labores. De esa forma, presenciando con sus propios ojos el arduo trabajo que implica la agronomía, la gente podrá cerciorarse de que ha sido con el sudor de su esfuerzo, y únicamente tras años y años de penurias y sacrificios, que don Nicolás ha logrado forjar su fortuna.

–¿Y por eso me recomiendas que vaya? –pregunté.

---

[2] El texto, intitulado CRÓNICAS FIDEDIGNAS Y HECHOS MEMORABLES DE ESTAS TIERRAS DESCUBIERTAS Y DE SUS HABITANTES, se encuentra adjunto en el apéndice al final del libro.

–Te lo recomiendo porque de los Ordoñez Cuesta eres la que menos conoce a don Nicolás. Y porque de hecho eres la única de la familia que nunca se ha interesado en nuestros negocios. No estaría de sobra que, a través del ejemplo de vida de don Nicolás, reflexionaras también en lo que yo, y en su momento tu abuelo y ahora tu hermano, hemos tenido que luchar para llegar hasta donde estamos. A nuestra familia tampoco nadie le ha regalado nada, Rebeca.

Las palabras de mi padre calaron hondo en mí. La garganta se me hizo nudo y no supe qué responder. Me hubiera gustado decir que reconocía su esfuerzo, su trabajo; que valoraba todas las comodidades y despreocupaciones con las que había crecido gracias a él, y que pese a su desvergonzada e hipócrita relación conyugal, siempre estaría orgullosa de que fuera mi padre. En lugar de eso, como queriendo dirigir nuestra conversación a aguas más tranquilas, pregunté con voz dulce y reconciliadora:

–¿Y tú, papá, piensas asistir el sábado?

–Todavía no lo decido. No sé si sea conveniente. Tanto para don Nicolás como para tu hermano y para mí. Sabes que ese calumniador nos ha querido ensuciar con el mismo lodo.

–Sí, lo sé, y espero que eso de igual forma no tarde mucho en aclararse.

–Así será, hija, así será. Aunque tal vez tome más tiempo que con el caso de don Nicolás. No sólo por la naturaleza misma de nuestras profesiones y de nuestras empresas, sino porque yo, desde siempre, he estado vinculado al gobierno de Huelelagua.

–¿Tan malo es tener relaciones laborales con el gobierno?

–Malo no, sospechoso sí. Incluso si dejé de ejercer desde hace muchos años. Incluso si ya ni siquiera presido mi buffet de abogados.

–¿Y Grupo ORCU?

–Con Grupo ORCU es distinto. De esa empresa no puedo ni quiero alejarme. En primer lugar porque comparada con el buffet de abogados, la constructora genera muchísimos más ingresos. En segundo, porque se ha vuelto un lazo de unión irreemplazable entre tu hermano y yo.

–En ese caso, papá, tú podrías decirme si es cierto lo que rumoran por ahí de Grupo ORCU.

–¿Rumoran? ¿Rumoran quiénes, Rebequita? Te repito que esas injurias han venido de una sola persona, tan cobarde por cierto que ni su nombre real ni mucho menos su cara se atreve a dar. Sin duda se trata de un periodista mercenario al servicio de algún enemigo político o empresarial.

–¿Me estás diciendo que tienes enemigos, papá?

–Bueno, no, la palabra correcta es adversario. Y sí, por supuesto que los tengo. Pero también los tienen el gobernador y don Nicolás, y muchos de nuestros clientes y socios, así que no es necesario que sea a tu hermano y a mí a quienes deseen atacar directamente, sino que a través de nosotros se dirijan a alguien más.

–¿Eso piensas?

–Es una hipótesis. Una muy grande por cierto. Yo me inclino a pensar que el verdadero objetivo es el gobernador, o mejor dicho la gubernatura del estado. No olvides que el próximo año son las elecciones.

–No había pensado en eso.

–Pero te repito que sólo es una teoría, Rebeca. Hay más posibilidades.

–¿Por ejemplo?

–Que nos estén usando como cortina de humo.

–¿Quién haría algo así?

–El gobernador de otro estado o el mismo gobierno federal, por ejemplo. Inclusive algún grupo delictivo dentro de Huelelagua. Esto no es nada nuevo: con el fin de ocultar un crimen de perjuicio no sólo estatal sino casi siempre nacional, se buscan y con más frecuencia se inventan noticias polémicas que desvíen la atención de los ciudadanos… de los ciudadanos interesados en el quehacer político y gubernativo, porque para la mayoría de la población basta con la farándula y el deporte televisivo (ojalá fuera practicándolo), y sobre todo con la estrechez de la educación recibida y del salario promedio que gana, lo que la constriñe a preocuparse exclusivamente por las dificultades de su vida personal.

Estuve completamente de acuerdo con mi padre en lo último que dijo. Eran hechos irrefutables y obvios que sin embargo no había tomado en cuenta. Respecto al posible periodista vendido que se escudaba tras el nombre de Ariel Franco Figueroa, no quedé del todo convencida. Claro que yo contaba con información que él no tenía, es decir, con dos textos que no habían aparecido en los periódicos.

Mi padre terminó la conversación agradeciéndome una vez más, en nombre suyo y en el de mi madre, por la hermosa jornada trascurrida en el Tropicana. Yo colgué el teléfono con peculiar alegría. No lo podía creer. Sin habérmelo propuesto, había hablado con mi padre sobre un tema que me inquietaba sobremanera, pero que, carente de coraje, no había podido abordar antes con él.

Sonriente, rebosante de valor, quise afrontar el otro asunto que había estado postergando y que me turbaba por igual. Corrí a la habitación para abrazar a Arturo y decirle que si bien no le perdonaría que se repitiera una escena como la de aquella noche, de ahora en adelante me gustaría que compartiera sus fantasías conmigo, sin penas ni miedos: ya sabría yo si las cumpliríamos o no, mas no por ello debíamos seguir acallando y avergonzándonos por querer disfrutar de nuestra sexualidad a plenitud.

Al llegar a la habitación, sin embargo, encontré a Arturo en pijama, dormido. El día entero en el Tropicana, corriendo detrás de Carlos Alberto y de Francisco, lo había fulminado de cansancio. Le di un beso en la frente y en seguida yo también me fui a poner mi pijama.

Una vez acostada junto a él y envuelta de cabo a rabo en el confortable y fresco edredón azul, saqué un brazo para apagar la lámpara que descansaba sobre la cómoda a un costado mío, en la que también yacía mi celular. Fue sólo entonces, como ya he dicho, cuando pude leer el texto que horas antes había fotografiado[3].

---

[3] Quien haya optado por consultar el texto quizás concuerde conmigo en que no sólo por el lugar en que lo encontré y por el tipo de papel en que estaba impreso, tenía yo razón en sospechar que detrás del pseudónimo Ariel Franco Figueroa trabajaba un grupo de individuos, sino que ahora, tras su lectura, debía de parecerme además bastante probable que no fuese uno sólo el encargado de redactar los escritos, ya que sus estilos distaban notablemente entre sí.

Pese a ello, este nuevo texto compartía por lo menos dos características con aquel que me había dado fray Sebastián en los conventos de Riva Salgado. La primera de ellas residía en que ninguno de los dos había aparecido en el periódico regional o en algún otro medio (que yo supiera), por lo que era presumible que fuésemos muy pocos los afortunados en poseerlos. La segunda similitud yacía en que ambos trataban no sobre el presente, sino sobre el pasado, si bien éste recurría evidentemente a la ficción y el primero muy posiblemente no (y digo *muy posiblemente* porque incluso hasta el día de hoy no puedo asegurar que todo lo escrito en él sea cierto).

24

El sábado siguiente, es decir, una semana después de nuestra visita al Tropicana, la ciudad de Huelelagua de los Llanos amaneció revestida de una llovizna diáfana y melódica que no evitó en lo absoluto que el sol resplandeciera tan poderoso como de costumbre. Apenas me hube alzado de la cama, corrí las cortinas de la habitación. Afuera, en el cielo, un débil arcoíris no terminaba de formarse. En la víspera, había acordado con Arturo que él se quedaría en casa con los niños para que yo pudiera visitar la Agrícola Garza-Reyes.

–La verdad es que no sé ni a qué voy –le dije sin apartar la mirada del arcoíris.

Arturo, que yacía a mis espaldas aún acostado, no respondió. Tampoco yo esperaba que lo hiciera. Era como si en el fondo él supiese que algo más allá de la sola sugerencia de mi padre me empujaba a asistir a aquel evento, y que aun si así lo hubiese decidido, no habría podido permanecer en casa sin que más pronto que tarde me venciera la curiosidad.

La llovizna se detuvo cerca del mediodía. Para entonces ya me encontraba en la Agrícola Garza-Reyes. El número de visitantes era mucho mayor al que me esperaba. Don Nicolás, en cambio, lo había calculado todo a la perfección y estaba más que prevenido. Había mandado a hacer diversos platillos y antojitos para convidar a los asistentes. De enormes cacerolas de barro, puestas sobre ladrillos y a fuego de leña, se escapaba el aroma inconfundible de unos esquites con tuétano, chile y epazote. Señoras robustas, en su mayoría de facciones indígenas y vestidas quizás a propósito aquel día con sus trajes típicos, agitaban los esquites con espátulas y cucharones de madera. Había también un comal de dimensiones colosales en el que se adivinaba se habrían de cocer las tortillas, los sopes y los tlacoyos. El plato principal, sin embargo, eran las carnitas de cerdo, que ya empezaban a freírse en los tradicionales cazos de cobre. Inevitablemente recordé la batalla entre la puerca grande y rufiana y el Gran Maíz Primogénito[4].

A la entrada de la agrícola se había colocado un croquis con recorridos sugeridos para los visitantes. Yo escogí uno al azar, cuya primera parada era el criadero de las gallinas ponedoras. Hacia allá me encaminé, advirtiendo a cada paso que el suelo no mostraba ningún vestigio de humedad, sino que, muy por el contrario, la tierra parecía seca, sedienta.

Esto en realidad no me extrañaba en lo absoluto, pues como toda huelelagüense estaba más que habituada a los microclimas de nuestro estado, a que la temperatura y la vegetación variaran notablemente en cuestión de pocos kilómetros dependiendo de la altitud. La Agrícola Garza-Reyes, por ejemplo, se ubicaba al noreste de Huelelagua, sobre un valle fértil que –aunque constreñido a implementar un sistema de riego debido a la exigua temporada de lluvias– se extendía por todo el este y sureste de la ciudad hasta encontrarse, a unos veintitrés kilómetros al sur, con las Lagunas del Tamarindo, donde el clima se volvía subtropical. En cambio, el oeste y cierta parte del norte de Huelelagua estaban dominados por la cordillera montañosa, cuya vegetación se componía mayormente de un bosque de coníferas.

Seguí andando, pues, con la cabeza gacha hasta que di con el criadero de las gallinas ponedoras: una inmensa construcción rectangular cercada la primera mitad de abajo a arriba con concreto y la segunda con valla ciclónica. Entré en el recinto y lo primero en que reparé fue que del techo de lámina de asbesto (cuya utilización ignoro si estaba permitida en nuestro estado) bajaban cables de luz eléctrica de los que se sostenían infinidad de lámparas, las cuales imaginé servirían para mantener una temperatura adecuada en el criadero. Acomodadas

---

[4] Personajes principales del texto que fotografié en la enfermería del parque acuático Tropicana.

en columnas e hileras paralelas, yacían sobre la superficie recipientes circulares en los que se vertía el alimento de los pollitos, que corrían alborotados por todas partes, como persiguiendo su propio piar alegre.

Dos trabajadores de don Nicolás (todos ellos, por cierto, uniformados para la ocasión con pantalones vaqueros color caqui y camisetas blancas tipo polo con las siglas y el emblema de la Agrícola Garza-Reyes) explicaban de manera concisa el clico reproductor y de desarrollo de las gallinas ponedoras, así como sus cuidados específicos.

–¿Cuáles gallinas?, si estos son apenas unos polluelos –interrumpió de pronto una señora.

–Por eso se llama criadero –respondió burlonamente el trabajador–. Aquí mantenemos a las crías hasta que alcanzan la edad reproductiva, es decir, cuando empiezan a poner huevos. Llegado ese tiempo, las transferimos a una de nuestras muchas granjas de gallinas ponedoras.

–¿Eso quiere decir que todos estos animalitos son hembras? –preguntó la misma señora.

–Así es, ni modo que los gallos pongan huevos.

Los asistentes encontraban graciosa la manera de responder del trabajador. A mí me pareció una falta de respeto.

–¿Entonces qué hacen con los machos? –preguntó la señora, tratando de esconder el rubor de su cara.

Con sonrisa aún más socarrona, el trabajador se limitó a contestar sobándose el abdomen. Los asistentes volvieron a reír. La señora frunció el ceño y cruzó los brazos.

–¿Más dudas? –preguntó el trabajador sin notar o preocuparse siquiera si había ofendido a la señora–. ¿No? ¿Nadie? Porque si ya no hay preguntas, damos por concluida la visita a esta parte de la agrícola y los invitamos a que continúen con su recorrido.

El otro trabajador, que hasta ese momento no había hablado, intervino:

–Quienes se dirijan a la porqueriza, ésta se encuentra a la derecha; quienes vayan al establo de las vacas lecheras, caminen a la izquierda: verán un almacén muy grande en el que guardamos los tractores y los diversos utensilios de labranza. El establo se localiza después del almacén.

La gente ya comenzaba a retirarse, pero el mismo trabajador prosiguió:

–Y no olviden que de dos a tres de la tarde se repartirán los alimentos gratuitos como muestra de agradecimiento por su visita, y que a partir de las tres y cuarto habrá recorridos en camionetas por los sembradíos de chile, maíz y frijol.

Al escuchar la palabra *alimento*, en combinación con el adjetivo *gratuito*, a la mayoría de los presentes se le dibujó una sonrisa de complacencia. No faltó incluso quien aplaudiera y gritase: ¡Viva don Nicolás!

–¡Y viva la Agrícola Garza-Reyes! –gritó otro.

–¡Arriba Huelelagua de los Llanos, señores! –terció el trabajador burlón.

Al instante el público en general gritó, silbó o de alguna u otra forma manifestó su entusiasmo y consentimiento. Pensé que sería la única persona en quedarme callada, pero pronto advertí que ni la señora que minutos antes había hecho las preguntas, ni un hombre que al parecer la acompañaba, fueron partícipes del alboroto.

Cuando los visitantes se tranquilizaron y nuevamente se dispusieron a abandonar el criadero, el hombre le reclamó a la señora en voz baja:

–¿Por qué no preguntaste si podíamos visitar una verdadera granja de gallinas ponedoras, mujer?

–¿Y por qué no lo preguntaste tú, Jacinto?

–¡Cómo que por qué! Hubiera sido sospechoso. Además, ya habíamos quedado desde la casa.

El hombre aquel, de abundante bigote ceniciento, portaba pantalón de mezclilla oscuro y una camisa anaranjada a cuadros. El cinturón no era ranchero, pero su grosor y los acabados de la piel sugerían más una cercanía a éste que al de un cinturón de vestir. El hombre volvió a cuestionar a la señora, quien supuse debía tratarse de su esposa:

–¿Pero por qué no preguntaste si podíamos ver a las gallinas ponedoras, mujer?

–Es a ti a quien le interesa, ¿no, Jacinto? Hubieras preguntado tú. Además yo veo a las pollitas muy libres y contentas.

–¿Libres y contentas? Si supieran lo que les espera: noches enteras sin dormir, iluminadas las veinticuatro horas para que confundan el día con la noche y no dejen de poner huevos; enjauladas en espacios diminutos, con una malla de alambre por piso para facilitar al trabajador la limpieza de las excreciones, que caerán en contenedores situados debajo de la malla. Las pobres no volverán a pisar tierra firme. Vivirán aferradas al alambre con sus dedos nudosos y tensos. Y cuando les hayan exprimido hasta la última gota de energía y piensen que por fin van a descansar en paz, bajo tierra, entonces las encontrarás desplumadas en el supermercado o te las servirán empanizadas y fritas en una de las tantas cadenas de comida rápida de la ciudad. Ese es el precio futuro de su hoy aparente infancia libre y feliz.

–¿Estás hablando de las gallinas o de los seres humanos, Jacinto?

–No te quieras hacer la graciosa ahora tú, mujer. ¿Qué no te basta con lo mal que se vio el trabajador dándote esas respuestas tan bobas e irrespetuosas?

–¡Pero si la que quedó como una tonta fui yo, Jacinto! ¡Por tu culpa fui el hazme reír de la gente!

–Claro que no.

–¡Claro que sí!

–En ese caso es la gente la que se equivoca. No se puede andar por la vida burlándose de los demás.

–Pues ya viste que sí se pudo.

–Mas no se debe. Un día nos daremos cuenta de ello y cambiaremos esa característica negativa de nuestra sociedad.

–Ay, ya bájale, Jacinto. Lo que pasa es que estás paranoico.

–¿Paranoico? ¿Paranoico yo?

–¡Sí! Paranoico con la sociedad, con la agronomía, con las gallinas de esta pobre granja a las que por cierto yo miro bastante bien.

–Para empezar, esta agrícola de pobre no tiene nada. Y para terminar, ¿qué no entiendes que únicamente vemos lo que ellos quieren que veamos? ¿Por qué crees que no abrieron al público ni una sola de las granjas donde tienen a las gallinas ponedoras?

El matrimonio se había rezagado lo suficiente del resto de los visitantes como para creer que nadie más escuchaba su conversación. Ninguno de los dos se dio cuenta de que yo, fingiendo interés en los contenedores de alimentos, me había puesto en cuclillas para oír a sus espaldas lo que decían. Además, la suerte estaba de mi lado, pues las preguntas que la gente no se había animado a hacer en público a los trabajadores, las hacía ahora en privado, lo que obstaculizaba el flujo hacia la salida.

–Tú lo que deseas, Jacinto, es enmendar el mundo. He ahí tu problema.

–No, por supuesto que no. Yo sólo quiero una producción de alimentos más justa con la naturaleza, y que su distribución, la de los alimentos, sea más equitativa entre los hombres.

–Pero la vida en general no es justa ni equitativa, Jacinto. No me digas que apenas lo estás notando.

–Hagámosla justa entonces, mujer. ¿O a ti te gustaría que te trataran como a una de esas gallinas?

–Pero da el caso, Jacinto, de que yo no soy una gallina, sino un ser humano, y un ser humano que por lo demás también debe alimentarse.

Sin darme cuenta en qué momento, el grupo con el que habíamos entrado al criadero ya había salido y alrededor de la puerta poco a poco comenzaba a formarse un nuevo grupo dispuesto a ingresar. Los trabajadores nos habían mirado de reojo sin prestarnos mayor atención. Aprovechaban la breve pausa para platicar entre ellos. Yo, aún en cuclillas, fingía esforzarme por atraer a los pollitos ofreciéndoles el alimento que previamente había puesto entre mis manos.

–Ya veo que tú no entiendes nada, mujer –retomó la conversación el hombre de camisa naranja, acariciando su abultado bigote–. Pero veamos si me explico mejor hablándote de la carne bovina.

–Ahora resulta que hasta vegetariano te vas a volver.

–¿Por qué no puedes tomar nada en serio, mujer? Se burlaron de ti hace apenas unos momentos y ni aun así evitas burlarte ahora tú de mí.

–La diferencia, Jacinto, es que yo no lo hago para que se rían de ti los demás, sino para que sonrías y te desestreses.

–Claro, ¡cómo no lo había pensado antes! ¡Con lo que me encanta que se mofen de mis ideas!

–¿No te digo que nada te parece? Yo sólo quería hacerte sonreír.

–Entonces búrlate de ti misma.

–Si eso prefieres…

–No, lo que yo preferiría es que ciertos asuntos los tomaras con seriedad y no hicieras bromas con ellos.

–Que me ría de los problemas y desgracias de la vida no significa que no me interesen ni me inquieten, y quizás precisamente porque me inquietan y preocupan prefiero reírme de ellos que vivir temerosa y amargada. Porque seamos sinceros: ¿nosotros qué podríamos hacer para cambiar la situación?

–Mucho.

–¿En verdad te lo parece, Jacinto?

–Al menos mucho más que sólo reírse y hacerse el chistosito. Porque bufonearse de los problemas, mujer, es en realidad una manera de querer ignorarlos o minimizarlos, fingir que no existen. Pero con eso no se resuelve nada, más allá de quitarse la presión de tener que hacerles frente.

–¿En serio crees eso?

–Estoy seguro.

La mujer caviló un momento. Luego, con voz seria, preguntó:

–¿Y estás seguro desde siempre o desde que conociste a tus nuevos amigos?

–¿Eso qué importa? Uno tiene la libertad y el derecho de querer cambiar su estilo de vida luego de reconocer que nos hemos conducido con indiferencia e irresponsabilidad.

–Y por lo visto tú crees haber cambiado ya de estilo de vida. Pero yo te digo que te comportas como el mismo de antes, por más que ahora pregones ideas locas a diestro y siniestro. Mírate ahí nomás paradote, queriendo dar lecciones de ética sobre la producción y la distribución de los alimentos cuando no podrías vivir ni dos días sin comer carne.

–No sabía que pudieras ser tan descorazonada, mujer.

–Ni yo tampoco nunca me imaginé que un día te sentirías el redentor de Huelelagua.

–¿El qué?

–El redentor de Huelelagua. Eso es lo que te crees. Pero la vedad es que no eres más que un falso mesías, pronto a predicar con la palabra, pero rara vez con el ejemplo.

–No seas tan injusta conmigo, mujer. Yo lo único que quería es que vieras las cosas como son.

–¿Y de dónde sacas que no lo hago?

–¿Ah sí? ¿Entonces tú sabes que se destinan miles y miles de hectáreas en el mundo tan sólo para producir suficiente forraje para el ganado? ¿Y todo para qué? Para que unos cuantos podamos disfrutar de un buen corte de carne. Imagínate, mujer, cuánta energía, cuántos recursos e insumos utilizados para sembrar, labrar y finalmente trasportar todo ese forraje. Piensa qué sería de la humanidad si una parte de esas tierras y de esa energía fueran destinadas a producir alimentos para los desamparados. Yo no me opondría a tener que disminuir las porciones de carne de mi dieta con tal de que no hubiera tanta hambruna en el mundo.

–¿Tú, Jacinto? ¿Y luego quieres que no me burle de ti?

–¿Y ahora por qué?

–¡Cómo que por qué! Mira nomás tu barrigota. Ya te dije que ni dos días aguantarías sin comer carne. Y no salgas otra vez con eso de que soy descorazonada, porque como discurso me gusta lo que dices, pero de eso a que pueda volverse realidad… ¿Quién trabajaría gratis? ¿Tú, Jacinto? ¿O acaso seguirías pagando puntualmente lo que hasta hoy destinas a la compra de carne pero recibiendo ahora la mitad de lo que antes adquirías?

–No sabes cuánto te compadezco, mujer. Compadezco que tu visión sea tan corta y que por ello inconscientemente creas que la sociedad en que naciste es la única posible, la única que ha existido desde siempre y que por lo tanto así permanecerá hasta el fin de los tiempos.

Al terminar de decir lo anterior, el hombre cruzó el umbral seguido por su mujer y, casi de inmediato, también por mí. Afuera soplaba un aire fresco proveniente de la montaña: lo aspiré con todas mis fuerzas en busca del aroma a pino y resina que tanto me gustaba, pero lo único que detecté fue el olor del aceite quemado de las carnitas de cerdo.

El matrimonio se encaminó hacia la porqueriza. Yo, reconociendo que ya había quebrantado bastante su privacidad, opté por dirigirme al establo de las vacas lecheras. Recordé entonces una anécdota de hace apenas unos años, cuando Mariana iba al kínder. Tras haberla recogido de la escuela, me contó que una de sus maestras les había preguntado en clase que quién sabía de dónde provenía la leche que ellos, los alumnos, tomaban por las mañanas. Un niño respondió que de un envase de cartón. Pero de qué animal, volvió a preguntar la maestra. En mi casa de ninguno, contestó el mismo niño: mi mamá saca el envase todos los días del refrigerador. La maestra no pudo evitar reírse. Mariana también lo hizo, pero notó con sorpresa que algunos de sus compañeros le daban la razón al niño. Aquella historia, además del esparcimiento momentáneo, no me había conducido a ninguna reflexión, pero ahora –iluminada bajo la luz de la discusión que acababa de presenciar– tomaba otro sentido. Y es que de cierta forma yo era (espero ya no serlo) como aquel niño del kínder, pues siempre había dado por sentado que las mercancías que yo necesitaba debían estar ahí donde solía adquirirlas, llámense pan, leche, ropa, combustibles o electrodomésticos, sin cuestionarme jamás por su procedencia ni mucho menos por el proceso, elaboración o condiciones de trabajo que implicaban.

Absorta en estos pensamientos, llegué hasta la verja principal del almacén. Di un vistazo desde fuera a la maquinaría y a los tractores sin que realmente hubieran llamado mi atención. Me disponía a seguir mi camino al establo de las vacas lecheras cuando de pronto alguien me llamó por mi nombre.

–¿A dónde tan de prisa, Rebeca?

Giré mi rostro y me encontré con dos hombres absolutamente desconocidos para mí. Uno de ellos iba de pants y de tenis, y de su cintura colgaba una cangürera negra de piel; era alto y moreno, peinado y afeitado con meticulosidad; debajo de su playera deportiva se adivinaba un torso bien moldeado. El otro sujeto, adulto con cara de niño, era delgado, de pelo castaño claro y muy chino; calculé que no sobrepasaba el metro sesenta de estatura. Vestía camisa blanca y suéter café, bastante formal para la ocasión, aunque su ropa se veía desgastada y algo descolorida.

–¿Síí? –pregunté con timidez– ¿Puedo ayudarlos?

–Eso aún está por verse –respondió el hombre de baja estatura.

25

El hombre alto, moreno y musculoso se acercó a mí con paso decidido, escudriñando mi cuerpo con su mirada, blandiendo una sonrisa exorbitante y estúpida. Temí que aquella sonrisa y la manera en que sus ojos avispados me recorrían de pies a cabeza fueran el reflejo inconsciente de lo que estuviese planeando hacer conmigo. Volteé a mi rededor en busca de otros visitantes por si acaso tuviese que pedir ayuda. No había nadie más en esa parte de la agrícola, y el establo de las vacas lecheras aún quedaba a unos cien metros. Reculé hasta sentir en la espalda el frío metálico de la verja: no había escapatoria, estaba a merced de aquel sujeto. Las manos y la frente comenzaron a sudarme mientras que a mis oídos, hipersensibles y alertas, subían en tropel los latidos violentos de mi corazón.

–¿Es que no me reconoces, Rebeca?

El desconocido se había detenido a escaso metro y medio frente a mí. Seguía mirándome con esa sonrisa excesiva y boba que, ya de cerca, no resultaba tan malvada.

–¿Entonces no me reconoces? –volvió a preguntar aquel hombre.

A pesar de la desconfianza y mis temores, me aventuré a dar un paso al frente y esta vez fui yo quien se detuvo a examinar el rostro del desconocido.

–¡Nooo! –exclamé sorprendida– ¿En verdad eres tú? ¿Bruno? ¿Bruno Maldonado?

–El mismo.

–¡No lo puedo creer! Discúlpame por no haberte reconocido a la primera. ¡Mira que me has pegado un buen susto!

–Lo siento, no era esa mi intención.

–No te preocupes: el lugar y las circunstancias lo propiciaron.

–Eso y el mucho tiempo que teníamos sin vernos.

–Es verdad. Debe tener más de veinte años que no nos veíamos.

El desconocido, Bruno Maldonado, en nada se parecía físicamente al jovencito que yo había conocido. El de ahora era un hombre atlético de cuello largo y ancho, cuyos hombros abiertos hacia atrás se alineaban armoniosamente con la postura erguida de la espalda. Los músculos de los hombros y del pecho sobresalían de por debajo de la playera, como si los estuviese apretando para remarcarlos, aunque esto era un mero decir, pues su semblante y movimientos reflejaban naturalidad.

¿Pero quién era Bruno Maldonado? De mí, nada; de Javier, mi hermano mayor, había sido su mejor amigo durante el último año de la preparatoria. Bruno jamás visitó nuestro hogar, pero habremos conversado en por lo menos tres ocasiones. La primera de ellas en una fiesta de su generación. Recuerdo que mi madre me pidió que la acompañara a dejar a Javier en la fiesta, cuyo anfitrión era el hijo de una familia muy conocida y respetada en toda Huelelagua de los Llanos. Al llegar, mi madre dijo que sería una grosería no detenernos a saludar a los padres del compañero de mi hermano. Dándose cuenta de que aquello iba a durar mucho más de lo que tomaría un simple saludo, Javier me invitó a que saliéramos al jardín, donde me presentó a sus amigos. Bruno Maldonado era entonces un joven esbelto con algunos brotes de acné en el rostro, y era precisamente con él con quien mi hermano tenía pensado viajar a la Ciudad de México a estudiar danza. Bruno provenía de una familia de clase media que si bien podía vivir en Huelelagua sin mayores apuros, difícilmente hubiera logrado pagar la colegiatura de la preparatoria en la que él y mi hermano estudiaban si no fuese por una beca que se había ganado en deportes. El estrecho vínculo que existía entre ambos se percibía a la primera, bastaba con mirarlos juntos. Ese mismo año, como escribí al inicio de mi relato, Javier perdería la vida en un accidente automovilístico. A partir

118

de ese momento borraría de mi memoria todo lo que estuviera relacionado con mi hermano, incluyendo por supuesto a Bruno y con más razón a los demás compañeros que aquel día Javier me presentó.

–Discúlpame por no haberte reconocido –dije de pronto, pensando más en mi hermano que en Bruno–. No quise olvidarme también de ti; mejor dicho, nunca planeé olvidarme de nadie… Era muy chica cuando sucedió lo de Javier. Yo apenas iba en primero de secundaria.

–No hay nada que disculpar, Rebeca –respondió Bruno cabizbajo–. Para mí también fue un golpe muy fuerte.

En aquellos días, recién fallecido mi hermano, lo último que me hubiese permitido habría sido hablar de él, mencionarlo de cualquier manera. Nadie podía recordármelo. Quizás sea estúpido, pero ya he escrito en otra parte que esa fue mi reacción. Y es que en verdad su pérdida me dolió hasta lo más hondo de mis entrañas. Javier y yo teníamos un vínculo especial. No sólo lo quería y admiraba, sino que incluso lo idolatraba: era mi hermano mayor después de todo, y ¿qué niño no ve a su hermano mayor como lo máximo? Además, él y la preparatoria representaban para mí lo desconocido, la novedad, lo que habría de vivir en un futuro no muy lejano. Con Víctor era diferente, pues aunque nuestra relación también era magnífica, yo lo veía como lo que era, es decir, como un niño de primaria, una etapa por la que yo ya había transitado.

–Huelelagua de los Llanos –retomé la conversación–, una ciudad relativamente pequeña en comparación con las grandes metrópolis del país, y sin embargo hasta ahora nunca antes nos habíamos encontrado luego de que Javier falleciera.

–Bueno, no nos habíamos encontrado porque en realidad yo viví mucho tiempo en la Ciudad de México.

–Ah, ¿entonces siempre sí estudiaste danza?

–Sí, pero sólo después de haberme graduado de lo que mis padres consideraban una carrera seria, real.

–¿Y para ellos cuál era una carrera seria? –pregunté.

–Medicina, derecho, ingeniería…

–¿Eres médico?

–No, soy administrador de empresas internacionales, pero nunca he ejercido. Mis padres me dijeron que podía estudiar danza siempre y cuando antes terminara otra carrera con la cual pudiera mantenerme en caso de que no triunfara como bailarín profesional. El mismo día que terminé la carrera de administración me inscribí en la academia de danza. Mis padres y yo ya habíamos acordado que ellos no cubrirían los gastos de mi segunda carrera, por lo que tuve que trabajar como mesero por las noches hasta que, una vez egresado de la academia, ingresé a una compañía teatral en la que permanecí alrededor de siete años. La realidad es que no siempre nos iba tan bien, así que busqué y hallé un ingreso extra desempeñándome como profesor de educación física en una escuela primaria. Fue ahí donde conocería a mi esposa.

–Así que eres casado –interrumpí.

–Así es.

–¿Y tienes hijos?

–Dos hermosas jovencitas.

En ese instante el sujeto que acompañaba a Bruno murmuró entre dientes alguna palabreja. Disimuladamente lo miré de reojo y vi que intentaba quitarse con fastidio el lodo que había a los costados e incluso por encima de su zapato derecho. No le di importancia a sus murmuraciones y le pregunté a Bruno:

–¿Y cómo fue que decidiste volver a Huelelagua de los Llanos?

–Bueno, fueron varios los motivos por los que regresé a Huelelagua. El principal, sin embargo, es uno que no vale la pena recordar ahora. Lo que sí puedo decirte es que antes de que naciera nuestra primera hija, logré convencer a mi esposa de que pidiera su cambio de plaza docente a Huelelagua de los Llanos.

–Ah, entonces ustedes trabajaban en una escuela pública.

–Sí. Ella era la única que tenía plaza permanente, aunque yo de todas formas ya había concebido dejar la primaria, mudarnos a Huelelagua de los Llanos y abrir aquí una academia de danza.

–Vaya, qué interesante.

–Sí, aunque más que academia de danza resultó una mezcla de escuela de baile con lecciones de zumba y de acondicionamiento físico. No era lo que tenía en mente en un comienzo, pero debo admitir que no nos va nada mal y que, lo más importante, soy muy feliz con ella.

–Me alegro por ti, Bruno, en verdad. Tal vez te parecerá trillado lo que voy a decirte, pero concuerdo contigo en eso de que perseguir los sueños y lo que nos haga felices es lo más importante en la vida.

–Gracias, Rebeca.

–Bueno, ¿y en dónde queda tu escuela de baile? Dame la dirección para visitarla un día de estos.

–Claro, aunque al final no la pusimos exactamente en Huelelagua, sino en Río Seco.

–Para el caso es lo mismo –dije– ambos municipios conforman ya una sola mancha urbana.

–Es cierto, la ciudad de Huelelagua no deja de crecer ni devorar los pueblitos aledaños… En fin, qué se le va a hacer. Allá construimos la escuela, en el segundo piso de nuestra casa.

Por segunda ocasión el acompañante de Bruno musitó un improperio. Notando que Bruno y yo lo habíamos escuchado, aquel hombre de baja estatura comenzó a disculparse:

–Lo siento, lo siento mucho –dijo–. Es que esto no parece de perro, sino de elefante –y señaló entonces hacia su zapato, dando a entender que lo que limpiaba no era lodo.

–Bueno, aprovecho la interrupción para presentarlos –intervino Bruno–: Rebeca, Enrique; Enrique, Rebeca.

Enrique quiso extender su mano para saludarme, pero recordando que con ella había tomado una ramita de árbol para limpiar las hendiduras de su suela, optó por sólo alzar la palma y agitarla delante de su frente.

—Enrique, Enrique Palafox —dijo—. Fotógrafo profesional.

—Mucho gusto, Enrique.

—El gusto es mío, señora Rebeca.

—Rebeca a solas me gusta más, y si además nos hablamos de tú, mucho mejor.

—Como tú prefieras, Rebeca —respondió Enrique amablemente.

—Gracias, Enrique. No estoy muy acostumbrada a que me hablen de usted… pero bueno, me decías que eres fotógrafo.

—Así es. Lo mío son en realidad las bodas, los bautizos, las comuniones y toda clase de eventos familiares, aunque desde hace algunos meses a la fecha que he incursionado como *freelancer* en la fotografía periodística. No pertenezco a ningún medio en específico, por lo que no cuento con una credencial que me acredite como tal.

A la par que hablaba, Enrique terminaba de limpiar la suela de su zapato frotándola discretamente contra un machón de hierba.

—Soy, digamos —concluyó él—, un periodista independiente, mas no por ello menos periodista. Algo así como sucede ahora con las redes sociales.

—Con algunos usuarios, mejor dicho —corrigió Bruno—. Porque en las redes sociales también te encuentras a cada pseudo periodista que está igual o peor de vendido que los de los medios tradicionales.

¿Qué estaba pasando en nuestra entidad —me pregunté en ese momento—, que de un día a otro todo mundo parecía interesado en el quehacer político de Huelelagua y en el grado de veracidad de nuestros medios informativos? Después de años y años de no haber visto, sabido o siquiera recordado la existencia de Bruno, ahí estábamos él, su amigo y yo, en medio de la Agrícola Garza-Reyes, desviando nuestra conversación hacia la vida política y periodística de nuestro estado.

–Confieso no saber mucho de redes sociales –dije.

–Pues quizás deberías, Rebeca –comentó Enrique–, porque desde mi punto de vista las redes sociales informan de una manera más oportuna y veraz que los medios tradicionales. Tanto en Huelelagua como en el resto del país.

–Yo no estaría tan convencido –debatió Bruno.

–¿Lo dices por las cuentas apócrifas que se han abierto en Twitter y YouTube con su nombre?

–Tú mejor que nadie sabes por qué lo digo, Enrique.

–Claro, claro, por ese tipejo –respondió Enrique, y en seguida quiso integrarme de nuevo en la conversación–. Pero bueno, Rebeca, hoy no he venido aquí como fotógrafo, sino sencillamente Bruno y yo teníamos curiosidad de presenciar esta farsa.

–En eso sí estoy de acuerdo contigo –secundó Bruno–: si lo que el mafioso de don Nicolás quería era demostrar que su dinero no es mal habido, entonces eran los números, sus finanzas, las que tenía que haber hecho públicas y no el operar de su agrícola, que es consecuencia y no causa de su enriquecimiento inexplicable.

–¿Y sabes qué es lo que más me molesta? –preguntó Enrique.

–¿Qué?

–Que don Nicolás se va a salir con la suya. La mayoría de la gente prefiere que se le muestre cosas tangibles, no números.

–Entonces que vayan a darse una vuelta a la sierra, a pasearse entre los sembradíos de amapola y marihuana de don Nico, que es como lo conocen allá.

–Ojalá hicieran eso. Más de un huelelagüense se llevaría una gran sorpresa al descubrir quiénes son los que le cuidan sus cultivos.

–No te creas, Enrique: son más de los que imaginas los que están al tanto de ello, pero tocar ese tema es como arrojarse a las vías del tren.

–Pues a mí no me parece que sean muchos los que estén enterados, y aún menos a los que les interese saberlo. Es como lo que sucede al sur de nuestra entidad, donde más que mangos, piñas u otras frutas tropicales, lo que realmente siembra la gente de don Nico son cadáveres de migrantes que estaban de paso por aquí, que soñaban con llegar a los Estados Unidos, pero que despertaron en la pesadilla de verse capturados por narcotraficantes que los obligan a trabajar para ellos, y el que se niega va a parar a una de esas fosas clandestinas de las que te he hablado, Bruno.

–¿Cuáles fosas? –interrumpí desconcertada.

Enrique volteó a mirarme y respondió:

–Allá donde vivo, en Aguarevoltosa, los vecinos encontramos hace tiempo cuatro fosas clandestinas. No sé cuántos cadáveres había en cada una de ellas porque la escena era tal que uno no podía mirarla sin sentir que se desmallaría o que devolvería todo que había comido durante la semana entera. En fin, dimos aviso a las autoridades de inmediato, yo mismo notifiqué a la prensa, pero muy poco se dijo al respecto en los medios de comunicación (la prueba está en que usted, digo: en que tú no lo sabías) y en menos de un mes todo quedó olvidado.

Un silencio espectral cayó sobre nosotros. Yo lo rompí susurrando aterrada:

–¿Cuándo fue?, ¿en qué momento dejamos que el país se nos desmoronara entre las manos?

–Es que nunca estuvo en las nuestras –respondió Bruno, que había alcanzado a escucharme.

Un nuevo silencio amenazó con invadirnos, pero Enrique lo evitó tartamudeando con agitación:

–Bru… Bru… Bruno –y con el dedo índice señaló hacia el camino que conducía al establo de las vacas lecheras.

Al dirigir la vista en esa dirección, el rostro de Bruno se tornó blanco de miedo. Yo también me volteé a mirar lo que ocurría, pero no comprendí la causa de tanta turbación, pues lo único que vi fue que a lo lejos venía caminando don Nicolás, rodeado de periodistas y aduladores.

–Rebeca –se disculpó Bruno a toda prisa–, perdona que Enrique y yo nos tengamos que despedir de esta manera. Ya te explicaré cuando haya oportunidad.

–Pero qué sucede, Bruno –exclamé confundida.

–Ya te lo explicaré otro día –volvió a decir Bruno, y con dedos nerviosos y torpes corrió el cierre de la cangürera que le colgaba de la cintura, sacó de ella un billetero y de éste a su vez una tarjeta de presentación–. Aquí tienes: visítame cuando gustes. Para ti y para tu pareja las clases serán gratis.

Don Nicolás y su comitiva se acercaban presurosamente, por lo que Bruno y Enrique escaparon a paso veloz, aunque procurando no hacer evidente su huida, evitando sobre todo ser vistos por una persona que –sólo entonces lo entendí– había sido el motivo de su espanto.

Se trataba de un hombre de tez clara, barrigón, de unos sesenta y tantos años de edad, vestido con traje y corbata grises, por cuyo pelo delgado y escaso se asomaba un cuero cabelludo arrugado, repleto de manchas causadas por el sol. Indiscreta e involuntariamente fijé mi mirada en él. Notándolo, al pasar frente a mí me guiñó con su ojo izquierdo y me sonrió, dejando al descubierto la dentadura más repugnante y amarillenta que jamás hubiera imaginado, hinchadas en sarro incluso hasta las encías.

26

Asqueada por la imagen que acababa de presenciar, dejé que la comitiva pasara delante de mí y continuase su camino. Don Nicolás no se percató de mi presencia, atareado como lo estaba en responder las preguntas a modo de los periodistas: "¿Se siente usted conforme por haber demostrado de manera categórica la forma legítima en que se ha hecho de sus riquezas, o irá ahora en busca del embustero que lo difamó para que enfrente todo el peso de la ley por haber intentado mancillar su buen nombre?" A lo que don Nicolás contestó: "Me basta con haber hecho partícipes de mi inocencia a los huelelagüenses, cuya opinión y la de mi santa madre son las únicas que me importan. Como ustedes han podido constatar, yo soy una persona… una persona que soy de… –en ese instante relinchó un caballo a lo lejos– una persona de rancho, sí, de rancho, de pueblo, que sé hacer mis cosas. Me ha costado muchísimo lo poco o mucho que tengo. Todo me lo he ganado con mis propias manos. Por desgracia, siempre me han perseguido las envidias y los celos: gente a la que no le gusta trabajar. En vez de enojarme con ellos, los compadezco. Por eso he decidido no presentar cargos, además de que ni se sabe ni me interesa averiguar quién fue el responsable de las difamaciones. Como auténtico creyente que soy, desde aquí le digo al que lo haya hecho que yo lo perdono, y que dejo en manos de Dios el juzgar las acciones de cada quien."

Espontáneas o de memoria, las palabras de don Nicolás no llamaron mucho mi atención. Lo que rondaba mi cabeza era la fuga tan repentina y enigmática de Bruno y Enrique. Mi interés por seguir recorriendo la Agrícola Garza-Reyes había desaparecido, así que decidí darla por concluida y volverme a casa.

Aquella noche de sábado casi no logré dormir, y el poco tiempo que lo hice tuve pesadillas. Nunca he visitado un matadero ni tampoco tengo la menor idea de cómo funcionan. Sin embargo, soñé que estaba en uno. Era un lugar siniestro en el que reses y cerdos por igual eran arrastrados en hilera hacia un hombre que los esperaba con un enorme mazo de hierro. El hombre descargaba un golpe furibundo entre ceja y ceja de cada animal y éstos iban cayendo muertos en una banda eléctrica que los trasportaba a otra sección. Allí, trabajadores completamente vestidos de blanco separaban las reses de los cerdos, pero tanto unas como otros eran colgados bocabajo en sendos anzuelos puntiagudos, los cuales a su vez estaban incrustados a una polea mecánica que trasladaba los cadáveres hasta dos tinas gigantescas. Encima de éstas se les abría los vientres de una tajada vertical para vaciarles las vísceras y en seguida los desollaban. Mediante la misma polea, los cuerpos eran finalmente conducidos a un compartimento en el que serían desmembrados por otros trabajadores provistos de guadañas, sierras y espadas. Lo más inquietante de mi pesadilla fue que todos los trabajadores del matadero tenían el mismo rostro: el del hombre barrigón dientes de sarro de la agrícola.

La mañana siguiente desperté tarde y aún somnolienta debido a la mala noche. Bajé a la cocina en pijama, con el cabello alborotado, sin cepillar. Hallé a Arturo en la mesa, bebiendo café. Dijo que me estaba esperando para que desayunáramos juntos. Había preparado huevo con jamón. Los niños ya habían comido y miraban caricaturas en el televisor de la sala. Aunque lo intenté, no logré evitar sentir náuseas al masticar y deglutir el jamón. A cada bocado que daba me parecía estar saboreando los animales sacrificados de mi pesadilla. Para quitarme el mal sabor de boca, decidí romper mi costumbre una vez más de no tomar café y acompañé a Arturo con una taza.

Arturo se levantó, vació el filtro de la cafetera en la basura y puso a hervir más café. Su perfume poco a poco fue aromando la cocina. Los rayos oblicuos del sol que entraban por la ventana calentaban mis muslos semidescubiertos, y la brisa matutina, fresca y tenue, se colaba por mi escote y entre mis cabellos. En aquellos días yo no era del todo consciente del clima privilegiado que teníamos en la ciudad de Huelelagua. A decir verdad, a mí me fascinaba esa escena cliché de película romántica en que dos enamorados caminan tomados de la mano por un camellón otoñal de árboles rojos y amarillos, bajo un cielo gris absoluto. Más tarde, radicando ya en el extranjero, habría de descubrir que por más hermosos que sean los paisajes otoñales e invernales, lo mío –ya para establecerme de por vida– no son ni la nieve, ni las noches prematuras, ni los días sin sol directo, ni las ventiscas heladas, ni la lluvia casi perenne que hay durante estas dos estaciones aquí donde actualmente radico.

Supongo que cada quien es del entorno en donde crece, y en ese sentido he descubierto que yo soy de un cielo azul perpetuo, de un sol siempre radiante, de la posibilidad de vestir faldas y vestidos todo el año, de abrir las ventanas de la casa de par en par a cualquier hora del día para respirar aire fresco sin temor a congelarme, de los microclimas del bello estado de Huelelagua, de viajar al sur y descubrirme de pronto en medio de una selva subtropical, o de ascender por las montañas y adentrarme en un bosque de coníferas, donde si bien en invierno puede llegar a hacer mucho frío, ni el azul en el horizonte, ni el sol resplandeciente, suelen ausentarse un día entero.

¿Pero qué sabe una de lo que el destino le depara a cada quien, de que Arturo, nuestros hijos y yo nos veríamos constreñidos a autoexiliarnos? No, jamás lo hubiera dicho, y sin embargo quiero aclarar que tampoco me engaño, que sé muy bien que los recuerdos son más hermosos cuando van teñidos de añoranza.

No, no olvido que actualmente ya nadie visita la sierra de Huelelagua, que el narcotráfico la tiene bajo su control absoluto, y que la exuberante vegetación de la selva es aprovechada por el crimen organizado para que sea la naturaliza misma quien sepulte y esconda –tal vez para siempre– las fosas clandestinas de quién sabe cuánta gente asesinada, cuyas familias sufren hasta lo más hondo de su espíritu por ignorar la suerte y el paradero de sus seres queridos.

No, tampoco olvido hoy por hoy ese otro rostro de Huelelagua de los Llanos. Pero todo esto, reitero, lo he reflexionado viviendo ya en el autoexilio. Aquella mañana de domingo, más dormida que despierta, no pensé ni en lo hermoso ni en lo terrorífico de mi estado. Aun si el sol acariciaba mis muslos con sus dedos invisibles, el magnífico clima de mi ciudad me era totalmente irrelevante de lo tan normal y cotidiano que me parecía.

La alarma de la cafetera indicó que el café estaba listo. Arturo y yo nos levantamos a un mismo tiempo, pero él fue quien la tomó primero. Me sirvió una taza y en seguida me la dio. Yo la sujeté con ambas manos y salí al jardín posterior con el único propósito de acabar de despertarme. Sobre una mesita que había en el centro, a la sombra de un parasol rectangular, yacía el periódico del día. Estaba segura de que en él encontraría una nueva nota infiltrada de Ariel Franco Figueroa, y así fue. Tomé asiento en una de las cuatro sillas que rodeaban la mesa. Mientras leía la nota, me descalcé las sandalias y saqué mis pies de la sombra del parasol. De inmediato sentí el césped cálido bajo mis plantas. Involuntariamente arranqué algunas hojas de pasto con los dedos mientras proseguía con la lectura.

La nota de Ariel Franco Figueroa daba más o menos las mismas razones que Bruno había planteado contra don Nicolás en la víspera, es decir, que para dilucidar los tejemanejes mafiosos de su enriquecimiento ilícito hacía falta conocer sus finanzas y no simplemente abrir al público la agrícola, que era en efecto la principal empresa con la que don Nicolás lavaba el dinero recabado por la venta al mayoreo de sus cosechas de marihuana y amapola.

Dejé el periódico sobre la mesa y le grité a Arturo que por favor me trajera mi bolso, pues en él había dejado mi celular. Arturo me lo trajo junto con la jarra de café y un paquete de galletas. Rellenó mi taza sin preguntarme si yo quería más y se sirvió él mismo antes de volver a la cocina para dejar la jarra en la cafetera. Tomé el celular y escribí en la barra del buscador de Google: Ariel Franco Figueroa. Me pareció inverosímil la cantidad de cuentas creadas en torno a ese nombre. Las había por igual en Facebook, Twitter, Instagram y YouTube. Los nombres de usuario iban desde A. F. Figueroa o Ariel F. F, hasta Ariel FranFi o Ariel_es_la_ley. Lo mismo ocurría con las fotos de perfil: desde la de El Chapulín Colorado hasta la de Nelson Mandela. Lo más sobresaliente, sin embargo, fue haber descubiertos cuentas como: Ariel Franco Figueroa Mich., Ariel Franco Figueroa Edo. Méx., Ariel Franco Figueroa Chih., Ariel Franco Figueroa Yuc… ¡Lo que había nacido en mi estado se había extendido al resto del país!

Bueno, eso asumiendo que el movimiento, sociedad secreta o lo que fuese que hubiera detrás del pseudónimo Ariel Franco Figueroa hubiese nacido en Huelelagua y no en otra parte de la república.

Recién había comenzado a leer algunas publicaciones y comentarios en Twitter, cuando un lorito verde limón bajó volando por detrás de mí y se posó en el césped, a escaso metro y medio de la puerta de la cocina.

–¡Arturo, niños! –grité– ¡Vengan a ver esto!

Arturo y los niños llegaron corriendo, lo que provocó que el lorito escapara volando.

–¿Qué era? –preguntó Francisco–. No alcancé a mirar.

–¡Un loro, como el del Tropicana! –respondió Mariana entusiasmada y boyante– ¡Allá hay otro!

Mariana señaló hacia un pequeño cuarto que teníamos al final del jardín que fungía como trastero. En el alféizar de una de las ventanas descansaba el segundo lorito.

–¿Mamá –me preguntó entonces ella–, crees que uno de ellos sea el mismo que acaricié en el aviario?

–No lo sé… es posible –respondí, evitando romper la ilusión de mi hija.

En ese momento se me ocurrió tomar una galleta, quebrarla y arrojar los trozos al pasto. El loro que estaba en el alféizar dio un salto, agitó sus alas y vino a aterrizar justo al lado del trozo más grande. Lo cogió con su piquito y se alejó corriendo, con ese cómico bambolear de las aves cuando caminan. El otro loro, que había visto la escena desde quién sabe dónde, voló también hacia la galleta partida.

–Ya no les des más –protestó Arturo–. No creo que les haga bien tanta azúcar. Mejor voy a ver si hay alpiste en la alacena.

Arturo no tardó en regresar.

–¿Lo hallaste? –pregunté.

–No, pero encontré semillas de girasol.

Arturo abrió la bolsa y le dio un puñado de semillas a Mariana.

–Ponlas cerca de ellos –le dijo–, pero camina despacio para que no los espantes.

Mariana se tomó muy en serio la recomendación de su padre. Se desplazaba con excesiva cautela hasta que su hermano le dijo que no exagerara. Luego de haber dejado las semillas sobre el césped, se vino a sentar junto a mí. En poco tiempo los animalitos se mostraron más confiados con nosotros. No nos permitían que nos acercáramos mucho, pero si lo hacíamos, tampoco salían volando: únicamente se alejaban dando brinquitos.

Arturo recordó que en el cuarto del jardín debía estar arrumbada en alguna parte una jaula que nos había regalado su madre antes de morir. Me paré y fui a buscarla. Nunca la habíamos utilizado y el tiempo y la humedad se habían encargado de oxidarla.

–No podemos usar esto –dije al volver, mostrando aquel pedazo de chatarra–. De hecho no sé por qué la conservamos todavía.

Arturo no respondió, pero en su semblante pude leer que deshacernos de la jaula no estaba dentro de sus planes.

–¿Por qué no simplemente dejamos agua y alimento en el jardín y que los loros regresen cada vez que quieran? –propuso Francisco.

A todos nos pareció una excelente idea. Volví entonces al cuarto que fungía como trastero para guardar la jaula. Sacarla de donde estaba había sido mucho más fácil que acomodarla de nuevo. Tuve que mover de todo para hacerle espacio, y justamente al desplazar con el pie una polvorosa caja de cartón, salieron de debajo de ella cuatro o cinco cucarachas patonas. Quise pisarlas, pero todas ellas lograron escapar. Juré que a la mañana siguiente compraría un atomizador contra insectos y que fumigaría hasta el último rincón de aquel cuarto.

Fue únicamente en la noche, ya acostada, cuando me di cuenta de que en un mismo día había sido capaz de asustarme y conmoverme por el sacrificio de una especie animal, de alegrarme por la visita inesperada de otra, y de sentir total repugnancia por el descubrimiento de una tercera.

27

El lunes no fui al supermercado a comprar el atomizador contra insectos. Ni siquiera me acordé de las cucarachas. En lugar de eso, mientras desayunábamos, le pregunté a Arturo si estaría interesado en conocer la escuela de baile de Bruno. Como yo le había contado a grandes líneas lo sucedido en la Agrícola Garza-Reyes, él me respondió que sí, que más que la escuela era a Bruno a quien le gustaría conocer.

Había, no obstante, un pequeño inconveniente: los horarios. De acuerdo con la tarjeta de presentación de Bruno, las lecciones (cuya duración era de una hora por clase) empezaban a las siete de la noche y terminaban a las diez. Esto significaba que Arturo y yo no tendríamos tiempo de platicar con Bruno si no era antes de la primera clase o después de la última. Ahora bien, Arturo nunca salía del trabajo antes de las siete, así que la única opción que teníamos era unirnos al grupo de las nueve, pero a mí no me agradaba la idea de dejar a los niños solos en casa a esas horas de la noche.

–Aunque podría pedirles a mis padres que vengan a cuidarlos –propuse.

–No lo sé, mi amor –respondió Arturo–: nuestros hijos son más responsables de lo que imaginas, y a lo máximo estarían solos un par de horas. Además no estoy tan seguro de que quieras decirles a tus papás quién imparte las lecciones de baile en caso de que lo pregunten.

–Buen punto –consentí–. No lo había pensado. Supongo que tienes razón, que dos horas no es mucho tiempo.

Esa misma noche, luego de haber advertido a los niños que se portaran bien en nuestra ausencia y que no se desvelaran, Arturo me pidió la dirección exacta de la escuela. Le di entonces la tarjeta de presentación de Bruno, a la par que precisaba:

–Es en Río Seco.

–Así parece –confirmó Arturo apenas hubo leído la dirección–, aunque la verdad no sé muy bien cómo llegar. Mejor utilizamos Google Maps o Waze.

La escuela de Bruno se localizaba en la colonia El Jitomatillo, un barrio popular de clase media baja. Alguna vez yo había oído hablar de ella en la radio o en la televisión y sólo por eso creía conocerla. La realidad, sin embargo, era que nunca había puesto un pie allí. De hecho, ahora mismo mientras escribo, me pregunto si no serán más las calles y las colonias que no conozco de mi ciudad natal que las que sí. Y es que, después de todo, mi día a día en Huelelagua de los Llanos se limitaba a girar en torno a los mismos lugares: mi casa, la casa de mis padres, el colegio de los niños, Plaza Magnolias y, muy de vez en cuando, el centro histórico.

Pues bien, para llegar a Río Seco desde la ciudad de Huelelagua existían únicamente dos formas: la autopista y el antiguo camino real, hoy carretera 69. Esta última, según la aplicación de Waze, era la mejor alternativa en ese momento, incluso si ambos municipios desde hacía años que se habían aglutinado en una sola mancha urbana y el tráfico de ida y vuelta sobre esa carretera solía ser un caos atroz.

Tomamos pese a todo la carretera 69 con rumbo al sur. Apenas entrados en el municipio de Río Seco, tras haber dejado atrás la fábrica abandonada de neumáticos, Arturo dobló a la izquierda y se introdujo en una avenida ancha, extensa y solitaria, cuyo alumbrado público era más que deficiente: las lámparas –muy bonitas, eso sí– o no funcionaban, o desprendían a lo sumo una diminuta luz blanquecina que muy escasamente alumbraba. Arturo no tuvo más opción que encender las luces altas del coche.

Por espacio de kilómetro y medio, a ambos costados de la avenida, lo único medianamente visible eran los interminables montones de escombros. Había costales endurecidos de cemento, varillas oxidadas y retorcidas, pedazos informes de bardas y muros. Una diría que en aquel sitio se venían a arrojar los restos de cualquier construcción demolida en otra parte de Río Seco y quizás aun de la ciudad de Huelelagua.

Había también alguno que otro árbol de pirul, bajo los cuales el monocromático gris del polvo que yacía en las banquetas era interrumpido aquí y allá por latas de aluminio aplastadas, envases Tetra Pak descoloridos y bolsas metalizadas de frituras.

Al final de la avenida, sobre un arco que cruzaba de una a otra acera, rezaba el lema de campaña del entonces gobernador estatal:

> *Lámparas de paneles solares. Un estado*
> *responsable con el entorno.*
> GOBIERNO EN ACCIÓN

Pasamos por debajo del arco y un poco más adelante Arturo apagó las luces altas del vehículo, pues nos adentrábamos en la colonia propiamente dicha.

El Jitomatillo era todo un microcosmos, un mundo lleno de vida en sí mismo. O al menos esa fue mi primera impresión. En contraste con la casi completa oscuridad de la que acabábamos de salir, la calle principal de El Jitomatillo rebosaba de luz. No tanto del alumbrado público cuanto sí de los comercios: de los formalmente establecidos y, sobre todo, de los ambulantes. Y es que a lo largo de ambas aceras se alzaban puestos de tacos, de *hot dogs*, de pan dulce, de elotes, de pambazos y sabrá Dios de qué más. No faltaba tampoco el tamalero que, montado en su triciclo de carga, andaba de arriba a abajo mientras una voz de grabadora anunciaba sus productos. Inclusive las papelerías y las tortillerías seguían abiertas a esa hora. Tiempo después habría de enterarme que a El Jitomatillo no entraban ni taxis ni microbuses, y que la única manera de trasladarse en su interior era en vehículo privado o en uno de los innumerables bicitaxis, que comenzaban a ser reemplazados por la más reciente versión en motoneta. Ignoro de hecho si la ensordecedora disonancia de canciones de cumbia, banda y reggaetón que escuché aquella noche provenía de los puestos de música pirata o de los estéreos a todo volumen de dichas motonetas. Sin embargo, pese a tan aturdidora mescolanza de ruidos (o quizás gracias a ello), El Jitomatillo me pareció un lugar feliz, donde la gente se hablaba, o mejor dicho se gritaba mutuamente con sonrisas amables y despreocupadas.

Dejamos atrás aquella calle y doblamos un par de ocasiones antes de dar con la dirección indicada. En esa otra calle la iluminación volvía a ser pobre y los transeúntes más bien inexistentes.

La casa de Bruno estaba pintada de rosa mexicano, con un rótulo enorme en amarillo con sombras en azul que decía: *Dance Party. Academia de danza y zumba*. A un costado de la escuela, frente a la casa de los vecinos, yacían un montón de graba y otro de arena. En ese instante sopló un aire cálido y ligero que trajo consigo una melodía como de encantamiento, semejante a la que produciría un carrillón conformado por campanillas de porcelana. Miré hacia el cielo, que era de donde provenía aquella música, y me encontré con que de la azotea de la casa de Bruno sobresalían las varillas de los cimientos, cubiertas con botellas de vidrio.

Observé las demás casas y me di cuenta de que muy pocas de ellas podrían considerarse terminadas: la que no tenía el segundo o el tercer piso en obra negra, le faltaban dos o más ventanas, que eran suplidas momentáneamente con lonas de plástico, algunas de éstas incluso con anuncios de partidos políticos; la que no estaba sin pintar ni resanar, sino con el puro tabicón gris, carecía de portón: un enrejado provisional sostenido con alambres desempeñaba esa tarea.

Una nueva brisa de aire cálido volvió a agitar las varillas embotelladas de la casa de Bruno. A mí se me antojó entonces escuchar en aquellos tintineos la sinfonía de la esperanza, del anhelo compartido por los moradores de aquella calle por ver al fin un día sus hogares enteramente concluidos.

28

Tocamos el timbre de una puerta de acero galvanizado color verde. Una jovencita de tal vez quince años de edad nos atendió en seguida. Preguntó si veníamos a las clases de baile y sin esperar nuestra respuesta nos invitó a pasar. Entrando, inmediatamente a mano derecha, había otra puerta que daba al garaje y a la entrada principal de la casa. La jovencita alzó una mano y señaló hacia el final de un pasillo largo y angosto. Estaba por darnos alguna indicación y desaparecer por la puerta que conducía al garaje cuando de pronto, como arrepentida, nos pidió que la siguiéramos. La única forma de caminar por aquel pasillo tan extenso era en hilera, uno tras de otro, pues sin importar que fuese de por sí bastante estrecho, estaba atiborrado de macetas con gladiolos. Los había amarillos, rosas, blancos, lilas, rojos y anaranjados. Al final del pasillo se alzaba una escalera exterior con forma de caracol. Subimos por ella hasta el segundo piso. Detrás de un modesto escritorio de fierro yacía sentada una mujer de rasgos finos, cuyo cabello largo, ondulado y muy oscuro hacía resaltar aún más su tez blanca como de algodón. Junto a ella estaba otra joven de unos dieciocho o diecinueve años que repasaba algunos números en una pequeña libreta de bolsillo.

–Vienen a la clase de baile –dijo la jovencita que nos había conducido hasta allí.

La mujer detrás del escritorio, que sin duda debía ser la esposa de Bruno y la madre de aquellas dos jovencitas, nos preguntó si era la primera vez que íbamos. Arturo respondió que sí.

–En ese caso las primeras dos lecciones serán gratis. Así podrán conocer nuestra dinámica y con base en ello decidir después si desean inscribirse o no.

–Me parece perfecto –comentó Arturo.

–Por si decidieran inscribirse –agregó ella–, les adelanto que tenemos tres tipos de pago: por año, por mes o por clase. Obviamente a la larga el precio más económico es la cuota anual, pero lo que nosotros queremos es que nuestros alumnos tengan la posibilidad de elegir la opción que más se acomode a sus tiempos y a sus bolsillos. Todo lo que necesitan saber se halla en este folleto –y le entregó entonces un tríptico a Arturo–. Al fondo a la derecha están los baños y los vestidores de las damas; a la izquierda, los de los caballeros. No se requiere ropa especial para las clases de baile. Tan sólo les sugerimos traer una botella con agua para mantenerse hidratados y una toalla por si sudan mucho (eso ya depende de cada persona).

–Entendido –respondió Arturo.

–También impartimos clases de zumba y de hawaiano, y los fines de semana hemos incorporado sesiones de yoga. Todo eso también está en el folleto.

–Ok, lo revisaremos en casa.

–Bueno –concluyó la esposa de Bruno–, si gustan tomar asiento en lo que termina la clase de las ocho y empieza la suya.

Arturo y yo nos fuimos a sentar al lado de otras personas en una extensa banca de concreto empotrada en la pared. El recinto en el que se impartían las clases era una habitación rectangular cuyos amplios ventanales daban hacia el pasillo de los gladiolos y hacia donde nosotros estábamos sentados. A través de ellos pude reconocer claramente a Bruno, que marcaba el compás de ocho tiempos de una famosísima salsa colombiana, *Rebelión*, interpretada por la voz inconfundible de Joe Arroyo.

En cuanto concluyó la clase me encaminé hacia Bruno. Él me saludó con una euforia que yo no esperaba. Le presenté a Arturo, y Bruno a su vez nos presentó a su esposa e hijas, que se trataban efectivamente de la señora de tez muy blanca y pelo negro, y de las jovencitas que Arturo y yo ya habíamos visto.

–Es la hermana de Javier –le explicó Bruno a su esposa.

–¿Pero por qué no me lo dijo antes? –me preguntó ella– Olvide el folleto que le he dado a su marido: para ustedes las clases corren por nuestra cuenta.

–Se lo agradezco mucho –respondí–, pero no hace falta. Sentiría como que me estoy aprovechando de su amabilidad.

–No se estaría aprovechando de nada, señora Rebeca. Estoy más que al corriente de la buena amistad que mi marido tuvo con su hermano Javier, que en paz descanse.

Por un segundo me quedé callada, atónita, pues aquella frase confirmaba algo que yo ya sabía y que ya he escrito: que el recuerdo de Javier estaba y había estado siempre más vivo en Bruno (¡en alguien que ni siquiera era de la familia!) que lo que había estado en mí.

–Si usted insiste –terminé por ceder, como volviendo en mí misma–. Pero si por alguna razón en un futuro…

–Ni lo mencione –me interrumpió cortésmente la esposa de Bruno–: eso no va a ocurrir.

Su nombre era Monserrat. El de la hija mayor, Carolina. Denis el de la menor. Aparte de ser maestra de primaria durante el día, Monserrat impartía las lecciones de yoga, hawaiano y esporádicamente también las de zumba. Denis frecuentaba la preparatoria en Río Seco, mientras que Carolina estudiaba arquitectura en la Universidad Autónoma de Huelelagua de los Llanos.

–Como lo comenté en la Agrícola Garza-Reyes –dijo de pronto Bruno abrazando a su esposa–, éste era el sueño de mi vida. El lugar es modesto y evidentemente aún nos falta mucho por mejorar, pero la escuela de baile nos da para comer, para pagar los estudios de nuestras hijas y en lo personal me hace inmensamente feliz. Eso sin contar que es como nuestro *fitness* particular: nos mantiene en forma, en excelente condición física, por lo que es muy raro que tengamos que ir al doctor, ¿verdad, muchachas?

Las hijas de Bruno asintieron con la cabeza, y yo no pude hacer otra cosa más que volver a alegrarme por su felicidad.

En este punto quisiera hacer un paréntesis para citar algo que escribí al inició de mi relato:

Después de la muerte de Javier […] decidí vivir en el aquí y el ahora. Pensé que era la mejor forma de ignorar el pasado y evitar así sus dolores. Sin darme cuenta, este estilo de vida me llevó a no madurar, incluso a retroceder y a vivir en un perenne estado de infancia. No reflexionaba el pasado, en consecuencia no prevenía el futuro. La situación económica nunca ha sido una dificultad en mi familia. Al contrario, somos una de las familias mejor acomodadas y con más prestigio en todo Huelelagua de los Llanos. Era feliz. Pero la mía era una felicidad ciega, egoísta e ingenua (quizá como la mayoría de las felicidades)…

No, este pensamiento mío que deploraba mi antigua felicidad, no se contrapone al regocijo sincero que sentía por la realización de Bruno. La suya, contraria a la mía, no era una felicidad pasiva, sino activa. Él había luchado hasta alcanzar lo que soñaba. Yo, durante todos aquellos años en que viví como niña-adulta, estuve convencida de que todo lo merecía, de que el mundo giraba en torno a mí y mis deseos, de que las cosas estaban predispuestas desde siempre para que no me preocupara más que por ser feliz y vivir la vida. Feliz, como he dicho, creía serlo, ¿pero realmente vivía yo la vida o era ella la que transitaba sobre mí? Por ésa y no por otra razón había abandonado mis estudios universitarios: por absoluta y total indiferencia hacia todo, por no asumir nunca nada con seriedad ni compromiso. Sin darme cuenta, carecía por entero de un plan de vida, de una ilusión, de un proyecto, de la más mínima meta a corto o largo plazo. Contra esa felicidad pasiva e ignorante es que escribí al inicio de mi relato, no contra aquella fundada en el esfuerzo y en la defensa de las propias convicciones.

En ese instante la esposa e hijas de Bruno se despidieron de nosotros: la lección de las nueve estaba por comenzar. Siendo honesta, sólo en contadísimas excepciones me había tocado asistir a fiestas en las que se bailara salsa. El género, sin embargo, siempre me había llamado la atención. Además, tenía en común con mi hermano Javier esa facilidad innata para encontrar y seguir el ritmo de cualquier melodía, por lo que no me fue difícil entender las indicaciones de Bruno, que había empezado la lección pidiendo que marcásemos compases de cuatro tiempos, justo como él lo ejemplificaba delante del grupo. Lo hacíamos sin música, guiados por su voz y por el fuerte golpetear de sus talones en el suelo. Se trataba de un ejercicio de rutina, bastante sencillo, que no obstante Arturo era incapaz de realizar. Percatándose de ello, Bruno puso una canción intitulada *La cita*, de Galy Galiano, y les indicó a los demás estudiantes que practicaran no sé qué vueltas y giros mientras él le enseñaba personalmente los pasos básicos a Arturo.

–Uno, dos, tres, cuatro –repetía Bruno mientras hacía el movimiento–. Uno, dos, tres, cuatro… No me mires a mí, Arturo, fíjate en mis pies.

Arturo se esforzaba, pero todo era en vano. Existen individuos que, sin proponérselo, encuentran al instante el ritmo de cualquier canción; existen también quienes, por más que lo intentan, jamás lo logran, como Arturo. Ha de ser –supongo– una cuestión de oído, de talento, o de genética.

–¿Reconoces el ritmo? –preguntó Bruno.

–Eso creo.

–¿Cómo va?

–¿Cómo que cómo va?

–Sí, ¿cómo hace?

Arturo tarareo la melodía de la canción, por lo que Bruno corrigió:

–Esa es la melodía, no el ritmo. Veamos: dime si reconoces, si sientes cada cuánto recae un acento, la parte más alta de la melodía que acabas de tararear.

Arturo se alzó de hombro, sin entender una palabra de lo que Bruno le decía.

–Vamos a hacer esto, Arturo: escucha la salsa atentamente y aplaude cada vez que sientas un acento en la canción.

–Ahí –indicó Arturo.

–¡Muy bien! –se entusiasmó Bruno– ¿Y el siguiente?

Arturo se demoró demasiado en indicar un nuevo acento, por lo que Bruno me tomó de la mano y empezó a bailar conmigo.

–Observa mis pies mientras bailo con Rebeca –le dijo a Arturo–. La salsa siempre está construida en un ritmo de ocho tiempos, por lo tanto cada movimiento o giro que yo haga tendré que realizarlo en ese mismo lapso de ocho tiempos. Vamos, cuenta conmigo mientras bailo: uno, dos, tres, cuatro; cinco, seis, siete, ocho…

Bruno me hacía sentir como toda una bailarina experta, girándome de aquí para allá. Sus manos me conducían con delicadeza pero sin titubeos.

–Este ritmo de ocho tiempos –continuó Bruno mientras bailábamos– se puede dividir en dos series de cuatro. Mira: uno, dos, tres, cuatro; uno, dos, tres, cuatro. También puede contarse como una serie de seis, siempre y cuando hagas dos pausas: una detrás del tres y otra detrás del seis. Escucha: uno, dos, tres…; cuatro, cinco, seis…; uno, dos, tres…; cuatro, cinco, seis…

Quise mirar de reojo a Arturo, temerosa de que después de tanta teoría estuviera más confundido que en un inicio, pero me fue imposible hacerlo: la magia del baile me había atrapado con sus giros imposibles y movimientos voluptuosos.

–Por desgracia o por suerte (depende como lo veas) –explicó Bruno apenas hubo concluido la canción que bailábamos– el hombre es siempre quien conduce a la mujer en la salsa, la cumbia y cuanto género se te antoje. En principio cualquier persona a la que le guste bailar, mujer u hombre, es porque consciente o inconscientemente siente el ritmo de la música y esto le provoca que quiera moverse en sintonía con ese ritmo. Pero incluso si una mujer no sintiera el ritmo en absoluto y quisiera bailar, esto no debería ser ningún problema si el hombre la sabe conducir. Lo contrario, que la mujer lleve al hombre, es mucho menos probable que suceda. No porque no pudiese hacerlo una mujer, claro, sino porque simplemente esa no es la costumbre.

Advirtiendo la expresión de desaliento de Arturo, Bruno concluyó:

–Pero no hay por qué desanimarse. Poco a poco lograremos que identifiques el ritmo de las canciones. Y para que eso suceda más rápido, le voy a pedir a Monserrat que baile contigo, que sea ella la que te lleve y que al mismo tiempo, mientras bailan, cuente en voz alta los pasos para que te vayas familiarizando con el ritmo.

Bruno se dirigió entonces al marco de la puerta, llamó a Monserrat y le explicó la situación de Arturo. En seguida volvió junto a mí, no sin antes haber dado nuevas indicaciones a los demás estudiantes. Una salsa distinta comenzó a sonar. Si mal no recuerdo era la de *El gran varón* de Willie Colon. Yo no hice otra cosa más que dejarme conducir. A la par que la mano derecha de Bruno se deslizaba sobre mi cintura, indicándome hacia qué lado debía girar, mi imaginación me llevaba hacia el Caribe, donde Bruno y yo bailábamos aquella misma salsa a la sombra de palmares frondosos, descalzos, sobre arenas blanquecinas, cálidas y suaves. Cada movimiento, cada giro, era como reafirmar que yo no estaba en Río Seco, sino en alguna playa de aguas azul turquesa. Aunque estaba consciente de que el aliento comenzaba a faltarme y de que no dejaba de sudar a borbotones, continué bailando extasiada, sin presentir que al día siguiente, tan deshabituada como lo estaba al ejercicio, habrían de dolerme todos los músculos del cuerpo.

–¿Que les pareció la clase? –nos preguntó Monserrat una vez que la lección hubo llegado a su fin– Espero que les haya convencido y que continúen viniendo.

–Así será –me adelanté a responder.

–Me alegra escucharlo –dijo ella, y en seguida volvió a su escritorio para recibir el dinero de los alumnos que pagaban por clase.

En ese momento quedamos solos en el recinto Bruno, Arturo y yo.

–He escuchado que te gustó la clase, Rebeca –empezó Bruno. Yo asentí entusiasmada–. En ese caso –continuó él– aprovecho para invitar a ambos a un evento de exhibición que tendrá lugar este viernes en el centro de Aguarevoltosa.

Sé que el horario es complicado, pues comienza a las cuatro de la tarde e iremos terminando por eso de las siete, pero de todas formas quería invitarlos.

–Muchas gracias –respondió Arturo–. A mí efectivamente se me complica por el horario, pero tal vez Rebeca quiera ir sin mí.

–Lamento oírlo, Arturo. Pero como dices, quizás Rebeca nos quiera acompañar.

–Suena interesante –dije.

–Estoy seguro de que lo será –comentó Bruno–: es la feria del pueblo. Habrá un poco de todo, ya sabes, como en cualquier otra feria. Nosotros solamente seremos uno de los muchos atractivos.

–Te prometo que haré lo posible por ir, Bruno, pero ahora mismo no podría asegurarte nada.

–Piénsalo, y en caso de que puedas y te animes, allá nos vemos.

Bruno se dispuso entonces a conducirnos hacia la puerta del salón, pero yo lo detuve con voz entrecortada:

–Oye, Bruno…

–¿Sí?

–No me lo tomes a mal por favor, pero yo también quería preguntarte algo.

–¿Por qué huimos Enrique y yo de la Agrícola Garza-Reyes el sábado pasado?

–Sí… Discúlpame que me entrometa. Sólo quiero saber si fue de don Nicolás de quien huyeron –por supuesto que mentía, pues yo había advertido a la perfección que no había sido de él de quien escaparon.

–No hay nada que disculpar –respondió Bruno–. En todo caso quien debiera reiterar sus disculpas soy yo por mi extraño comportamiento aquel día. Sin embargo, ya entenderás ahora que no lo hice sin motivo.

Bruno se tomó una breve pausa para pasar saliva. El buen humor que irradiaba su rostro había sido sustituido por un semblante tenso, de angustia y preocupación.

–Antes que nada –comenzó Bruno–, quisiera decir abiertamente que estaría mintiendo si argumentara que es el gran cariño que le tuve a Javier la única razón por la que deseo revelarte por qué Enrique y yo salimos huyendo de la agrícola. La realidad, Rebeca, es que existe algo bastante oscuro de trasfondo, algo que tal vez tú podrías ayudarme a aclarar.

¿Yo, ayudar a Bruno a aclarar algo? ¿Cómo podría ser eso posible si –siendo justos– ambos desconocíamos del otro la mayor parte de su vida?

Percibiendo mi confusión, Bruno se tomó otra pausa. Después dio media vuelta, caminó hasta uno de los ventanales interiores del recinto y le preguntó a Monserrat en dónde estaban sus hijas. Ella respondió que en la planta baja.

–En ese caso, ve a verlas por favor y distráelas para que no suban aquí hasta que yo mismo haya bajado.

Monserrat se despidió de nosotros indecisa y nerviosa, señal de que había comprendido sobre qué versaba nuestra conversación. Bruno no hizo ningún movimiento hasta que no terminamos de oír los pasos de su esposa que descendían por la escalera metálica en forma de caracol, atravesaban el estrecho pasillo de los gladiolos y cerraban tras de sí la puerta que daba al garaje. Un viento repentino desató la música de las varillas embotelladas del techo.

Dándonos aún la espalda, Bruno ladeó alternadamente su musculoso cuello hacia ambos hombros, apoyó las manos en el alféizar del ventanal y comenzó su relato.

29

"Todo sucedió durante mis cuantiosos años de estudiante en la Ciudad de México –comenzó Bruno–. Y digo cuantiosos porque, como te conté en la Agrícola Garza-Reyes, tuve que terminar primero la carrera de administración de empresas internacionales para poder comenzar después la de danza. Ese era el trato que había hecho con mis padres, quienes creían que mi verdadera vocación habría de desvanecerse conforme avanzara en los estudios de mi primera carrera. La realidad, sin embargo, fue que no sólo no se desvaneció, sino que se hizo más fuerte y profunda desde que empecé a vivir en la capital. No olvides, Rebeca, que había llegado a la Ciudad de México con el dolor a flor de piel de la muerte de tu hermano, cuya alma sensible y artística había abierto mi visión del mundo, sobre todo durante el último año de la preparatoria.

"Claro, la manera actual en la que pienso es fruto principalmente de las amistades que habría de tener después en la Ciudad de México, así como de mi propia iniciativa por instruirme. Pero todo esto, Rebeca, no hubiese sido posible sin Javier. Fue él quien depositó en mí la larva de la duda, de la termita que aprende a pensar, a cuestionar y a juzgar todo por sí misma, que se va forjando un criterio personal hasta que un día finalmente es capaz de roer los prejuicios sociales que considera erróneos, de derrumbarlos si se lo permiten o simplemente de vivir al margen de ellos. En otras palabras, Rebeca, tu hermano plantó en mí la semilla de un espíritu libre.

"Por supuesto que en aquellos días yo no era consciente de todo esto que ahora digo. No obstante, sí notaba que algo había cambiado en mí a raíz de mi amistad con Javier; más aún, a raíz de su muerte.

"En este punto, aunque no quisiera, debo aclarar que tal vez yo fui el único que notó ese algo que cambiaba en mí. Tu hermano simplemente se limitaba a ser él mismo, sin ninguna pretensión, sin querer enseñarme nunca nada o fanfarronear con nadie. Ésa era su forma natural de ser, lo que por desgracia me hace sospechar que Javier falleció ignorando la gran persona que era, sin darse cuenta tampoco del influjo positivo que tenía en mí.

"No sé si lo sabes, Rebeca, pero Javier fue quien me motivó a estudiar danza en la Ciudad de México. Teníamos pensado rentar juntos un departamento, conocer museos y teatros, recomendarnos lecturas y películas, alcahuetearnos incluso en cuestión de amores.

"El destino quiso que únicamente yo pudiera perseguir ese sueño. En cuanto llegué a la capital, simpaticé de inmediato, aunque sin proponérmelo, con estudiantes y profesores que pensaban o sentían las cosas como tu hermano. Primero con alumnos de mi propia facultad, luego con los de otras, al final inclusive con los de diversas universidades. Poco a poco comencé a interesarme por el quehacer político y las causas sociales. Y no me bastó con saber. Llegado el momento quise actuar."

Desde hacía tiempo que Bruno había dejado de darnos la espalda. Apenas iniciada su narración, se había girado lentamente y caminado hacia nosotros. Aunque de vez en cuando dirigía una mirada a Arturo, era a mí a quien relataba su historia, a quien observaba fijamente a los ojos.

–No descarto que mi estrato social –continuó Bruno–, que el haber crecido en la ciudad de Huelelagua estudiando siempre con compañeros cuyos padres tenían un nivel económico muy superior al de los míos, haya influido en mi interés por las causas sociales. Sea como fuese, desde antes de concluir la carrera de administración me hice miembro de algunos grupos estudiantiles y ciudadanos que luchaban por principios comunes a los míos. Participé con ellos en múltiples debates, ayudé a organizar marchas y mítines, aprendí incluso a hablar en público. No fui jamás un orador destacado, pero cuando tenía que hablar sabía hacerlo.

"Terminé así mi primera licenciatura e inmediatamente después comencé la de danza. Mi presencia en las reuniones de dichos grupos disminuyó considerablemente debido a que ahora tenía que trabajar por las noches para solventar mis gastos. No hace falta describir los días en que literalmente no tuve nada que comer ni con qué pagar la renta del cuartucho en que me hospedaba. Sin embargo, Rebeca, no debes de imaginar que por ese motivo fuese aquel un periodo triste de mi vida. Al contrario, lo considero como uno de los más felices, de mayor compromiso e independencia. Esa felicidad, por desgracia, habría de desaparecer muy pronto, más o menos a mediados de mi segunda carrera, cuando tuve mi primer encuentro con ese hombre..."

Bruno paró de improviso. La frente le sudaba a raudales (no tanto porque hubiese bailado conmigo ni a causa del clima caluroso: se trataba más bien de ese sudor helado tan característico del miedo). Los ojos se le habían enrojecido y su semblante me dejaba entrever que quien había estado narrando la historia y soportando la carga del recuerdo, no era el Bruno musculoso que tenía frente a mí, sino el del pasado, el estudiante, uno quizá no muy distinto al que yo había conocido varios años atrás en Huelelagua, esbelto y con brotes de acné en el rostro.

–Soñábamos con transformar la forma de hacer política en este país –suspiró Bruno después de haber tomado aliento–. Pero los abandoné, Rebeca, los dejé solos en cuanto me di cuenta de lo que el gobierno era capaz de hacer con tal de impedir esa transformación.

Quise consolar a Bruno, decir o hacer algo, pero no se me ocurrió nada. Él lo percibió de todas formas y lo evitó:

–No, Rebeca. Muchas gracias pero no lo merezco. Ya mi esposa me ha dicho muchas veces que debo dejar atrás lo sucedido, que debo perdonarme. Pero no puedo. No puedo y no quiero. Sería como volver a traicionarlos. Porque eso fue lo que hice, Rebeca: ¡traicioné a mis amigos y compañeros!

Bruno se cubrió el rostro con ambas manos. Arturo me lanzó entonces una mirada inquisitiva y temerosa que yo correspondí con la misma perturbación e incertidumbre. Cuando Bruno finalmente se descubrió el rostro, fue imposible no notar que se le habían escapado algunas lágrimas.

–Una noche después de un mitin, agentes policíacos encubiertos nos dieron cacería a mí y a cuatro más de mis amigos. Nos agarraron a solas, desprevenidos, pues hacía rato que el mitin había concluido, que el público se había retirado y que nosotros, los organizadores, nos habíamos despedido con la intención de que cada quien se volviese a su casa o a lo que fuera que tuviese planeado. Y digo que fueron agentes de policía aunque no haya forma de comprobarlo (incluso yo, Rebeca, que más tarde me vería obligado a colaborar con ellos, con quienes aquella noche nos mantuvieron cautivos, golpeándonos por varias horas; incluso yo, carezco de pruebas fehacientes para demostrar que aquellos sujetos efectivamente eran policías encubiertos. Pero lo eran, Rebeca. ¡Lo eran y nada logrará convencerme nunca de lo contrario!)

"Ah, esos rufianes, esos cerdos con placa me levantaron en plena vía pública, cerca de una estación del metro muy concurrida. Varias personas intentaron ayudarme, pero no les dio tiempo. En esa época no había teléfonos celulares, así que lo más que pudieron hacer fue dar aviso a la policía de que un joven había sido secuestrado. La policía, por supuesto, fingió tomar nota del delito, de un delito que ella misma había planeado y perpetrado vestida de civil y conduciendo vehículos sin rótulos.

"Ya en el coche, fui amordazado, maniatado y vendado de los ojos. Aquellos sujetos me fueron golpeando en las costillas y en los muslos hasta que llegamos a la que sin duda debía tratarse de una casa de seguridad clandestina. En ese momento no sabía ni imaginaba siquiera que cuatro de mis compañeros habían corrido con la misma suerte que yo, y en dos casos con una mucho peor, pues a uno lo habían descalabrado y a otro le habían dislocado el hombro.

"Al principio nos mantuvieron aislados, incomunicados por un tiempo que no había forma de medir, pero que a mí me pareció una eternidad, hasta que de pronto alguien me tomó del cabello y me condujo a otra habitación. Lo deduje por el sonido de las puertas que se abrían y cerraban tras de mí. Me hicieron sentar en lo que después descubriría era una silla de metal fijada al piso con enormes pernos industriales, me desvendaron los ojos y me quitaron la mordaza de la boca. En ese instante descubrí frente a mí a trece sujetos vestidos con ropa formal y costosa que en lugar de disminuir en ellos la imprenta de maleantes, la acentuaba. Y en medio, liderando a los demás, estaba él.

"–Buenas noches –me dijo–. Te doy la bienvenida a nuestro humilde cubil. Espero que mis hombres no hayan sido muy rudos al…

"–Déjame en paz, grandísima puerca –lo interrumpí–. Sé de sobra que todos ustedes son policías y que…

"¡Bang!… Aquel canalla me interrumpió a su vez con un tremendo derechazo que me reventó la boca e hizo que escupiera medio diente. Amagó con golpearme de nuevo. Maniatado como estaba, lo único que pude hacer fue cerrar los ojos y apretar los músculos del rostro. Para mi sorpresa, no hubo golpe en esta ocasión, sino un par de cachetaditas afectuosas.

"–No seas tonto, hijo –susurró casi con ternura–. No elijas la forma difícil.

"Abrí los ojos lentamente y lo observé bien por vez primera. Aún tenía cabello, un cabello castaño claro con chispazos casi rubios. Su frente ya estaba surcada por esas arrugas hondas y extensas, y el bulto del abdomen presagiaba al ser tripón en que se convertiría. Su cuerpo, sin embargo, era sólido, fuerte.

"–No lo tomes personal, muchacho –me dijo mientras limpiaba la sangre de mi boca con un pañuelo–. Te aseguro que no juzgo ni recrimino las opiniones que tienes sobre la política mexicana o sobre cualquier otro tema. Si te he golpeado no fue por lo que me dijiste (porque a mí ni palabra ni acción alguna me ofende). Lo hice como parte de mi rutina. Para que vayas sabiendo de qué va el asunto.

"Aquel sinvergüenza terminó de limpiarme la sangre, se guardó el pañuelo y me mostró entonces esa sonrisa suya repleta de sarro. Confieso que en un primer instante fue precisamente su dentadura moteada y amarillenta lo que más me impresionó y repugné de él. Era obvio que aún no lo conocía, pues lo que habría de marcar mi vida para siempre sería su enfermiza manera de pensar."

–Un momento, Bruno –dije–. ¿Acaso el hombre del que hablas es el mismo que acompañaba a don Nicolás el sábado pasado en la agrícola?

–Sí, Rebeca. Fue de él de quien Enrique y yo huimos. Pensé que te habías dado cuenta.

–Bueno, sí –tuve que aceptar–… se puede decir que vi algo, aunque no estaba segura.

–Pues fue de él, de ese maldito psicópata.

"Pero volvamos al punto en que me quedé. Luego de haber limpiado la sangre de mi boca con su pañuelo, aquella creatura perversa me dijo: 'Este es mi trabajo. Diversas circunstancias a lo largo de mi vida me condujeron a él. Destino o providencia, para mí es igual. No lucho ni me resisto a los hilos invisibles que mueven al mundo. Esos hilos que nos han llevado a conocernos, que nos tienen justo ahora frente a frente a ti y a mí.'

"Escuchaba a aquel hombre con dolor y con asombro. Dolor por palparme con la lengua el diente quebrado; asombro, por encontrar que en mi país había agentes judiciales con razonamientos metafísicos. Me di cuenta entonces de que había sido prejuicioso con la policía en ese y quizás otros aspectos, pero no en lo puerca, inmunda y corrupta que era y que, la mayoría de las veces, sigue siendo.

"–¿Por qué te quedas callado, hijo? –me preguntó aquel hombre– Ya las luces se encendieron y el telón se corrió. Debemos interpretar nuestros papeles, muchacho, y el tuyo es el principal.

"Como persistí en no hablar, el hombre volvió a sonreírme con esa plasta sarrosa que tenía por dentadura, y añadió:

"–Allá afuera, en sendas habitaciones, tengo a cuatro más de tus amigos. Fueron capturados a solas, igual que tú, así que ninguno sabe que hay más de ellos aquí. Pero eso lo vamos a solucionar ahora.

"A una señal suya, los demás sujetos salieron del cuarto. El hombre corrió frente a mí una cortina que hasta entonces había cubierto toda la pared. En ella había una especie de vidrio polarizado por el que podíamos mirar hacia la habitación contigua sin ser vistos. Uno por uno de mis compañeros fue arrastrado hasta el centro de aquella habitación, donde sin quitarles las vendas, los lazos ni las mordazas, sumergieron sus rostros en baldes de agua fría hasta casi ahogarlos. Luego les clavaron espinas de maguey debajo de las uñas y les dieron descargas eléctricas en los genitales. Recuerdo perfectamente que uno de mis amigos se retorcía de dolor al recibir la corriente, tanto que terminó por defecarse en los pantalones. En ese momento grité desesperado:

"–¿Qué quieres de mí? ¿Qué es lo que quieres de nosotros?

"–De ellos, nada –me respondió aquel hombre–. Los traje aquí únicamente para protegerte y, bueno, también porque darles una calentadita de advertencia era parte de las órdenes que me dieron.

"–¿Protegerme a mí? –le pregunté– ¿Protegerme de qué?

"–De tus amigos, por supuesto. Nadie perdona a los soplones, y tú me vas a decir todo lo que yo quiera saber.

"–¡Estás loco si crees que voy a traicionar a mis amigos!

"–¡Oh, sí que lo harás! En cuanto tuve los expedientes de cada uno de ustedes en mis manos supe que tú eras mi chico. Mira, la gente por lo general no valora a los soplones en la justa medida; más aún en países como el nuestro, con una arraigada tradición cristiana. ¡Pero los Iscariotes son indispensables, de lo contrario no hubiera habido redención! Por eso yo los quiero y los protejo.

"–¡Estás loco! ¡Yo nunca traicionaría a mis amigos aunque terminaras rompiéndome todos los dientes!

"–¡Ah, pobre de ti, hijo mío! –suspiró él– Si piensas que eso es lo más doloroso y traumático que puedo hacerte, bueno, eso se debe a que no estás usando tu imaginación. Sin embargo, preferiría que no me obligaras a interpretar mi papel de ese modo, pero eso sólo depende de ti. Por mi parte te aseguro que sea cual sea la actuación que elijas, yo sabré desenvolverme en consecuencia, y nada de lo que hagamos lo tomaré personal.

"No sabía qué hacer, Rebeca. Me sentía arrinconado. Bajé la vista y pregunté:

"–¿Por qué yo? ¿Por qué no buscas a alguien más?

"El hombre se me acercó, alzó mi rostro con delicadeza, sujetando mi barbilla con sus dedos toscos y chatos.

"–¡Cuántos males podría evitarse el hombre si no se opusiera al fluir de la vida! No te preguntes por qué, muchacho, porque nada cambiará el hecho de que justo ahora estés aquí. Mejor pregúntate qué harás en adelante. Puedes, claro, decidir no hablar en absoluto, así como yo podría decidir hacer uso de mi licencia para desaparecerte. ¿Pero qué necesidad hay de eso? No gano nada con matarte. Al contrario, pierdo semanas, meses de trabajo empleados en buscar y encontrar un perfil como el tuyo, en haber planeado el golpe y en haberme arriesgado hoy a que algo saliera mal. ¿Lo ves, chico? Yo no quiero hacerte daño. No me conviene. Conozco los perfiles e historiales de cada uno de tus amigos. Tú, por ejemplo, eres de Huelelagua de los Llanos. Provienes de una familia clase media baja, sin ningún vínculo influyente o importante. Si a partir de esta noche nunca nadie volviera a saber de ti, ¿a quién crees que le harías falta? Únicamente a tus padres, porque aquí en la capital los provincianos como tú van y llegan todos los días. No lo digo despectivamente, hijo: yo tampoco nací en la capital. Pero ahora observemos a tus amigos: los tres de la derecha tienen la vida financieramente asegurada. Hagan lo que hagan, poseen los recursos suficientes para mantener incluso a sus futuros e hipotéticos hijos. Ellos también podrían hablar, como tú, pero si por alguna razón se negaran a hacerlo y me viera en la necesidad de matarlos, sus familias sí podrían causar un poco de ruido, y yo no quiero eso. El otro chico, el de la izquierda, proviene de una clase mucho más baja que la tuya, con una situación familiar bastante complicada. Él, a diferencia de ti, sí se haría matar antes de decir algo. Pero te repito que mi labor, al menos en esta encomienda, no es asesinar, sino descubrir, saber.

"–¿Y en policías como tú es que el gobierno se gasta el dinero de los contribuyentes?

"–¿Pero quién ha dicho que soy policía?

"–¿Qué otra cosa podrían ser todos ustedes si no agentes judiciales?

"–No tienes idea, hijo, y nunca la tendrás, de lo que soy, o para quién trabajo. Pero te aconsejo que no pretendas seguir indagando de esta forma indirecta, de lo contrario me veré en la necesidad de recordarte quién está sujeto a la silla y quién tiene las manos libres.

"Al terminar de decir esto, el hombre caminó hacia el vidrio polarizado, se recargó en él, pero no miró hacia la otra habitación, sino que clavó sus ojos en los míos. Instintivamente bajé la mirada por segunda vez, sin reflexionar en lo que este acto podía significar. Él dio entonces dos golpecitos en el vidrio y los otros sujetos dejaron de torturar a mis amigos.

"–Te adelanto –me dijo aquel hombre– que incluso si ahora mismo prometieras colaborar conmigo con tal de que cese de torturar a tus compañeros, yo de todas formas tendría que darles por los menos otras cuatro repasadas, esta vez incluyéndote a ti. Y lo haría para protegerte, porque de dejar las cosas como están, ellos sospecharían de inmediato que alguien de ustedes ha cedido. Pero si actúas conforme yo te lo indique, de mi cuenta corre que esa sospecha nunca caerá sobre ti.

"–Ya veo –respondí envalentonado–. Así que esto mismo le dirás a cada uno de mis compañeros: los traerás por separado a esta habitación, los harás mirar por ese vidrio y esperarás a que uno de nosotros se doblegue, ¿no es así?

"–Lo que dices es correcto, pero sólo parcialmente. Sí los traeré a uno por uno y sí les propondré a todos que colaboren conmigo. Sin embargo se trata de un simple trámite, de una estrategia. Porque ya quedamos que tú eres mi muchacho. Y ahora, amigo mío, es tiempo de que te reúnas con tus compañeros. No te preocupes por darme una respuesta en seguida. Dentro de unas cuantas horas los dejaremos en libertad a los cinco. Reflexiona bien cuál será tu preceder, porque sea cual sea yo sabré encontrarte.

"Dicho esto, dio nuevamente dos golpecitos en el vidrio polarizado. Tres de sus hombres vinieron entonces por mí. Antes de que volvieran a amordazarme, grité que jamás traicionaría a mis amigos, y mientras me ponían la venda en los ojos, alcancé a distinguir por última vez esa sonrisa asquerosa.

"Ya en el otro cuarto, sufrí la misma suerte que mis compañeros, y ellos a su vez, uno después del otro, fue padeciendo la mía. Finalmente nos devolvieron a las habitaciones aisladas. Ignoro si se debió a la tortura, a un estrés postraumático o a alguna droga que me hubiesen suministrado sin que me diera cuenta; el hecho es que caí rendido en un sueño profundo. Al día siguiente desperté con el sol del mediodía sobre mi cara, en medio de un lote baldío a las afueras del Estado de México.

"Esa misma noche me reuní con mis amigos. A cada uno de los cinco nos habían abandonado en diferentes estados de la república, todos cercanos a la capital, así que no había forma de adivinar en dónde nos habían tenido secuestrados. Por mi parte, no dudé ni un segundo en contarles lo que me había propuesto aquel ser repugnante. Ellos a su vez relataron sus experiencias, muy similares a la mía. En esa reunión se encontraban además algunos compañeros nuestros que no habían sido levantados. Entre todos decidimos hacer público lo que nos había sucedido. Acordamos que en los próximos días pediríamos apoyo y orientación a diversas organizaciones no gubernamentales, así como a otros grupos de activistas con mayor experiencia. Nos despedimos más hermanados que nunca y no nos volvimos a ver sino tres noches más tarde.

"En esa nueva reunión me enteré de que los padres de dos de mis amigos habían ido a la policía a levantar el acta del delito del que sus hijos habían sido víctimas. Todo había quedado en eso: en un acta. La policía, como siempre, dijo que investigaría, pero nadie podía estar seguro de que verdaderamente fuera a hacerlo. Por otra parte, la radio y la televisión nos cerraron sus puertas cuando intentamos llevarles nuestro caso. Lo mismo sucedió con los periódicos. En aquellos días no había internet, así que no contábamos con un verdadero canal de expresión libre y expedita.

"Fue entonces cuando…"

Bruno se detuvo de pronto. Tenía la frente salpicada en sudor. Dio unos pasos hacia nosotros y dijo:

–Este era el punto al que quería llegar, Rebeca, porque fue entonces cuando escuché por primera vez el nombre de Ariel Franco Figueroa. Lo mencionó uno de los activistas que habíamos invitado para que nos orientaran. Muy pocos (para no decir que casi nadie) habían oído hablar de él. No se sabía cuál era su edad ni su profesión, ni siquiera si realmente existía, pero se decía que tenía contactos con gentes importantes que, como él, luchaban subrepticiamente a favor de la justicia social y de una auténtica democracia en nuestro país.

"–Eso es un mito –protestó alguien de pronto.

"–Estoy de acuerdo con el compañero: nadie lo ha visto nunca.

"–Y sin embargo ya en el pasado ha contribuido a difundir nuestros problemas –se defendió el activista que lo había traído a la conversación.

"Entonces los presentes se dividieron en pro y en contra de la propuesta. Alguno comentó que Ariel Franco Figueroa era un político retirado y patriota; otro, que un policía honesto. No faltó incluso quien lo supusiera un sacerdote en hábitos con verdadero espíritu cristiano y con doble identidad. Dos o tres veces más volvería a escuchar ese nombre en asambleas futuras, pero aquella noche (como en las subsecuentes) optamos por no confiar en nadie que no conociéramos en persona, y en su lugar decidimos organizarnos con otros estudiantes y activistas para convocar a una manifestación a fin de que los medios se vieran obligados a voltear hacia nosotros y escucharnos. Dimos por terminada la reunión y cada quien se volvió a su casa, esta vez extremando precauciones.

"A la mañana siguiente, al despertar, descubrí frente a mi cama a aquel hombre de dentadura amarillenta sentado en un banco destartalado que había traído de la cocina. Por la hora, estaba seguro de que mis compañeros de piso ya se habían ido a clases y que por lo tanto él y yo estábamos solos en el departamento. El hombre señaló hacia el taburete que tenía a mi costado. Giré mi rostro y descubrí sobre él un pan dulce y un capuchino comprados en la misma tienda de comida rápida. Dijo que eran para mí. No toqué nada de lo que me había traído, pero tampoco intenté levantarme. Únicamente me alcé un poco hasta recargar mi espalda contra la cabecera.

"–¿Quién es Ariel Franco Figueroa? –preguntó sin preámbulos.

"–No lo sé.

"El hombre sonrió satisfecho. Luego me describió con lujo de detalle la reunión que habíamos tenido en la víspera. Era obvio que tenía un informante, que había un soplón entre nosotros, ya sea entre mis amigos más cercanos o entre los activistas que habíamos invitado. Había algo en su expresión que me hizo sospechar que no sólo Ariel Franco Figueroa no existía en carne y hueso, sino que además podría tratarse de una invención suya o del gobierno para infiltrar gente en los movimientos sociales. No lo dijo, pero estoy seguro de que eso era lo que quería que yo pensara. Lo que sí dijo es que nuestra marcha se boicotearía, que un grupo de choque nos interceptaría entre tal y cual calle, que harían desmanes en nuestro nombre, y que el soplón que estaba entre nosotros ni él mismo lo conocía, pero que informaba regularmente a la policía.

"–De la que tú formas parte –agregué.

"Aquella sonrisa nauseabunda y burlona volvió a aparecer frente a mí, lo que no me permitiría probar bocado por el resto del día.

"–Toma tu desayuno, pequeño –me dio él como respuesta–, y recuerda mis palabras el día que realicen la manifestación.

"El hombre se levantó del banco, se sacudió la ropa y se fue. Yo permanecí recostado, sin dar crédito a lo que acababa de pasar. Lo peor de todo era estar consciente de que yo no podría platicar con nadie al respecto hasta que no descubriese la identidad del soplón.

"Se llegó así el día de la marcha, la cual trascurrió como aquel ser me había anticipado. Un periódico capitalino publicó una breve nota sobre nuestro secuestro y tortura, pero la noticia en general pasó desapercibida. A esto se sumó la resolución de los padres de los tres compañeros con más recursos económicos que también habían sido levantados: intuyendo contra quiénes habrían de habérselas, optaron por no agitar más las aguas y convencieron a sus hijos de dimitir de nuestros grupos.

"Una noche cualquiera el hombre dientes de sarro me sorprendió en los mingitorios del restaurante donde yo trabajaba de mesero. Fue breve en su proposición: a cambio de alertarme de boicots y redadas, tendría que decirle lo que él quisiera. Me advirtió también que el lapso para darle una respuesta había concluido, y que en lo sucesivo su proceder sería acorde con la contestación que le diera en ese momento."

–¿Y tú qué respondiste?

No había terminado de formular la pregunta cuando sentí que no debía de haberla pronunciado, al menos no en ese tono que parecía más un reproche. Para mi fortuna, Arturo supo intervenir a tiempo:

–No es necesario que respondas, Bruno, ni tampoco que sigas martirizándote trayendo al presente tu pasado. Rebeca sólo estaba intrigada por la forma en la que tú y tu amigo Enrique salieron corriendo de la agrícola. De ninguna manera pretendíamos hacerte pasar este mal rato.

–Agradezco tus palabras, Arturo –respondió Bruno–, pero me gustaría concluir mi historia: sólo así entenderán por qué les cuento todo esto.

Afuera, una nueva ola de aire agitó las varillas embotelladas del tejado y, en cierta forma, aligeró también el ambiente tenso que flotaba entre nosotros.

–Mi relación con aquel hombre –continuó Bruno– duró más o menos los dos años que aún me faltaban para finalizar la carrera de danza. Luego de que la hube terminado y de que empezara a trabajar como maestro de educación física en una escuela primeria, dejé de asistir paulatinamente a las reuniones de los grupos a los que pertenecía. De esta forma, sin poder precisar cuándo exactamente, perdí todo contacto con ellos. Aquel hombre ya tampoco me buscaba, y de hecho nunca más volví a verlo hasta el sábado pasado en la Agrícola Garza-Reyes. Supongo que desapareció de mi vida al darse cuenta de que nuestro grupo ya no significaba ningún peligro para los intereses corruptos del gobierno federal.

"Sea como fuera, por el tiempo en que yo ya no formaba parte de ningún grupo ni me buscaba tampoco aquel hombre para interrogarme, conocí a Monserrat. Nos casamos después de un noviazgo relativamente corto. Como te lo comenté en la agrícola, Rebeca, antes de tener a nuestra primera hija convencí a mi esposa de mudarnos a Huelelagua de los Llanos, pues la verdad es que yo vivía aterrado de que de un día para otro volviera a aparecer en mi camino el hombre de la dentadura amarillenta. Monserrat logró permutar su plaza de maestro sin mayores dificultades, ya que siempre han sido más los huelelagüenses que quieren irse a vivir a la capital del país que los capitalinos que desean venirse para acá. En fin, nos instalamos primero en la ciudad de Huelelagua. Rentamos por aquí y por allá hasta que finalmente pudimos hacernos de este terrenito en Río Seco. Poco a poco construimos nuestra casa y la escuela de baile. Casi había logrado olvidar mi pasado por completo cuando el nombre de Ariel Franco Figueroa resurgió de imprevisto, ¡y esta vez en mi propia tierra!

"Deben de comprender que mi primera reacción no podía ser otra sino interpretar este hecho como un mal augurio. Yo jamás había dejado de sospechar que detrás de ese nombre estaba o la mano negra del gobierno federal, o la de ese ser repugnante que esperaba no volver a encontrarme nunca. Paulatinamente, sin embargo, las notas publicadas bajo la firma de Ariel Franco Figueroa me fueron persuadiendo de que el gobierno, al menos el del estado de Huelelagua, no podía estar detrás de él, lo que por desgracia volvía más probable mi segunda hipótesis."

–¿Y en verdad crees que Ariel Franco Figueroa sea un invento de ese horrible hombre que te torturó hace años, de esa creatura barrigona que yo también vi en la agrícola? –pregunté.

Bruno dudó un instante. Luego respondió:

–Es un tema que he discutido largamente con Enrique. Para él, más allá de lo que pudo ser en el pasado, Ariel Franco Figueroa es un movimiento auténtico e independiente en nuestros días. Yo casi estuve a punto de verlo también así, pues comparto y celebro las críticas que bajo su nombre se han lanzado contra el gobierno estatal de Huelelagua. Pese a ello, subsistía en mí la duda sobre su posible vínculo con aquel monstruo de mi juventud. No traje esto a colación en la agrícola porque no era ni el momento ni el lugar para volver a discutir este tema. Pero todo cambió el sábado pasado: mis temores acerca del fenómeno Ariel Franco Figueroa se han fortalecido después de comprobar que efectivamente el hombre dientes de sarro está aquí en Huelelagua.

Al escuchar esta última frase, Arturo me miró indiscretamente, como diciendo: "¿lo preguntas tú o lo pregunto yo?", por lo que no tardé en inquirir:

–¿Has dicho comprobar, Bruno? ¿Acaso estás sugiriendo que tú ya sabías que ese hombre estaba aquí?

–Así es, Rebeca. Hace poco más de una semana, mientras Enrique me mostraba las nuevas fotografías que pensaba mandar a los periódicos en los que esporádicamente colabora, un escalofrío se apoderó de mí al observar una de aquellas fotos. Ahí estaba él, con su diabólica y nauseabunda sonrisa, junto al jefe de la policía estatal de Huelelagua. Le conté entonces a Enrique quién era aquel sujeto. Lo que no imaginé fue que me lo encontraría en la agrícola, al lado del narcotraficante y pseudoempresario Nicolás Garza Reyes, así como tampoco imaginaba reencontrarme contigo después de tantos años…

"No, Rebeca, nunca lo sospeché, y ese fue mi gran error. Porque si hubiera reflexionado bien las cosas, quizás entonces ninguno de los dos reencuentros me hubiera tomado tan de sorpresa. ¿Y sabes por qué?

–¿Por qué?

–Porque además del jefe de la policía estatal y del hombre de la agrícola, había alguien más en la foto que me mostró Enrique.

–¿Quién?

–¿Estás segura de que no lo sabes, Rebeca?

–¡Por Dios, Bruno, ¿cómo voy a saberlo?!

–Estaba Víctor, tu hermano.

30

Bruno, comprendiendo mi desconcierto por lo que acababa de decirme, no hizo la más remota insinuación de que esperase algún comentario de parte mía. Nos acompañó hasta la puerta de su casa, envueltos en un silencio incómodo. Afuera, la oscuridad era casi absoluta. Arturo y yo nos despedimos de él como quien se retira de un funeral. Nos subimos al carro y emprendimos el regreso. Faltaban veinte minutos para la medianoche. Por la calle principal de El Jitomatillo prácticamente ya no transitaba nadie, y todos los negocios, a excepción de un carrito de hamburguesas y dos taquerías, habían cerrado.

Allí iba yo, inmersa en reflexiones y conjeturas estériles, mirando sin mirar por el vidrio del copiloto, ignorando todavía que el presente no siempre se explica con el pasado, sino que en ocasiones hace falta esperar el futuro, que –conforme llega– va impregnando de sentido incluso los hechos que juzgábamos más insignificantes y fortuitos.

La mano derecha de Arturo soltó el volante de repente: la vi descender hasta mi rodilla y al instante sentí cómo las cálidas yemas de sus dedos me acariciaban con ternura. Yo le correspondí posando a mi vez mi mano izquierda sobre su muslo, aunque continué mirando por la ventanilla del copiloto. Atrás habían quedado el carrito de hamburguesas y una de las dos taquerías que aún continuaban en servicio. Fue entonces, justo mientras pasábamos frente a la segunda de éstas, cuando vi a lo lejos al horripilante hombre de la agrícola: estaba de pie, rígido e impasible junto a una pila de cajas de refrescos; pese a encontrarse en un puesto de tacos, lo que comía era un elote hervido con mayonesa y queso. Nuestras miradas alcanzaron a coincidir por un brevísimo instante: él lo aprovechó para morder y desgarrar violentamente los granos de su elote, sin parpadear ni despegar sus ojos de los míos.

Instintivamente giré mi rostro hacia Arturo y le dije a gritos que el hombre de la agrícola estaba frente al puesto de tacos. Arturo detuvo el coche para observar mejor, pero no vio a nadie. Volví a mirar hacia la pila de cajas de refrescos y me encontré con que aquel hombre efectivamente había desaparecido. Arturo se atrevió a sugerir que quizás mi imaginación me había jugado una mala pasada. Le respondí que no estaba loca, que estaba segura de lo que había visto y que además quería regresar a casa de Bruno para advertirle.

–Discúlpame que te lo diga, mi amor, pero no creo que esa sea una buena idea.

–¿Y por qué no? –pregunté un poco disgustada– ¿Porque crees que he alucinado?

–No, por supuesto que no, Rebeca. A mi parecer no deberíamos regresar a casa de Bruno incluso si fuera enteramente cierto lo que viste.

–¿Mmmm?

–¿No lo entiendes, mi amor? Víctor es tu hermano, y por más que Bruno haya sido muy amigo de Javier en la preparatoria, la realidad es que no lo conocemos, no sabemos nada de él. Ni siquiera si es cierto lo que acaba de contarnos. Acepto que yo también tengo mis dudas sobre la legalidad de los negocios de Víctor, pero nosotros nada tenemos que ver con Grupo ORCU. Que seas hermana de quien preside la compañía no te hace su cómplice, así como tampoco el que Víctor sea o no culpable de lo que se le acusa te despoja de tu calidad de hermana.

Erguí las cejas instintivamente. De un segundo al otro mi arrebato de indignación había sido sustituido por un desconcierto total.

Arturo continuó:

–Ay, mi vida, en verdad que no logro entender cómo no habías tomado en cuenta algo tan simple pero tan importante como esto. Pero déjame decirte, eso sí, que ni tu padre ni tu hermano han procedido jamás de esa manera.

–¿De qué me estás hablando, Arturo? –pregunté finalmente, ya en un tono sosegado.

–¿De qué va a ser, mi cielo? De que ellos nunca nos han propuesto formar parte de su constructora. En mi opinión, lo han hecho así precisamente para protegernos, para no inmiscuirnos en sus negocios. Y es que no sabemos si son ciertas las acusaciones proferidas contra Grupo ORCU, pero de serlas, entonces quién sabe cómo podría terminar el asunto.

–¿Y tú crees que lo sean? ¿Crees que las cosas pudieran terminar mal para mi padre y para Víctor?

–En el México en que vivimos actualmente, no: lo único que pudiera terminar mal es su reputación, pero eso hace mucho tiempo que a nadie le importa. En cuanto a si las acusaciones son verídicas, lamento repetir que yo también tengo mis dudas sobre la legalidad de los negocios de tu hermano. Pese a todo, no podemos darlo por culpable. Es lo mismo que con la historia de Bruno.

–¿Qué con la historia de Bruno?

–¿Es que tú la das por cierta? Mira que tampoco estoy diciendo que Bruno nos haya mentido, pero mi experiencia como abogado me obliga desconfiar dos veces antes de creer cualquier testimonio. Pongamos de ejemplo la fotografía que Bruno mencionó: yo no puedo darla por existente hasta no haber visto en un mismo cuadro al mentado hombre de la agrícola, a Víctor y al jefe de la policía estatal.

–¡Al jefe de la policía estatal! –proferí de pronto– ¡Claro, eso es!

–¿Eso es qué? –preguntó Arturo.

–Acabo de recordar que mi hermano se reunió con algún superior de la policía estatal luego de que apareciera infiltrada en el periódico de Huelelagua una noticia de Ariel Franco Figueroa sobre el asesinato del hijo de una de las empleadas domésticas de Lorena:

"–¿Qué han descubierto hasta ahora? –oí que decía mi hermano– ¿Quién es el idiota que está infiltrando calumnias en los periódicos?

"–Cálmese, don Víctor, no tardaremos en encontrarlo. Mire, le presento a Eleuterio Santoyo, mejor conocido como La Araña. Él se va a encargar de su caso. Ya verá cómo más pronto que tarde dará con el malhechor ese.

"Eso fue lo que escuché aquella tarde, Arturo"

–¿Estás segura, Rebeca? –me preguntó mi marido, sujetando el volante del coche nuevamente con ambas manos– ¿Te das cuenta de lo que esto podría implicar? Tal vez la supuesta fotografía que tomó el amigo de Bruno provenga de esa reunión, lo que significaría que el nombre y el apodo que acabas de decir quizás correspondan a la identidad del hombre que presuntamente torturó y chantajeó a Bruno en su juventud.

–Sí, eso mismo estaba yo pensando. El problema es que no podría asegurar que quien conversaba con Víctor ese día era el jefe de la policía estatal. De lo que sí estoy segura es que alguien importante de la policía de Huelelagua estaba allí, en casa de mi hermano. Lorena misma me lo dijo mientras hablábamos por teléfono.

–Ya veo. Lo malo es que no podemos preguntarle quiénes estuvieron presentes aquel día, pues tal pregunta sin duda que levantaría sospechas. Y no lo digo por ella, sino por tu hermano.

–¿Y si le pedimos que no le cuente nada a Víctor?

–Mmmm no lo sé… ¿A ti no te parecería bastante extraño que Lorena y Víctor te pidieran algo similar respecto a mí?

–Bueno, sí, pero entonces ¿qué sugieres que hagamos?

–Por lo pronto quizás volver a casa y ver cómo están los niños.

31

Hasta nosotros, dentro del coche, no llegaban ni el aroma de los tacos ni el sonido de la carne friéndose en el aceite. Yo los adivinaba de cualquier forma con sólo observar el vapor que se desprendía de las planchas y los sartenes. Y es que –por temor a que volviera a aparecer el hombre de la agrícola– al mismo tiempo que conversaba con Arturo, giraba mi rostro cada y cuando para echar una mirada por la ventanilla.

Creyendo que yo ya había dicho todo lo que tenía que decir, Arturo encendió el motor del coche y retomó el camino a casa.

Atravesábamos la avenida aquella de las escasas e ineficientes lámparas solares, cuando me dije a mí misma que ya era hora de revelarle a Arturo todo lo que yo había venido haciendo desde la noche en que lo había encontrado masturbándose en el estudio de la casa, en medio de una repugnante videocita pornográfica.

Sin introducciones ni rodeos le conté entonces de mis incesantes búsquedas en la red, de mi descubrimiento de la cadena de prostitución cibernética en la ciudad de Huelelagua, de mi visita a los conventos de Riva Salgado, de mi entrevista con el Abad Higinio, de la extraña forma en que conocí a fray Sebastián, de los papeles que me dio y de mi subsecuente encuentro con él en Plaza Magnolias a raíz de la aparición de las noticias infiltradas de Ariel Franco Figueroa en uno de los periódicos más populares del estado. En otras palabras, le confesé que mi mundo perfecto aunque infantil había desaparecido y que ahora incluso yo también dudaba de la legalidad de los negocios entre Grupo ORCU y el gobierno estatal.

–Lo siento mucho, Rebeca. En verdad lamento muchísimo que por mi culpa hayas tenido que enterarte, que vivir todo esto.

Yo miraba a Arturo de soslayo mientras él conducía. Su rostro, además de afligido, me pareció meditabundo, ensimismado.

–No lamentes lo que vino después –le dije–. Lamenta únicamente lo que hacías a mis espaldas. ¡Sólo imagina que en lugar de mí te hubiera encontrado Francisco o Mariana!

El semblante de Arturo terminó de desencajarse, pálido de vergüenza.

–Sí, haces bien en sentirte como un canalla, que es lo que eras en aquel momento –continué–. Sin embargo, fue gracias a que te descubrí haciendo lo que hacías que pude darme cuenta de que algo no andaba bien en nuestra intimidad.

Arturo permaneció en silencio, pensativo, clavando sus ojos en la carretera, evitando a toda costa voltear hacia mí y encontrarse con mi mirada. Yo opté por continuar la conversación en casa, visto que a lo sumo faltaban cinco kilómetros para llegar a ella. Una vez allí, encontramos a Francisco durmiendo en el sofá, con la televisión encendida y con el control remoto bajo su nuca. Se despertó en cuanto Arturo intentó bajar el volumen. Dijo que Mariana dormía desde las nueve y media y que, evidentemente, él también se había quedado dormido mientras nos esperaba. Nos dio las buenas noches y subió a su habitación. En ese momento le pedí a Arturo que fuéramos al comedor. Le señalé una silla y yo me senté en otra justo frente a él: ya no había excusa para que siguiese evadiendo mi mirada, ni para que yo no le preguntase lo que desde hacía tanto tiempo deseaba saber.

–Arturo, dime la verdad: ¿me amas?

–¡Qué clase de pregunta es esa! –respondió él, sorprendido e incómodo– Por supuesto que te amo.

–Dime: ¿me encuentras atractiva?

–¡Por Dios, Rebeca, a dónde quieres llegar!

–Responde mi pregunta por favor: ¿me encuentras atractiva, Arturo?

–Como a ninguna.

–¿Entonces por qué contrataste a esas dos sexoservidoras cibernéticas?

Arturo cerró los ojos irreflexivamente y echó la cabeza hacia atrás, apoyándola en el respaldo de la silla.

–Yo te lo voy a decir, Arturo –lo tomé de ambas manos y continué–: lo hiciste porque no te atreviste o no quisiste ir con una mujer que realmente pudieras tocar. Te conozco. Sé cómo son tus sentimientos, tu carácter, tu personalidad. Por eso mismo no tuve más remedio que aceptar que tus palabras habían sido verdaderas, es decir, que jamás me has sido infiel más allá del monitor, y que incluso en esos momentos en quien realmente pensabas era en mí.

Al escuchar lo anterior, Arturo finalmente se aventuró a mirarme a los ojos. Yo continué:

–¿Y sabes por qué hacías eso?

Arturo no respondió.

–Lo hacías, entre otras razones, porque nunca nadie nos enseñó a seducir. Sí, Arturo: hoy no quiero ni culparte ni absolverte. Mucho menos justificarte. Lo que he intentado en todos estos días, además de aceptar, es entender. Y como yo lo entiendo, tanto tú como yo fuimos forjándonos a lo largo de nuestras vidas una idea errónea, prejuiciosa y poco saludable de nuestra sexualidad. Una idea sobre todo inconsciente que nos ha impedido amarnos con libertad, responsabilidad y plenitud.

"No, Arturo, no hemos sabido o no nos hemos atrevido a hacerlo. O quizás simplemente, como en mi caso, ni siquiera nos dábamos cuenta de todo esto. Poco importa en qué medida nuestros tabús y prejuicios son producto de nuestras personalidades, de nuestra forma natural de ser, de nuestra formación y tradiciones, del ejemplo conyugal de nuestros padres e incluso de los roles anticuados dentro del matrimonio, que en Huelelagua de los Llanos siguen tan vigentes casi como en la época de nuestros abuelos.

"Sí, nada de eso importa, Arturo, si nosotros mismos aprendernos a asumir la responsabilidad de lo que hacemos y de lo que somos. ¿Sabes?, he llegado a la firme convicción de que ninguna persona debería tener el derecho de considerarse a sí misma como adulta si permite que el prójimo, llámese familia o sociedad, decida por él o ella cómo debe vivir su propia vida. En resumidas cuentas, Arturo, lo que nos hace falta, lo que realmente deberíamos hacer, es crear nuestro propio concepto del amor, de la sexualidad, e instruirnos en él nosotros solos.

Arturo, como hipnotizado por mis palabras, zafó torpemente sus manos de las mías, se apoyó en la mesa y se estiró hasta mí para besarme en los labios.

–Eso sí –agregué–, ya no perdonaría que…

–Olvídalo, Rebeca –me interrumpió Arturo–. Jamás sucederá de nuevo.

Y estriándose una vez más sobre la mesa, besó mis labios nuevamente.

–Está bien –concedí–, no hablemos más de lo que sucedió aquella noche. Pero en lo que respecta a nuestro amor, a nuestros sentimientos y deseos, de eso sí que volveremos a hablar cada vez que sea necesario. Sin las formalidades de ahora, espero. Ojalá un día logremos ser más abiertos y espontáneos el uno con el otro en cuanto a sexualidad se refiere. Sea como sea, de aquí en adelante no debemos guardarnos nada.

–No podría estar más de acuerdo contigo, mi amor.

–Y bueno, aunque no quisiera cambiar de tema, tal vez deberíamos finiquitar la conversación que empezamos en el coche.

–¿Te refieres a si debes o no decirle a Bruno lo que crees haber visto?

–No, eso ya me quedó claro. Más bien a si debo evitar tener contacto con él de aquí en adelante.

Arturo caviló un poco y contestó:

–Creo que eso sería lo más conveniente para ambos. No obstante, nunca está de sobra quedar en buenos términos con la gente, más aún porque él y su esposa nos han tratado muy bien esta noche.

–¿Qué me sugieres que haga entonces, Arturo?

–Es sólo una idea, mi amor, pero tal vez pudieras ir este viernes a la feria de Aguarevoltosa e inventarle a Bruno cualquier pretexto que justifique nuestra decisión definitiva de no continuar con las clases de baile.

–Así lo haré.

–Bueno, en ese caso vámonos a acostar.

–Una última cosa.

–Dime.

–¿Crees que he sido una egoísta con mi padre y con Víctor por no haberles dicho en la casa de campo de mi hermano que poseo un manuscrito firmado por Ariel Franco Figueroa?

–No, mi amor. Tú tenías tus motivos, tus presentimientos para actuar así. Lo que sí creo, Rebeca, es que ya no es hora para contarles nada.

–¿En serio? Pensé que dirías lo contrario, que aún estaba a tiempo de hablar con Víctor y con mi padre.

–Por desgracia ya no es tan sencillo, mi vida. Lo mejor, lo más sensato, es dejar las cosas como están, al menos por ahora. Porque supongamos que la historia de Bruno es falsa y que tú le revelas a él la identidad del individuo que le presentaron a tu hermano: no sabemos qué perjuicio podría resultar de ello para Víctor y para Grupo ORCU. Ahora bien, supongamos que la historia de Bruno es cierta y que junto con ella le cuentas a tu familia lo del manuscrito que te dio el monje ese en los conventos de Riva Salgado. En ese caso podríamos estar poniendo en peligro la integridad de tres personas: la del fraile, la de Bruno y la de su amigo el fotógrafo.

32

Atendiendo la sugerencia de Arturo, el viernes me dirigí sin falta a la feria de Aguarevoltosa. En el trascurso del evento le diría a Bruno que desafortunadamente mi marido y yo habíamos decidido no inscribirnos a las clases de baile. La excusa sería que el lunes, luego de haber tomado la primera lección, habíamos descubierto que volvíamos a casa muy noche y que al día siguiente ninguno de los dos rendía en sus labores.

A diferencia de aquel sábado en el que habíamos ido en una minivan con chofer al parque acuático Tropicana, en esta ocasión opté por no tomar la autopista, sino que me fui –como suele decirse– "puebleando".

Al llegar a los linderos de Aguarevoltosa, me enteré de que el centro estaba cerrado al tránsito de automóviles. Los vecinos que contaban con un terreno lo suficientemente grande aprovecharon la coyuntura para ganarse algunas monedas rentando sus jardines como aparcaderos. Yo me estacioné en el huerto de un matrimonio de ancianos y bajé del coche un tanto temerosa, pues un gallo enclenque y albino no había dejado de agitar sus alas ni de cacarear amenazadoramente desde que yo había entrado en el huerto. Para mi fortuna, bastó con un silbido de su amo para que el animal me dejase tranquila. Le di las gracias al anciano y me eché a andar por las calles torcidas y empedradas del pueblo.

En la plaza principal del zócalo se habían instalado numerosos puestos ambulantes con las artesanías y los productos típicos de la región, amén de los imprescindibles juegos mecánicos. De los postes de luz colgaban adornos en papel picado que el viento mecía cadenciosamente. Junto al quiosco municipal se alzaba una tarima de madera en la que Bruno y sus estudiantes bailaban una cumbia que no logré identificar. Allí estaba también Enrique, tomando fotografías desde diferentes ángulos.

Me acerqué al entarimado con la intención de saludar a Bruno apenas terminase la canción. Mientras esperaba, comencé a marcar el ritmo de la música con el movimiento de mis pies. Fue entonces cuando de pronto dos jovencitas evidentemente extranjeras saltaron a la tarima. Me pareció que tendrían alrededor de veinte años de edad. Una de ellas, muy rubia, vestía pantalón holgado, huaraches de piel y una blusa roja sin mangas. La otra chica, blanca también pero de cabello oscuro, portaba shorts de mezclilla, tenis deportivos y una playera souvenir con la pirámide de Chichén Itzá estampada al frente. En cuanto subieron al entarimado se pusieron a bailar entre ellas muertas de risa, sin preguntar ni preocuparse siquiera si aquello estaba permitido. El público, como era de esperarse, reaccionó con entusiasmo. Algunos incluso siguieron su ejemplo. En ese instante Bruno notó mi presencia. Me saludó y me pidió que subiese. Quise negarme al sentir los ojos del público sobre mí, pero las chicas extranjeras se me acercaron y una de ellas me ofreció su mano para ayudarme a subir, y así lo hice. Inmediatamente empezaron a bailar conmigo, a girarme sin ton ni son de aquí para allá. Yo correspondí de la misma forma, dándoles vueltas como Dios me daba a entender.

–¡Sonrían a la cámara! –escuché que nos decía Enrique desde abajo de la tarima.

Las chicas sonrieron sin vacilar, por lo que deduje que no tenían problemas con nuestro idioma. En cuanto terminó la canción se despidieron de mí y descendieron de la tarima de un solo brinco. Las miré caminar y desaparecer entre la gente, bajo el azul y el rojo de las lonas de los puestos ambulantes. Bruno se acercó entonces, me saludó efusivamente y me dijo que Monserrat llegaría después junto con sus hijas. Platicamos un poco de todo y de nada hasta que comenté que Arturo y yo habíamos decidido no continuar con las clases. Bruno

172

entendió nuestras razones y me reiteró su ofrecimiento de no pagar cuota, por si en un futuro decidíamos regresar. Ninguno de los dos hizo referencia a lo que habíamos platicado el lunes, pero ambos sabíamos que esa era la verdadera causa por la que aquel día sería la última vez que nos veríamos, al menos intencionalmente. Antes de marcharme, bailé con Bruno un par de canciones y otras tantas con el resto del grupo.

Ya de camino al carro, me detuve a comprar alegrías y palanquetas en uno de los muchos puestos ambulantes. El gallo con complejo de perro guardián salió a mi encuentro nuevamente, pero yo me subí al coche a toda velocidad y salí del huerto.

Sobre la calle principal de Aguarevoltosa, la que conecta al pueblo con la carretera federal, iban caminando las dos chicas extranjeras. Orillé el auto y les pregunté a dónde iban. La jovencita rubia respondió:

–Vamos a las Lagunas del Tamarindo. Nos dijeron que podíamos tomar el autobús que va para allá en la carretera.

–Bueno, la verdad es que no lo sé –dije lo más amable que pude–, pero si gustan yo podría llevarlas.

Las chicas se miraron una a otra, lo pensaron un segundo y en seguida aceptaron mi propuesta. Ya en el coche, tras agradecerme por el aventón, se presentaron conmigo. La muchachita rubia se llamaba Sofie; la de pelo oscuro, Pauline. Provenían de la misma nación europea, aunque de diferente escuela. Cursaban una especie de estancia académica en la Universidad Autónoma de Huelelagua de los Llanos. Me dijeron abiertamente que más que los cursos que ofrecía nuestra universidad, era México lo que las había atraído, el explorar y conocer nuestro país.

–Espero que no se sientan desilusionadas –bromeé.

–¡Por supuesto que no!

Aquellas jovencitas no se habían limitado a visitar las playas, las ciudades y las zonas arqueológicas más famosas de México, sino que además habían estado en lugares cuya existencia yo desconocía en absoluto. Me sentí avergonzada al no poder opinar al respecto, pues era más que evidente que ellas conocían mi país mejor que yo.

–¿Y de aquí de Huelelagua qué es lo que más les ha gustado?

–¿De Huelelagua el estado o de Huelelagua la ciudad? –preguntó Sofie.

–De los dos.

–De la ciudad –respondió ella– me gusta el centro histórico y el jardín botánico que está a las afueras, en el Parque del ajolote.

–Sé que a lo mucho tiene tres años de que lo construyeron –comenté–, pero desgraciadamente aún no lo he visitado.

–Pues tanto el parque como el jardín botánico están bonitos –segundó Pauline.

Mirándola por el espejo retrovisor (ya que Pauline se había sentado en uno de los asientos traseros), estaba por decirle que en ese caso iría a visitarlos pronto, pero un bache en medio de la carretera me lo impidió: pasé encima de él y el coche dio tal salto que las tres nos golpeamos la cabeza con el toldo.

–Discúlpenme, chicas. ¿Están bien? –me excusé inmediatamente.

–No se preocupe, señora –respondió Sofie, que venía en el asiento del copiloto–: eso no es nada comparado con los brincos que dan los microbuses de la ciudad.

Yo no tenía ninguna experiencia con el transporte público de Huelelagua, pero no era necesario tenerla para percatarse de lo obsoleto de los microbuses y de la forma imprudente en que manejaban los choferes.

–Bueno, ¿y entonces en esta ocasión les toca visitar las Lagunas del Tamarindo? –volví la conversación al punto en que la habíamos dejado.

–Sí, vamos a acampar allí con unos compañeros de la facultad.

–De hecho –precisó Pauline– inicialmente la idea era irnos de Aguarevoltosa con un amigo que está haciendo su servicio social en el balneario Tropicana, ¿lo conoce?

–Sí, ese lugar sí lo conozco –respondí.

–Pues nuestro amigo nos obsequió entradas de cortesía para el balneario. Estuvimos ahí toda la mañana y parte de la tarde hasta que nuestro amigo nos envió un mensaje de celular avisándonos que hoy saldría más tarde de lo previsto. Nos sugirió que nos adelantáramos a las Lagunas del Tamarindo y que él nos alcanzaría allá en cuanto pudiese. Nosotras ya sabíamos que había feria en el pueblo, así que decidimos echarle un vistazo antes de dirigirnos a las lagunas.

–Y fue entonces cuando bailamos con usted –concluyó Sofie.

Continuamos charlando durante todo el trayecto, y mientras lo hacíamos no paraba de sorprenderme no sólo por el español fluido de ambas, sino sobre todo por su carácter tan abierto, espontáneo y alegre.

Así llegamos a las Lagunas del Tamarindo. Yo había pensado dejarlas justo enfrente de la entrada, a un lado de la caseta de cobro, pero ellas querían comprar algunas provisiones antes de ingresar. Les dije que en esa zona no había muchas casas y que posiblemente ningún negocio; que en teoría no debería haber nada más allá de las instalaciones federales destinadas a acampar, ya que las Lagunas del Tamarindo formaban parte de una reserva natural protegida. Les dije también que una de esas instalaciones federales era precisamente un minisúper del gobierno, donde ellas podrían comprar lo que necesitaran.

–Sí, ya estábamos al tanto de eso –explicó Sofie–, pero nuestros compañeros nos han advertido que casi nunca lo abren.

A petición suya, dejé a las chicas frente a una pequeña tienda de abarrotes cuyas paredes de cal se caían a pedazos. Una vez fuera del coche volvieron a agradecerme por el aventón, a la par de que con ambas manos se sacudían los mosquitos y zancudos que de inmediato arribaron a fastidiar. Como yo había bajado la ventanilla del copiloto para despedirme de ellas, comencé a sentir en la piel el calor húmedo y pegajoso de la selva subtropical. Retomé la marcha en cuanto vi que Sofie y Pauline ingresaban en la tienda, pero no había conducido más de diez kilómetros cuando me reproché a mí misma por no haberlas esperado y llevado después hasta la entrada de las lagunas, aun si ésta quedaba a escasos trescientos metros de ahí.

33

Cuatro días después, el martes, Huelelagua de los Llanos se despertó con la noticia de la presunta desaparición de dos estudiantes extranjeras. Las autoridades de la universidad habían dado aviso a la policía bajo petición de los padres de las jóvenes, que desde el día sábado habían dejado de tener contacto con sus hijas. El miércoles por la mañana la procuraduría del estado hizo oficial la desaparición y por todos los medios comenzaron a difundirse los nombres y las fotografías de Sofie y de Pauline.

"Lo que se sabe hasta ahora –escuché en el telenoticiero local– es que las estudiantes extranjeras, que cursaban un semestre de intercambio académico en la Universidad Autónoma de Huelelagua de los Llanos, habían quedado de verse con amigos y compañeros el pasado viernes en las Lagunas del Tamarindo, lugar al que nunca llegaron, y desde entonces se desconoce su paradero."

Arturo, que estaba al tanto de todo lo que me había acontecido en la feria de Aguarevoltosa, declaró sin titubeos:

–Tenemos que ir a la policía y contar lo que sabes.

Así lo hicimos. El procurador en persona nos recibió en su despacho en cuanto tuvo un tiempo libre. Luego de que le relatase que yo había llevado a Sofie y a Pauline a las Lagunas del Tamarindo, el procurador me preguntó si alguien más conocía estos hechos.

–No, únicamente mi marido y yo.

–¿Está usted segura?

–Eso creo. Al menos yo no lo he platicado con nadie más.

–En ese caso la culmino a que siga guardando silencio.

Sorprendida por aquella sentencia, inquirí:

–¿Podría saber el motivo, señor procurador?

–Naturalmente. Verá, este crimen no es un caso aislado. En los últimos meses el número de chicas desaparecidas en nuestra entidad ha aumentado en forma considerable. Hasta ahora habíamos podido manejar la situación para que no se hiciera demasiado ruido en los medios, principalmente en la televisión. Lo habíamos logrado porque, aunque me avergüence decirlo, las muchachas desaparecidas provenían de familias muy pobres, mayormente hijas de campesinos u obreros, aunque las principales víctimas se trataban de inmigrantes centroamericanas que soñaban con llegar a los Estados Unidos. Buscamos que esta realidad no se divulgue porque todas las pistas que tenemos apuntan hacia *Los de allá*, un cártel muy sanguinario de reciente creación, al cual hemos tenido que empezar a combatir con la ayuda del ejército y de la policía federal, ya que nosotros, la policía del estado de Huelelagua, nos hemos visto ampliamente superados tanto en armamento como en estrategia.

–Con todo respeto, señor procurador –me atreví a opinar–, yo no veo en qué forma mi silencio podría contribuir en su lucha contra el narcotráfico. A decir verdad, a mí me parece que los huelelagüenses y la sociedad en su conjunto tienen derecho de estar al tanto de lo que sucede en nuestra entidad. De esa manera podrían tomar las precauciones necesarias.

–Yo también con todo respeto –defendió su postura el procurador–, me veo obligado a contradecirla. Primero, porque el sector de la sociedad que podría tomar precauciones, créame que ya lo ha hecho desde hace años, cuando se inició la así llamada "Guerra contra el narcotráfico". Segundo, porque le repito que las víctimas de este delito es gente de muy bajos recursos a quienes la información tarda mucho en llegar (si es que llega y si es que se interesan en ella y le hacen caso). Y tercero, porque, siendo honesto con usted, esas pobres gentes no tienen ninguna posibilidad de tomar la más mínima precaución que les sirva.

¿Había escuchado bien? ¿El procurador de Huelelagua de los Llanos, la mayor autoridad jurídico-policíaca de nuestra entidad, estaba aceptando justo frente a mí que la gente con menos recursos estaba prácticamente desamparada, sin protección, a merced de lo que cualquier grupo criminal quisiera hacer con ella?

–Una cosa más –agregó el procurador–: mi petición de su silencio no es únicamente en beneficio de la policía, sino sobre todo del suyo y del de su prestigiosa familia.

–¿Mmmm? –exclamé desconcertada– ¿Qué es lo que me está queriendo decir en realidad, señor procurador?

–Lo que quiero decirle es que nada de lo que usted me ha venido a contar era nuevo para mí. Yo ya sabía que usted había llevado a esas jovencitas a las Lagunas del Tamarindo.

Y anticipándose a la pregunta que yo estaba por formular, precisó:

–Desconozco de quién se trate, de lo contario se lo diría. De lo que no hay duda es que alguien la ha estado siguiendo y quiere inculparla por este delito. Si usted no hubiera venido hoy aquí, yo la hubiera hecho llamar de todas formas para advertirle. Pero no se preocupe, mientras el tipo que la acusó no dé la cara ni venga a declarar personalmente, no abriremos ninguna carpeta de investigación contra usted.

34

Volvimos a casa con más enigmas de los que suponíamos que mi declaración ayudaría a resolver. Para esa misma noche del miércoles la desaparición de Sofie y de Pauline ya había tomado relevancia a nivel nacional e internacional: los telenoticiarios de todo el país habían hecho de ella su noticia cumbre, los principales medios en Europa analizaron el caso e incluso las autoridades estadunidenses reafirmaron a sus conciudadanos la alerta sobre visitar nuestra nación. No faltaron tampoco en el exterior los así autollamados políticos antisistema que vieron en este infortunio la oportunidad para difundir su característica –y por desgracia muchas veces redituable– propaganda racista y xenófoba contra los mexicanos en general.

–Debe tratarse de La Araña –le dije a Arturo tras apagar la televisión.

–Eso pensé yo también en la procuraduría, pero luego me di cuenta de que no tenía sentido que ese hombre buscara perjudicarte si trabaja para tu hermano.

–¿Pero qué tal si lo que intenta es chantajear a Víctor?

–No, no lo creo. Para estas alturas La Araña ya debió de haber notado la poderosa injerencia que tu familia tiene en el gobierno del estado, así que sería absurdo que acudiera a la policía estatal para perpetuar un chantaje de esta índole.

–Pero si no es él el que quiere incriminarme, ¿entonces quién?

Arturo se tomó un tiempo antes de responder:

–Es posible que no seas tú el objetivo principal de quien esté detrás de esto, sino que a través de ti se busque atacar a Víctor o a tu padre.

–O a los tres –especulé yo–. Incluso a los cuatro si contamos a mi madre.

–Sí, en teoría el objetivo podría ser uno o todos los miembros de la familia Ordoñez Cuesta. Sin embargo tu madre y tú ¿qué enemigos pueden tener?

Mientras Arturo y yo conversábamos en la sala, nuestros hijos hacían sus tareas escolares en el comedor. Aunque no lo decía, era evidente que Arturo estaba bastante intranquilo por lo que el procurador nos acababa de revelar. Buscando tranquilizarse, Arturo se alzó del sofá, se acercó a nuestros hijos y les preguntó si necesitaban ayuda con sus tareas. Mariana dijo que no, que de hecho ya casi terminaba.

–¿Y tú, Francisco?

–Yo la hice desde la tarde.

–¿Entonces qué lees? –preguntó Arturo.

–El libro del bimestre: si lo acabo antes del próximo lunes me dan un punto extra en la clase de español.

–¿Ah, sí?, ¿y qué libro es?

–*El aula voladora.*

–No lo conozco. ¿Es bueno?

–El mejor que nos han dejado leer hasta ahora en este año.

Arturo dio a Francisco una palmadita amistosa en el hombro y en seguida regresó junto a mí.

–Hay otra cosa que me intriga, Rebeca.

–¿Qué cosa?

–¿Por qué Ariel Franco Figueroa no ha escrito nada sobre el caso de las estudiantes extranjeras?

En ese momento reflexioné:

–Bueno, es cierto que no han aparecido más notas infiltradas en el periódico últimamente, pero también es verdad que nosotros no hemos revisado las redes sociales.

Arturo volvió a levantarse, fue por mi bolso, en el que por lo general dejaba yo mi teléfono celular, se dirigió después al comedor y les preguntó a los niños si ya no utilizarían el iPad. Francisco negó con la cabeza, sin despegar los ojos de su libro.

Lo que encontré en internet fue un mar de contradicciones, todas ellas atribuidas de una u otra forma a Ariel Franco Figueroa.

En la cuenta de Twitter A. FranFi se leía: "Acontecimiento lamentable, sí, ¿pero por qué dos chicas extranjeras se habían quedado de ver en las Lagunas del Tamarindo con semiestudiantes y agitadores políticos?" La explicación a ese twitter lo encontré en YouTube, en el canal de Ariel F.F., donde se decía, sin pruebas, que Pauline y Sofie simpatizaban con un grupo de –cito– "facciosos disfrazados de estudiantes, cuyas ideas anacrónicas y antidemocráticas infringían leyes de seguridad interior [no especificaba cuáles], propiciando así el desorden público."

No le di importancia a estas cuentas y seguí indagando. Muy pronto di con otro tipo de información.

–Mira, Arturo: hay una nota en Facebook de Ariel F. Figueroa que expone más o menos el mismo argumento del procurador, es decir que en nuestra entidad, específicamente al sur, se han encontrado diversas fosas clandestinas cuyos cadáveres corresponden principalmente a niñas y mujeres de bajos recursos. Dice también que algunos de los cadáveres… ¡ay Dios mío!… que algunos de ellos carecen de órganos, por lo que se han planteado dos posibles explicaciones: 1) el tráfico de órganos, cuya complejidad médica vuelve menos probable esta teoría, 2) los rituales de tipo sectario.

–¡¿Que qué?! –preguntó Arturo sin dar crédito a lo que acababa de decirle.

–"Por rituales –leí textualmente– debe entenderse canibalismo –en ese instante alcé mi vista para mirar a Arturo, quien a su vez miraba con ojos perdidos hacia el techo de la sala–. Ya hace varios años –continué– se llegó a sospechar que algunos sicarios de los cárteles de Colombia pudieron haber ingerido corazones humanos bajo la absurda creencia de adquirir poderes sobrenaturales. En México se ha logrado silenciar exitosamente este tema, mas no por ello deja de ser una realidad que dichas prácticas ya han ocurrido en otros estados de la república y que, muy probablemente, en Huelelagua de los Llanos miembros del cártel de *Los de allá* las estén realizando como prueba de iniciación."

Incrédula y horrorizada volví a levantar la vista en dirección de Arturo: lo que me encontré en esta ocasión no fueron sus ojos perdidos mirando el techo de la sala, sino el semblante pálido de Francisco, que había alcanzado a escuchar lo que yo –imprudentemente– había leído en voz alta.

Mariana, por fortuna, continuaba abstraída en su tarea.

35

El jueves, la noticia que dividió al país fue la propuesta de la Unión Europea de mandar a Huelelagua de los Llanos exploradores y rescatistas expertos que ayudaran a nuestras autoridades a dar con el paradero de Sofie y de Pauline. La noche anterior había tenido que abandonar mis pesquisas cibernéticas para llevar a Mariana y a Francisco a sus respectivas habitaciones. Una vez que Mariana se hubo dormido, Arturo y yo platicamos con nuestro hijo. Compartimos con él nuestras opiniones e inquietudes sobre la seguridad pública en México.

–Ya había escuchado hablar de esos rituales –admitió Francisco con voz pausada, meditabundo–. Un compañero lo comentó en el recreo. Pensé que estaba inventando: no porque no supiera que cosas terribles han sucedido y siguen sucediendo en nuestro país, sino porque mi compañero lo contó sin ningún miedo, sin asombro, mientras masticaba su sándwich. Me dije que no podía estar hablando en serio, que nadie que no estuviese bromeando podría hablar de personas que torturan, asesinan y además ingieren los órganos de otra gente sin sentir escalofríos, sin experimentar náuseas al engullir un bocado de lo que fuese… pero por lo visto me equivoqué.

Arturo abrazó a Francisco y le dijo que la violencia y la criminalidad se convirtieron desde hace más de una década en el pan de todos los días del mexicano, que por eso algunos individuos ya no se asombraban de tantas barbaridades y salvajadas, pero que él, Francisco, nunca debía de ver todo eso como algo normal ni mucho menos resignarse a que la situación siempre sería así. Le dijo también que los hombres bondadosos e íntegros no tenían por qué temer, pero sí por que luchar. Le pidió que se durmiera y que no siguiese pensando en el asunto; sobre todo, que no platicara de estos temas con sus amigos, porque en estos tiempos no se sabía de qué lado estaba cada uno de los interlocutores, ni tampoco quiénes podrían estar escuchando la conversación. Le besó la frente a la par que reiteraba que debía ser precavido, pero sin dejar nunca de disfrutar la vida al máximo, siempre con responsabilidad.

Al otro día, como he escrito, lo que no dejó de comentarse y debatirse en todos los medios del país fue si el gobierno mexicano debía aceptar la ayuda europea. Las cuentas en las redes sociales adjudicadas a Ariel Franco Figueroa volvían a divergir en sus posturas. Quienes estaban en contra no usaban el verbo *aceptar* sino *permitir*.

Por ejemplo, un diputado plurinominal de nuestro distrito, perteneciente al partido que gobernaba entonces en Huelelagua de los Llanos, declaró:

> En primer término debe considerarse hasta qué punto ofenderíamos a nuestra policía e indirectamente atentaríamos contra la soberanía nacional si permitimos que expertos extranjeros participen en las investigaciones, ya que dicha acción podría malinterpretarse, entenderse como si juzgáramos a nuestros oficiales de incompetentes, de incapaces para resolver el caso y brindar certidumbre sobre el mismo a los familiares de las desaparecidas y a la patria entera.

Yo no veía la ayuda internacional de esa forma. Para mí y para no pocos políticos debía aceptarse cuanto antes si con ello se lograban salvar dos vidas humanas.

Lo que más me sorprendía, sin embargo, era la opinión anónima en internet de quienes se decían contrarios al gobierno de Huelelagua, pero que –quizás sin darse cuenta– coincidían con él en rechazar categóricamente esta "intromisión", la cual calificaban además de "hipócrita". Argumentaban que la Unión Europea únicamente se interesaba en las desapariciones que hay aquí cuando dos ciudadanas de uno de sus países miembros eran las víctimas, pero que nunca se dignaron en atender las miles de peticiones de auxilio de las familias mexicanas y centroamericanas que se habían visto destruidas por la misma tragedia.

Confieso que era tal el número de personas con esta postura, que incluso llegué a cuestionarme seriamente si no sería yo quien se equivocaba al creer lógico que otro país, sea cual fuere, se interesase en las desapariciones ocurridas en México cuando dos de sus conciudadanas eran las víctimas, y que no hubiera ofrecido antes su ayuda no sólo porque eso sí hubiese sido una intromisión, sino porque era ingenuo, y hasta cierto punto cómodo e irresponsable, esperar que otro u otros países resolvieran nuestros problemas como si ellos no tuvieran los propios. Además, no me constaba que existieran dichas peticiones de auxilio por parte de familias mexicanas y centroamericanas, ni tampoco que la Unión Europea nunca antes se hubiese interesado en las múltiples desapariciones de nuestra nación.

En fin, el ardiente debate que se suscitó alrededor de esta propuesta quizás el lector lo interpretará como el reflejo o el resultado de dos de las principales características de toda democracia: la libre expresión y el respeto a la divergencia de opiniones. Sin embargo, ya aquí en pleno autoexilio, he llegado a sospechar que en México estas dos características de la democracia suelen tornarse en una dificultad más, que impide y echa por tierra cualquier posible solución a los mayores problemas nacionales.

Y es que, al menos en lo que respecta al caso de Sofie y de Pauline, la sociedad mexicana, y más aún la huelelagüense, estaba cien por ciento de acuerdo en el diagnóstico y la causa del problema, pero no en la manera de resolverlo. Algo –ahora soy consciente de ello– que siempre han sabido aprovechar los autores intelectuales de los más grandes crímenes y saqueos a nuestra patria, aquellos que serían juzgados con un eventual acuerdo entre los conciudadanos. He ahí por qué ellos, los malhechores de cuello blanco, sí saben concertar sus diferencias y trabajar en equipo cuando se trata de dividir perenne e irreconciliablemente la opinión pública del país.

36

Al día siguiente, viernes, se llevaría a cabo una marcha multitudinaria del campus de la universidad estatal a palacio de gobierno, en el centro histórico de Huelelagua. Los manifestantes exigirían la pronta aparición de Sofie y de Pauline, así como el esclarecimiento de los demás casos de jóvenes desaparecidas. Asimismo, acusaban al gobierno de haber intentado criminalizar a las chicas extranjeras a través de una campaña en internet con cuentas falsas y robotizadas en las distintas redes sociales, financiada además con el erario público. Aunque la marcha había sido convocada por alumnos de la Universidad Autónoma de Huelelagua de los Llanos y de otras instituciones de educación superior, no era exclusivamente estudiantil, pues contaba con el apoyo de maestros, trabajadores y de la sociedad en su conjunto. Se decía que inclusive un sector importante de la Iglesia apoyaba la causa y que por tanto algunos clérigos asistirían a la manifestación. Decidí que yo también iría, y así se lo hice saber a Arturo. Él no se mostró muy convencido, pero tampoco se opuso.

Ahora bien, mi cuñada Lorena daba clases de antropología e historia en la universidad del estado. Sobra decir que aquel no era un empleo que realizara por la remuneración, sino por el puro amor al estudio. De hecho, no todos los semestres impartía cátedra, y a pesar de los años que llevaba trabajando, no era una académica sindicalizada. Tampoco su contrato era fijo, sino que lo iba renovando semestralmente. Contrario a lo que cualquier profesor de asignatura hubiera deseado, Lorena estaba más que conforme con ese sistema, que tal vez ella misma había sugerido para sí, pues le dejaba mucho tiempo libre y no la comprometía con materias que no le hubiera gustado enseñar.

Aquel semestre Lorena sólo tenía una clase. En realidad nunca supe cuántas veces a la semana la impartía ni qué días debía presentarse en la facultad. Eran cosas que Lorena no platicaba conmigo, quizás porque al ser yo un ama de casa que no había terminado sus estudios, ella no quería parecer pedante ni pretenciosa. Sea como fuere, resolví aprovechar la ocasión para telefonearla y preguntarle si tenía pensado asistir a la marcha. Esta vez Arturo no dudó en objetar.

–No, Rebeca. No puedes hacer eso.

–¿Por qué no? Lorena trabaja en la universidad, ¿no es así?

–No se trata de eso, mi amor… Mira, yo no te pido que cambies tu postura respecto a la desaparición de esas pobres jovencitas; únicamente que procedas con más prudencia.

–¿Prudencia?

–Sí, mi amor, prudencia: tú misma me confesaste, después de haber ido a la escuela de Bruno, que de un tiempo para acá te has interesado en el lado oscuro de Huelelagua. Tengo la impresión, mi vida, que desde entonces esperas que todos los que te rodean se interesen en lo mismo que tú.

Yo no estaba de ánimo como para empezar una discusión, pero tampoco pensaba quedarme callada, sin defenderme.

–Te recuerdo, Arturo, que ese interés mío del que hablas no nació por mi propia voluntad, por mi propia intención, sino que el descubrimiento de una asquerosa realidad (¡tú sabes bien cuál!) me llevó a descubrir otra, y luego a otra y otra. Al principio lo que me sorprendió fue la amplitud de mi ignorancia; después, la de los demás, que no era menor que la mía. Sin embargo, lo que definitivamente más me ha sorprendido es la indiferencia, la apatía de quienes sí estaban al corriente de lo que pasaba en nuestra entidad, pero que no han hecho nada para remediarlo o por lo menos para difundirlo.

–Y a tus ojos, Rebeca, yo soy uno de estos últimos, ¿eh? –infirió Arturo.

–Bueno, sí. Tú podrías ser un buen ejemplo.

–Sin embargo, mi amor, yo me considero un ciudadano íntegro y responsable, aun y cuando para algunas personas esos calificativos parecieran antagónicos a mi profesión.

–No te ofendas, Arturo. Sé muy bien que tú eres un excelente ciudadano. Lo que no entiendo es por qué si siempre has sabido todo lo que sucede en Huelelagua, nunca has hecho algo.

–¡Pero es que sí lo he hecho y lo sigo haciendo! Al menos así lo veo yo. Cumplo con mi parte y ésa, para mí, es la mejor forma de exigir a los demás que cumplan con la suya. De nada sirve tratar de imponer una conciencia cívica en el prójimo si ese cambio no nace de una convicción interior, personal.

–En eso estoy más que de acuerdo, porque yo no busco imponer ningún tipo de conciencia a nadie. Aun así, no creo que sea suficiente con sólo pregonar con el ejemplo para que los demás respeten nuestros derechos y obedezcan las leyes. Discúlpame, Arturo, pero desde mi punto de vista conducirse de esa forma equivaldría a quedarse con los brazos cruzados, y es por eso precisamente que he decidido asistir a la marcha.

–Sí, mi vida, yo nunca te sugerí que no fueras; simplemente dije que no incomodaras a Lorena preguntándole si ella también tenía planeado ir.

–¿Pero por qué das por sentado que eso la incomodaría? –exclamé un poco harta y molesta.

–Porque seguramente ella sí entiende y asume las consecuencias de estar casada con tu hermano, y de ser nuera de tu padre, algo que tú has estado pasando por alto de un tiempo para acá.

–Víctor es Víctor y mi padre es mi padre –repliqué alzando la voz–. Lo que ellos hagan o dejen de hacer nada tiene que ver conmigo. Y no me refiero exclusivamente a las acusaciones que de manera anónima se han lanzado en contra suya, sino a su comportamiento en general. Ellos, sencillamente, son responsables de sus actos y yo de los míos.

–Legalmente sí, Rebeca; socialmente no… No en Huelelagua de los Llanos, donde nunca dejarás de ser *la hija de* y *la hermana de*.

Me contuve con el mayor de los esfuerzos para no responder algo de lo que luego me hubiese arrepentido. Resoplé un par de ocasiones antes de poder admitir en mi interior que lo que Arturo acababa de decirme no era el resultado de un pensamiento machista o misógino, porque en ese caso hubiera dicho que la gente me veía también como *la esposa de*.

Observando sus ojos serenos, su porte afable y sus facciones resignadas, poco a poco me fui tranquilizando hasta que logré vislumbrar que Arturo debió de haber sido el primero en padecer este problema, esta suerte de desplazamiento del yo, de la identidad individual. Él también, desde el inicio de nuestra relación, había dejado de ser el abogado Arturo Lara para convertirse de ahí en adelante en *el yerno de* y *el cuñado de*.

37

La cita era a las diez de la mañana frente a la explanada de rectoría. Tras haber desertado de la carrera de administración, no había vuelto a poner un pie en la universidad. En ese momento no era consciente de lo absurdo de mis emociones y de mi comportamiento, pues cuando tuve la oportunidad de estudiar, simplemente no la aproveché, y ahora por el solo hecho de que volvería al campus, me sentía más universitaria que nunca. Me enorgullecía y me emocionaba la idea de mirar nuevamente sus instalaciones, que se encumbraban a las faldas de la sierra; de gozar de su privilegiada vista, que se extendía sobre el valle en que se empotraba la ciudad; de recorrer sus jardines octagonales, que circundaban y conducían a la biblioteca central, y de reconocerme e identificarme con sus colores representativos, el blanco, el negro y el café, y con su mascota deportiva y emblemática: el mapache mexicano.

Previniendo el caos vial que se formaría en los linderos de la universidad una vez que se acercara la hora de la marcha, decidí dirigirme a ella inmediatamente después de haber llevado a los niños al colegio. Conduje hasta la avenida José María Velasco y, a contra esquina de la calle de los pintores, dejé mi coche en el estacionamiento de un centro comercial. Anduve por la calle de los pintores hasta llegar a la avenida Manuel M. Ponce. De ahí, según recordaba, había una forma más rápida para subir caminando al campus universitario en lugar de recorrer los dos kilómetros y medio de la zigzagueante y siempre embotella avenida universidad. El atajo consistía en dirigirse al sur hasta donde la avenida Manuel M. Ponce se entrecruzaba con la calle de los instrumentos (que más acertado hubiera sido llamarla de las vulcanizadoras o de las refaccionarias, por ser estos los únicos negocios que allí se encontraban). Sobre la calle de los instrumentos había un callejón sin nombre por el que subían y bajaban los estudiantes que no tenían vehículo propio o que no querían tomar el transporte público. En mis tiempos, ese callejón era conocido por sus cafeterías y las así llamadas "casas de tardeada", que no eran otra cosa sino diminutos almacenes con música para bailar en los que además se podía beber cerveza, piñas coladas y refrescos. El callejón, pese a todo, solía ser un lugar tranquilo y sin tanto escándalo, muy diferente al que encontraría ese mismo día al bajar por él un poco más tarde.

Llegué a la universidad alrededor de las nueve en punto. Los jardines octagonales lucían un césped pulcramente recortado, aunque noté que en ellos ya no se plantaban flores, sino que únicamente cada parte del octágono que conformaba el conjunto del jardín era delimitada por un seto de ficus. Siguiendo la tradición universitaria que hay en México, inspirada en gran parte en la estadunidense, los colores de la escuela estaban presentes incluso desde la barda limítrofe que separaba al campus del resto de la ciudad. Supuse que aquello se debía también a que la última universiada, es decir los juegos olímpicos nacionales estudiantiles, se había realizado precisamente en Huelelagua de los Llanos. A la razón se habían mandado construir y remodelar varios complejos deportivos, uno de los cuales estaba cerca de la entrada principal. Pasé junto a él pero no entré. Aun así no pude no detenerme un instante en un hemiciclo de basalto, en cuyo rededor ondeaban intercaladas la bandera mexicana, la del estado y la de la universidad. Esa construcción también era reciente, así como la estatua en bronce de un majestuoso mapache mexicano que se alzaba soberbio y desafiante sobre un pedestal de granito rojo. Me acerqué a la estatua para poder leer mejor la redondilla en letras doradas inscrita en la cara delantera del pedestal. Decía:

Ay de quien aquí confiado
en derrotarnos ingrese,

pues fácil es que regrese

de donde vino pifiado.

Encontré aquellos versos bastante simplones, aun sabiendo que su connotación y finalidad eran netamente deportivas.

Seguí recorriendo el campus, mirando por fuera las distintas facultades y preguntándome qué licenciaturas e ingenierías podrían ser enseñadas en ellas. Comencé a reprocharme entonces el no haberme apasionado nunca por ninguna materia escolar, ni por los deportes o las artes. Era consciente de que si en ese momento hubiese tenido la opción de estudiar una vez más, no habría sabido qué carrera elegir. El único hobby que había tenido desde niña era la lectura. Específicamente la lectura de novelas. Pero eso no hubiese bastado para estudiar literatura, pues tengo entendido que ahí se lee y se comenta de todo, menos de los libros de ficción de nuestros días. Claro está que en ese instante yo no imaginaba ni remotamente que habría de escribir este relato poco tiempo después, y que no lo habría conseguido sin esa sola afición mía a la que yo juzgaba sin beneficio alguno más allá del esparcimiento.

Miré mi reloj. Apenas eran las nueve quince. Los ríos de gente continuaban desembocando frente al edificio de rectoría. Juzgué que aún era temprano para reunirme con los demás manifestantes, por lo que quise echarle un vistazo a la facultad de humanidades, que era donde trabajaba Lorena.

A diferencia de los otros edificios, el de la facultad de humanidades era apático, sin ninguna gracia por fuera: un aburrido rectángulo de concreto sin pintar ni decorar. Por dentro, en contraste, era colorido y lleno de ambiente. Olía a café desde la entrada, la cual tuve que franquear sorteando estudiantes en cuclillas, atareados con las gigantescas mantas que en breve habrían de exhibir durante la manifestación. Había también, esparcidos sin orden sobre el suelo, un sinfín de puestos informales de libros usados. Mi curiosidad me llevó a detenerme en uno de ellos. Levanté y hojeé al azar algunos libros, todos absolutamente desconocidos para mí: títulos y autores que nunca había leído o escuchado nombrar en ninguna parte.

Seguí caminando. Delante de la cafetería estaba el recinto en el que los profesores firmaban su asistencia. Pregunté al encargado si Lorena Stefanoska tenía clase aquel día.

–Querrá usted decir la doctora Lorena Stefanoska–me corrigió el encargado.

Avergonzada, acepté:

–Sí, mil disculpas. Me refería precisamente a ella, a la doctora Stefanoska.

–La doctora nunca se presenta los viernes –respondió con displicencia el encargado.

–Perdón, ¿y su cubículo? –me aventuré a preguntar.

–Piso cuarto. Hasta el fondo. Es el único cubículo en esa planta –luego, como murmurando para sí mismo, añadió–: no entiendo por qué se lo dieron ahí.

Yo lo entendí en cuanto observé su ubicación. Era justo como la biblioteca de su casa: escondido, distante, aislado del ajetreo de la facultad. El interior, además, debía de ser también de tinieblas absolutas, pues aunque la puerta estaba dividida por dos vidrios rectangulares y la parte superior de la pared la conformaba una enorme ventana corrediza, Lorena había preferido cubrirlas desde dentro con calendarios y posters.

Eché un vistazo a través de la cerradura de la puerta. El cubículo había sido diseñado presumiblemente para dos personas, pues aparte del escritorio de Lorena, había otro, empolvado e inservible, repleto de libros apilados en columnas colosales. El único espacio por el que entraba algo de luz, gracias a la cual yo podía entrever el interior, era una pequeña ventanilla junto al techo, en la pared opuesta. En ese instante, mientras miraba por la cerradura, una nube se interpuso por fracciones de segundo entre el sol y la ventanilla. Tras una brevísima pero total oscuridad, la luz volvió a penetrar en el cubículo: los objetos iluminados proyectaron sombras diagonales que parecían danzar sobre el suelo.

Antes de marcharme, quise saber lo que había en dos hojas pegadas en el exterior de la puerta. Ambas eran de Lorena. En una se enumeraban las lecturas que los alumnos debían realizar para la semana entrante; la otra era una lista con las calificaciones del último examen parcial, que, a decir por los comentarios anexos, debió de haberse tratado de algún tipo de ensayo o reporte de lectura. Al final de esa hoja, en tinta azul muy tenue, como si el responsable hubiera querido que no se pudiese leer a simple vista lo que había escrito, yacía la frase: "Pinche extranjera sacacuartos de quinta."

Desconcertada, volví a mirar con más atención la hoja precedente. No había notado que en ella también estaba escrito otro insulto, en lápiz y mucho más tenue que el anterior: "¿Cuánto pagó por tus nalgas el mafioso y corrupto de Víctor Ordoñez?"

En ese momento me di cuenta de que tres jovencitos me observaban con cierta malicia desde el otro extremo del pasillo. Intuí que era hora de irme, que no había tiempo para conjeturas sobre el posible impacto que aquellos dos mensajes pudieron haber tenido en Lorena (suponiendo que ya los hubiese visto), o si acaso no era la primera vez que descubría ofensas semejantes en su cubículo o en otros espacios de la facultad.

Una vez fuera del edificio, luego de haber andado a lo sumo treinta metros, escuché que gritaban a mis espaldas:

–¿Qué viene a hacer aquí una Ordoñez Cuesta?

–¡Sí, lárgate de nuestra facultad!

–¡Y de paso llévate a tu cuñada contigo!

–¡Muera el mal gobierno!

–¡Y muera también Grupo ORCU!

Naturalmente, al oír aquellos vituperios me di media vuelta. Descubrí entonces frente a mí a siete estudiantes iracundos, incluyendo a los tres jóvenes que acababan de espiarme en el cubículo de Lorena. Aquel era un escenario que jamás hubiese podido prever, así que no supe cómo reaccionar o qué decir. Ante

196

mi silencio y aparente indolencia, los jóvenes se enfurecían más y más. Sus gritos e injurias fueron subiendo de tono, lo que provocó que la gente de los alrededores se acercara a ver lo que sucedía.

En poco tiempo ya era una verdadera turba la que me rodeaba. La mayoría de la gente, sin embargo, permanecía en silencio. No intervenía ni para atacarme ni para defenderme. Pero la distancia que me separaba de los estudiantes que me ofendían se hacía cada vez menor.

–¡Que te largues!, ¿qué no entiendes?

–¡Bórrate! ¡Nadie te quiere aquí!

–¿Qué te me quedas mirando? ¿Eres tonta o te crees mucho?

–¡Anda, lárgate ya!

–¡No, mejor que no se vaya! ¡Primero que nos diga para qué la mandaron aquí!

–¡Tienes razón: hagamos que nos confiese a qué ha venido!

Balbuceante, me atreví finalmente a responder:

–A la marcha… he venido a la marcha por Sofie y Pauline.

–¡Bah! ¡Embustera! ¡No te necesitamos ni te queremos entre nosotros!

–¡Lárgate, no eres bienvenida en esta universidad!

En ese instante, casi como un milagro, reconocí una voz que me defendía:

–Hablen por ustedes solos –dijo–, no en nombre de toda la comunidad estudiantil. Yo creo que la señora Rebeca tiene el mismo derecho a manifestarse y expresarse que nosotros.

Era la hija mayor de Bruno, la que estudiaba arquitectura.

–¿Cómo puedes estar del lado de una Ordoñez Cuesta? ¿Qué no sabes todo el mal que su familia le ha hecho a Huelelagua? –le increparon con la misma voz furibunda con que se habían dirigido a mí.

Sentí entonces que alguien me sujetaba del antebrazo y me jalaba en dirección contraria a la de aquel grupo de jóvenes enardecidos.

–Salgamos de este lugar de inmediato –escuché que me decía.

Se trataba de Enrique, el amigo fotógrafo de Bruno, que rápidamente se abrió paso entre la multitud. Mientras marchábamos a toda prisa, sin soltarme del brazo, me preguntó con sorpresa:

–¿Pero a qué ha venido?… Quiero decir –se corrigió él solo, recordando que yo prefería que se dirigiese a mí de tú–, quiero decir: ¿qué viniste a hacer a la universidad, Rebeca?

Le di la misma contestación que le hubiera dado hace años, cuando era estudiante de la facultad de contaduría:

–No lo sé, Enrique, sinceramente no sé lo que hago yo en la universidad.

Seguimos caminando hasta llegar a los campos de fútbol soccer y fútbol americano, donde nos detuvimos a la sombra de un frondoso árbol de ocote.

–¿Te encuentras bien? –me preguntó Enrique, ya calmado– Discúlpame por haber sido tan brusco, pero debíamos escapar de ahí cuanto antes.

–No te preocupes, estoy bien. Sólo fueron palabras.

Enrique se cercioró de que nadie nos hubiera seguido. Comentó que quizás Carolina, la hija de Bruno, se había quedado en la facultad de humanidades para apaciguar los ánimos de los jóvenes que me habían gritado. No le pregunté qué hacía él en la universidad porque la cámara fotográfica que colgaba de su cuello lo explicaba de antemano.

–Ahora debes irte a casa antes de que alguien más vuelva a reconocerte –sentenció.

Quise protestar, decir que no me iría sin haber participado en la marcha, pero me faltaron los ánimos y el coraje para hacerlo.

–Ven –concluyó Enrique–, te llevaré hasta una salida que sólo algunos estudiantes conocen.

Detrás de la facultad de odontología había una puerta peatonal que daba a un pasadizo angosto y muy sucio que, según me aseguró Enrique, desembocaba en el callejón por el que yo había subido poco antes esa misma mañana. Luego de darme su número de celular por si acaso llegaba a necesitarlo nuevamente,

Enrique se despidió de mí. No podía acompañarme más lejos porque debía volver de inmediato a la plaza de rectoría en busca de escenas reveladoras que fotografiar. Le agradecí otra vez por su intervención tan oportuna y me adentré en el pasadizo.

Caminaba lo más rápido que podía, cuidándome de no resbalar con lo que me pareció ser una maloliente capa reseca de alcohol y orines vertidos en el suelo en quién sabe cuántas ocasiones no consecutivas. Finalmente llegué al callejón por el que había venido, cuyos negocios, principalmente bares, ya empezaban a abrir pese a la hora tan temprana. Los encargados alzaban las cortinas y limpiaban las mesas, acompañados de una música extremadamente ensordecedora. El reguetón competía con la bachata, aunque la gran campeona de aquella exasperante contaminación acústica era ese género actual que se autodefine como norteño-banda.

Seguí andando con zancadas largas y veloces y no me detuve hasta no haber alcanzado mi carro en el estacionamiento del centro comercial. Abrí la puerta del conductor y casi a un mismo tiempo me senté y me puse el cinturón de seguridad. Quise echar a andar el motor, pero me di cuenta de que las manos me temblaban. Al saberse fuera de peligro, mi cuerpo había dejado de producir adrenalina. Salieron entonces a la superficie todas las emociones que inconscientemente había reprimido hasta ahora. En aquel estado hubiera sido una imprudencia manejar, así que encogí las piernas, entrecrucé los antebrazos sobre el volante y, descansando mi frente en ellos, solté el llanto.

38

Mientras lloraba, además de la rechifla recibida y de los insultos escritos en el cubículo de Lorena, giraba en mi mente la redondilla del mapache universitario. Simplones o no, aquellos versos habían cumplido su profecía: regresaba pifiada de donde había venido.

Buscando consolarme a mí misma, me dije que si no podía participar en la marcha, al menos la podría seguir por televisión, pues estaba segura de que al ser un acontecimiento de relevancia nacional, las grandes televisoras del país usarían sus helicópteros para cubrirla. No contaba, sin embargo, con que una coincidencia de lo más extraña y espeluznante vendría a robarle toda la atención a la marcha. Y es que la madrugada de ese mismo día la policía estatal había dado con los cuerpos ultrajados de Sofie y de Pauline en Aguarevoltosa, muy cerca del Tropicana.

La noticia la escuché antes de salir del estacionamiento del centro comercial, luego de haber encendido la radio con el propósito de terminar de suprimir los gritos iracundos de los estudiantes que aún resonaban en mi cabeza. Cuando creía sentirme plenamente recuperada, en perfectas condiciones para manejar, reconocí la voz del procurador del estado en un corte informativo. Se trataba de una rueda de prensa de último momento en la que el procurador daba a conocer los detalles de la localización de los cuerpos de Sofie y de Pauline, lo cual había sido posible gracias a la identificación del presunto responsable, cuyo nombre se mantendría en secreto hasta no haber terminado de recabar todas las pruebas existentes en su contra.

Por más inhumana que parezca mi reacción, lo que hice fue echarme a reír, volcarme en carcajadas como una idiota. Lo hacía contra mi voluntad, pues por dentro estaba desecha, inconsolable por saber violadas y asesinadas a Pauline y a Sofie, dos jovencitas con las que había bailado, bromeado y conducido hasta las Lagunas del Tamarindo.

Fuera de mí, sin ser dueña ya de mis actos, saqué el coche del estacionamiento, ahogada de tanta risa, y no dejé de reír ni un solo instante mientras manejaba. Minutos después, cuando Arturo me habló por teléfono al celular para preguntarme si ya me había enterado del descubrimiento de los cadáveres de Pauline y de Sofie, yo continuaba carcajeándome como histérica sin poderme contener. Entre risotadas estrepitosas y lacerantes contorsiones de estómago, me las arreglé para decirle que sí, y que además estaba en casa porque un puñado de jóvenes pensaba que yo no tenía derecho a participar en la manifestación. Arturo no hizo más preguntas. Preocupado por el estado en que me encontraba, salió de su oficina para venir a verme de inmediato. Me encontró sentada en el sofá, sujetándome el abdomen a causa del dolor producido por la risa incesante. Sin mediar palabra se sentó junto a mí y me abrazó. De forma instintiva escondí mi rostro en su pecho a la par que las carcajadas frenéticas eran sustituidas por un llanto mucho más copioso y desgarrador que el que venía de verter en el estacionamiento del centro comercial.

39

Nunca como entonces me parecieron más evidentes los intereses periodísticos y extra-periodísticos de cada medio de información. Si quería enterarme de lo que sucedía en la marcha, debía dirigirme al internet y sólo al internet; la radio y la televisión se ocupaban casi exclusivamente del hallazgo de los cuerpos de Sofie y de Pauline. No niego que las televisoras nacionales hablaron de la marcha en sus respectivos noticieros vespertinos, pero en los escasos quince segundos que le dedicaron a la noticia no especificaron todas las demandas ni la cantidad de manifestantes que hubo. En las tomas trasmitidas apenas y se alcanzaba a distinguir a una treintena de jóvenes con más pinta de delincuentes que de otra cosa, cuando en realidad habían sido miles los huelelagüenses que habían marchado.

–¡La televisión mexicana de siempre! –protestó Arturo–. Apágala de una vez por todas.

Lo tendencioso de nuestra televisión no era el único motivo por el que Arturo se mostraba inquieto y exasperado. Lo que más le preocupaba era el hecho de que los cuerpos de Sofie y de Pauline hubieran sido localizados en Aguarevoltosa y no en las Lagunas del Tamarindo, así como que dicha información viniese del mismísimo procurador estatal, quien apenas unos días antes nos había confesado que estaba al corriente de que yo había llevado a Sofie y a Pauline precisamente de Aguarevoltosa a las Lagunas del Tamarindo.

–Aquí hay gato encerrado –sentenció Arturo–. No tiene sentido que las chicas regresaran por su cuenta a Aguarevoltosa. Allá las llevaron después de haber sido plagiadas.

Según lo dicho en los telenoticiarios, la policía se había valido de testigos anónimos para dar con el paradero de los cuerpos. Todos los testimonios apuntaban hacia una misma persona y hacia el río que corría en la parte posterior del Tropicana, en cuyas aguas solían recrearse los moradores del pueblo.

Por lo que miré en los abundantes y amplios reportajes televisivos, para acceder al río de Aguarevoltosa se debía bajar alrededor de veinte metros por alguna de las angostas veredas abiertas de entre la maleza a fuerza de pisotones. Allá abajo, en los recodos, se formaban una suerte de arenales que los lugareños aprovechaban para tender sus toallas y tomar sus refrigerios. En ese mismo río el parque acuático arrojaba diariamente sus sobrantes de agua, ya que el borbollón del balneario permanecía activo las veinticuatro horas.

Fue allí, cerca de una de las veredas que conducían al río, donde la policía halló los cuerpos de Sofie y de Pauline, a quienes yo no podía referirme de otra manera que no fuese por sus nombres. Y es que en todos los medios informativos del país, esta vez sin distinción alguna, se empleaban diferentes epítetos para no repetir *Sofie* y *Pauline* por aquí y por allá. Como narradora esmerada en que espero convertirme con este relato, creo entender las razones de los periodistas para evitar la reiteración de palabras; sin embargo, me era y me seguirá siendo imposible hablar de Sofie y de Pauline como de "las desafortunadas turistas", "las estudiantes extranjeras" o "las jovencitas del viejo continente". Apelativos como estos jamás son privativos: pueden adjudicarse a otras personas, lo que conlleva – nos guste o no– a la despersonalización de las víctimas. Estudiantes extranjeras había muchas en nuestro país, pero aquello les había sucedido a Sofie y a Pauline, dos seres humanos únicos e irrepetibles (como cada uno de nosotros), cuya historia de vida ignorábamos por completo la mayoría de los mexicanos, así como la de las demás jovencitas desaparecidas en Aguarevoltosa. Sé que no estaba descubriendo nada nuevo para el mundo, pero sí en lo personal, pues reconozco que sólo entonces fui consciente de que las víctimas de cualquier desgracia suelen ser para muchos de nosotros un mero número estadístico hasta que dicha desgracia no le sobreviene a alguien que conocemos, ya que únicamente así la víctima recobra toda su calidad de ser humano.

–Esto es una pesadilla –dije–. En verdad que no logro asimilar lo que ha pasado.

–Y temo, Rebeca, que lo más terrible que habremos de asimilar apenas está por venir.

–¿Te refieres al informe detallado de lo que les ocurrió a Sofie y a Pauline?

–Bueno –respondió Arturo–, en parte me refiero a ese informe, que de entrada tú y yo sabemos que no puede ser totalmente verídico. Pero también me refiero a esa extraña coincidencia que tú ya señalaste: que los cadáveres de las chicas fueran hallados precisamente hoy, el mismo día en que se llevaría a cabo la marcha. Sin duda alguna que esto dará pie a todo tipo de suposiciones.

–Como por ejemplo –añadí– que a causa de ello las grandes televisoras nacionales hayan prácticamente pasado por alto en sus noticieros la manifestación de este día.

Arturo asintió con la cabeza.

–Quiero pensar, Arturo… pero de todo corazón quiero pensar que esta coincidencia no ha sido una artimaña premeditada del gobierno.

–¿De cuál? ¿Del federal o del estatal?

–Del que sea. Yo lo único que no toleraría es que nuestras autoridades, las de la república y/o las del estado, sabiendo desde antes dónde se encontraban los restos de Sofie y de Pauline, se hubiesen atrevido a aplazar la revelación de la noticia con tal de restarle importancia a la marcha.

–O peor aún, mi cielo –especuló Arturo–: que la noticia entera hubiese sido sembrada.

La sola suposición de semejante vileza bastó para estremecerme y colmarme de indignación. Cerré los ojos e imaginé a nuestra policía transportando los cadáveres de Sofie y de Pauline a Aguarevoltosa de donde sea que los hubiese encontrado realmente.

¿Pero acaso aquello tenía sentido? Un acto de tales proporciones –cuyas consecuencias podrían ser devastadoras para quienes lo hubieran tramado– no podría haberse cometido con el solo propósito de desviar la atención de la gente, de evitar que el país se interesara en los reclamos de justicia de los manifestantes, en sus reproches al gobierno en general por haber intentado criminalizar a través del internet tanto a Sofie y a Pauline como al resto de desaparecidos en nuestro estado.

No, definitivamente si alguien hubiera urdido un plan tan desdeñable y al mismo tiempo tan riesgoso, opacar la manifestación masiva de Huelelagua de los Llanos no debía ser su único objetivo.

40

El caso de Sofie y de Pauline se enmarañó aún más la tarde del sábado, después de que los noticieros televisivos anunciaran la captura del presunto culpable. Se trataba de un estudiante de medicina que realizaba su servicio social en el parque acuático Tropicana y que respondía al nombre de César Augusto R. M. Lo reconocí en cuanto lo miré en la pantalla. Era el mismo joven que había atendido a Francisco el día de su clavado fallido.

Según el informe de la policía, aquel joven les había obsequiado a Sofie y a Pauline sendos pases de cortesía para el Tropicana, los cuales ellas habían utilizado el mismo viernes que desaparecieron. Así lo indicaba el registro de visitas del parque acuático: los códigos de barras de ambos tickets habían sido escaneados ese día a las 9:11 am. Además, diversos trabajadores del Tropicana declararon haber visto aquella mañana a Sofie y a Pauline conversando con el imputado en la enfermería del balneario.

Hasta aquí todo concordaba con lo que Sofie y Pauline me habían dicho en el coche, pero luego venía la parte de la historia que simple y llanamente no podía ser cierta.

La policía ubicaba a Sofie y a Pauline en el centro de Aguarevoltosa después de haber asistido al Tropicana. Eso también era correcto. Sin embargo, aseguraba que de ahí habían vuelto al balneario, donde se reunieron con el estudiante de medicina a la hora en que éste salía de su servicio social.

Los mensajes descubiertos en el teléfono portátil de una de las víctimas –declaró el procurador del estado en televisión nacional– corroboran el acuerdo entre las jóvenes extranjeras y el pasante de medicina de desplazarse juntos a las Lagunas del Tamarindo. Allí habrían de encontrarse con otros compañeros de la universidad, con quienes acamparían el fin de semana. El momento en que César Augusto R. M. y las estudiantes hoy occisas volvieron a verse a las puertas del balneario fue presenciado por diversos testigos, quienes aseveran haber escuchado cómo el responsable de los crímenes proponía a las jóvenes tomar un atajo, el cual consistía en bajar al río y cruzarlo por un sendero que él conocía para no rodear el balneario y en consecuencia llegar más pronto al centro de Aguarevoltosa. Las pruebas recabadas por nuestros expertos indican que César Augusto R. M. condujo a sus víctimas hasta una zona oculta y poco accesible donde, tras haber pretendido seducir sin éxito a una de ellas, terminó por asesinar y ultrajar a ambas.

–¿Dices que es el joven que atendió a Francisco? –me preguntó Arturo después de apagar el televisor.

–El mismo.

Arturo se acarició el mentón y precisó:

–Bueno, en realidad eso no cambia nada: incluso si el acusado fuese otro sujeto, tú y yo sabríamos de todas maneras que la historia de la policía es falsa en al menos una de sus partes.

–Y de ello también es consciente el procurador estatal –agregué.

–Sí, eso es lo más alarmante.

–¿Qué vamos a hacer, Arturo? No podemos permitir que culpen a una persona inocente.

–No tan de prisa, mi cielo. Tampoco podemos asegurar que ese joven sea inocente.

–Ay, Arturo, por favor –repuse–; no me vayas a salir con que te has creído la patraña esa de que Sofie y Pauline regresaron a Aguarevoltosa para encontrarse con su amigo y presunto homicida después de que yo ya las había llevado a las Lagunas del Tamarindo.

–No, por supuesto que no, Rebeca. Pero en la abogacía, al igual que en las ciencias, de nada vale lo que creamos si no hay pruebas que nos respalden. En este caso, sí, tú eres la prueba fehaciente de que Sofie y Pauline no regresaron al Tropicana a reunirse con su amigo después de haber visitado la feria de Aguarevoltosa. Sin embargo no tenemos ninguna otra prueba que demuestre que ese joven no fue el asesino y violador de las chicas; que él…

–No, esa palabra no, Arturo –interrumpí abruptamente.

–¿Qué palabra? –preguntó Arturo confundido.

–La segunda: ya no la vuelvas a pronunciar. Ambos sabemos lo que les hicieron. No hace falta recordarlo.

Arturo quiso objetar. Alzó ligeramente las manos pero, dejándolas en el aire, enmudeció.

–Acepto que de razonamiento jurídico no entiendo gran cosa –reanudé la conversación–, pero con pruebas o sin ellas a mí todo esto me parece más un montaje o un show mediático que un verdadero proceso penal.

–También eso me lo parece a mí, mi amor. Que te haya dicho que no podemos asegurar que el estudiante de medicina sea inocente no significa que lo crea culpable. Ahora bien: es cierto que carecemos de pruebas que demuestren la inocencia del joven, pero contamos con otra información no menos valiosa: sabemos que son falsos los testimonios del supuesto reencuentro de las chicas con el joven a la hora en que éste salía de su servicio social. Por consiguiente, todas las conjeturas y pruebas acusatorias desprendidas de los mismos deben ser invalidadas. El problema, como tú lo mencionaste ya, es que el procurador del estado también poseía esa información desde antes de que él mismo anunciara en televisión el hallazgo de los cuerpos de las jóvenes.

–Lo que significa –agregué– que con la policía estatal no contamos.

–Yo diría que tampoco con la federal. No estoy sugiriendo que estén coludidas en este asunto, pero mi intuición y mi experiencia me dicen que más valdría no confiarse. Lo que tenemos que hacer es encontrar la forma de divulgar a los cuatro vientos que tú llevaste a Sofie y a Pauline a las Lagunas del Tamarindo sin que seas tú misma quien lo haga.

–¿Temes que si soy yo quien lo revela, el procurador pudiese tomar represalias en mi contra?

–Estoy seguro de que lo haría, mi amor. Y es al desenmascarar esta farsa prácticamente estaríamos acabando con su prestigio y con cualquier aspiración profesional que tuviera. No dudes por lo tanto que si tal revelación viene directamente de ti, el procurador intentaría vengarse por cualquier medio, y la manera más sencilla y peligrosa es involucrándote en la desaparición de Sofie y de Pauline. Mira, en primer lugar ya habrías confesado públicamente haber llevado a las chicas a Aguarevoltosa; en segundo, tu silencio durante los días trascurridos desde que se supo de su desaparición hasta ahora sería muy sospechoso; por último, el procurador podría volver a mentir, esta vez sobre lo que le declaraste el día que nos entrevistamos con él en la procuraduría.

–Sí, Arturo, eso mismo estaba pensando yo. Eso, y una cosa más.

–¿Qué cosa?

–Me preguntaba si el proceder del procurador responde a una decisión propia o a la orden de algún superior, alguien del gobierno federal. Me lo pregunto porque me parece demasiado ingenuo mentir de una forma tan flagrante y riesgosa para sí mismo, sabiendo además que los medios internacionales, principalmente los europeos y el estadunidense, siguen el caso de cerca. Algo muy importante debe de haber de trasfondo.

–Sí, mi amor: algo que, sea lo que fuere, hace doblemente peligrosa una intervención explícita de tu parte, incluso si eres una Ordoñez Cuesta.

–Lo sé, Arturo, lo sé. Pero me parece que tengo la manera indicada para hacer público lo que realmente sucedió después de que Sofie y Pauline visitaran la feria de Aguarevoltosa.

Propuse entonces recurrir a fray Sebastián, de quien yo estaba convencida –por más que él lo hubiese negado en nuestra cita previa– que tenía algún tipo de contacto con quienes conformaban el ala comprometida del movimiento, llamémoslo así, "Ariel Franco Figueroa". Y escribo "con quienes conformaban el ala comprometida del movimiento" porque gracias a Bruno ahora estábamos prevenidos de que muy probablemente existía también una camarilla de infiltrados al servicio de La Araña. Pero fray Sebastián no podía ser uno de ellos, ¿o sí?

–No, no creo que él trabaje para Eleuterio Santoyo –comentó Arturo–. Aun así, no deja de ser una posibilidad.

Sin otra alternativa a la mano, Arturo y yo decidimos que ponernos en comunicación con fray Sebastián era un riesgo que debíamos correr si realmente deseábamos divulgar a través de un tercero que yo había llevado a Sofie y a Pauline a las Lagunas del Tamarindo, y que por lo tanto el proceso judicial al estudiante de medicina contenía graves irregularidades.

Tomé mi teléfono y le mandé un mensaje a fray Sebastián preguntándole si podíamos vernos de nuevo. Su respuesta no demoró en llegar:

"Sabe mi señora que éste su humilde vasallo siempre estará disponible para su merced. No obstante, dado el excesivo retraso con que arribó la vez pasada a nuestra cita, le ruego con la mayor de las penas que si nos volvemos a ver, sea más puntual en esta ocasión."

¿Pero a qué vendría aquella treta? La vez pasada yo había llegado incluso con diez o quince minutos de anticipación.

–¿Crees que fray Sebastián sospeche de que lo estén espiando, de que quizás estén interviniendo su teléfono, y por ello me haya respondido de esta manera tan extraña? –le pregunté a Arturo.

–Ojalá sospeche eso, Rebeca, y no de que es tu celular el que está siendo intervenido –especuló Arturo.

Un vertiginoso espasmo bajó por mi columna e hizo que moviera los omóplatos intempestivamente hacia atrás, como un *Pegaso* que agitara sus alas: ¿yo, víctima de espionaje?

No, eso no era posible. O mejor dicho sí era posible pero no probable. El gobierno no sería capaz de hacer tan mal uso de su tecnología e inteligencia, de malgastar miles y miles de pesos únicamente para averiguar con quién se comunicaba alguien como yo. Si el teléfono de uno de nosotros estaba siendo intervenido, ése debía ser el fray Sebastián, por lo que su rara respuesta no podría tratarse de otra cosa más que de algún tipo de código para pedirme que –sea cual fuere la hora y el día en que quedáramos de vernos– yo llegara con anticipación de sobra, como si fray Sebastián intuyera que quienes lo espiaban también habrían de presentarse a la cita.

–¿Qué me sugieres que conteste, Arturo?

–Pide disculpas por tu supuesto retraso de la vez pasada, asegúrale que no se repetirá y permite que sea él quien elija la fecha, la hora y el lugar para encontrarse de nuevo.

"Mañana mismo a las tres de la tarde en el zócalo de Huelelagua –respondió fray Sebastián–. Y por favor, que mi señora no olvide ser puntual. Tres en punto."

41

Domingo, 2:15 pm. Zócalo de Huelelagua de los Llanos.

Que yo recuerde, nunca antes había visitado el centro histórico en ese día de la semana. La arraigada tradición huelelagüense de holgar los domingos en los jardines, callejones o la plaza principal de la ciudad se había convertido, desde mucho antes de que yo naciera, en una diversión principalmente de las clases baja y media-baja. Era una costumbre, por lo tanto, en la que yo no había crecido.

Pero siempre hay una primera vez, como se dice. Y ahí estaba yo, a la sombra de un frondoso amate, sentada en una de esas bancas metálicas tan típicas de los espacios públicos y recreativos de todo México. Enfrente de mí, más allá del quisco, se recortaban sobre un cielo azul cobalto las flores anaranjadas de los framboyanes. El aire era cálido y sin embargo refrescaba. Frente al palacio de gobierno, un comerciante de globos tocaba su silbato para atraer a los niños. Dentro del quisco, un grupo de ancianos bailaba danzones, vestidos todos ellos con ropa propicia para la ocasión. El vendedor de algodones de azúcar, olvidando su negocio, miraba aquel baile embelesado, descansando su cuerpo sobre el enorme bastón en que se incrustaban los palitos de los algodones. Debajo de mí, un poco a la izquierda, una fila de hormiguitas desfilaba hacia sabrá Dios qué destino. Yo las miraba fijamente a través de las rendijas metálicas de la banca, repasando en mi mente lo que iba decirle a fray Sebastián.

–¡Lloren, niños, lloren! –gritó de pronto un paletero a mi derecha– ¡Hagan berrinche hasta que sus padres una nieve les compren!

Reconocí aquella voz al instante.

–No volteé a verme, señora mía –susurró fray Sebastián–. He identificado a cuatro agentes del gobierno que justo ahora la están vigilando. Por fortuna yo no les he llamado la atención.

Nerviosa, intrigada, hice un esfuerzo por seguir mirando las hormigas.

–¡Sí hay, sí hay! –gritó fray Sebastián– De fresa, guanábana, mamey y coco. Y se lo sirvo en vaso, galleta o cono.

Luego, en voz baja:

–Venga si gusta a comprarme una nieve o una paleta. Yo le recomiendo las de pistache.

Me puse entonces de pie. El rostro de fray Sebastián permanecía oculto detrás de un enorme parasol blanco cuya base estaba sujeta a un extremo del carrito de los helados. Me acerqué a comprar una nieve y vi que fray Sebastián, para despistar aún más a los agentes, portaba un abultado bigote ranchero y se había afeitado y encerado la cabeza.

–¿De qué la va a querer, madame? –preguntó.

–Me han dicho que la de pistache es muy sabrosa.

Mientras me servía la nieve, fray Sebastián murmuró:

–Ahora sí: ¿en qué le puedo servir, señora mía?

–¿Conoce el caso de las estudiantes extranjeras?

–¿Y quién no, mi señora?

–Bueno, seré breve. Yo llevé a esas chicas, a Sofie y a Pauline, a las Lagunas del Tamarindo el día que desaparecieron, lo que significa que no pudieron haberse encontrado a la salida del Tropicana con su supuesto asesino, el estudiante de medicina, a quien por cierto también conozco. Esta información la compartí con el procurador estatal en cuanto me enteré de que Sofie y Pauline habían desaparecido, pero ya ve que de nada valió haberlo hecho.

–¿Me está usted diciendo, señora Rebeca, que el chico es inocente y que el procurador lo sabe?

–Bueno, inocente no sé si lo sea, pero lo que sí le aseguro es que esa parte de la reconstrucción de los hechos es falsa.

–¿Y qué piensa hacer su merced, además de venir a confiarme su secreto?

Rápidamente le dije los motivos por los que no me atrevía a desmentir personalmente al procurador de Huelelagua, así como mi idea de que quizás él, fray Sebastián, pudiese interceder para divulgar la verdad por medio del pseudónimo Ariel Franco Figueroa.

–Me encantaría poder ayudarla, señora mía, pero temo que ya es demasiado tarde para mí. En nuestra cita previa, como recordará, le dije que nada podía contarle sobre Ariel Franco Figueroa porque no lo conocía. Yo lo pensaba (y lo sigo pensando) una persona de carne y hueso. Ahora sé que a Huelelagua de los Llanos esa persona nunca vino, sino que un grupo de intelectuales y activistas decidió usar su nombre para dar comienzo a la infiltración de noticias que usted ya conoce. Gracias a un viejo amigo de la infancia entré en contacto con ellos, y gracias a él también supe que el grupo había sido infiltrado por gente del gobierno y que la policía estatal no tenía buenas intenciones conmigo. Es por ello, señora mía, que hoy me encuentro a salto de mata, como si yo fuese un criminal. Me acongoja en verdad el no poder ayudarla; y no porque no tenga la forma de contactar a algunos de esos intelectuales y activistas, sino porque ignoro de qué lado está realmente cada uno de ellos.

Sorprendida, lo que es de veras sorprendida, no lo estaba: lo que fray Sebastián me decía tan sólo venía a ratificar una de las tantas hipótesis que yo ya había concebido a raíz de lo que Bruno me había contado en su escuela. Esto, aclaro, no quería decir que yo no me sintiera triste y decepcionada por no poder difundir la verdad sobre el caso de Sofie y de Pauline por medio del pseudónimo Ariel Franco Figueroa.

Fray Sebastián esperó unos instantes para ver si yo decía algo. Al no ser así, rompió el silencio recordándome que debía pagarle la nieve y volver en seguida a la banca en la que había estado sentada para no llamar la atención de los agentes.

Saqué el monedero de mi bolso y le tendí un puñado de monedas sin poner atención en la cantidad. Fray Sebastián hizo como si las contara, las guardó después en una de las bolsas delanteras del mandil rojo que vestía y agregó:

–Tome. No olvide su cambio.

Con su mano derecha me ofreció unas hojas minuciosamente dobladas. Las metí en mi bolso a la par que preguntaba:

–¿Se le está haciendo costumbre obsequiarme manuscritos?

–La primera ocasión fue pura coincidencia, mi señora. Era un texto que yo llevaba siempre conmigo por temor a que pudiera caer en manos equivocadas al dejarlo sin custodia en mi habitación. Usted sabe que el diablo (o el mal) se mete en todas partes, incluso en los monasterios. Creía, además, que había sido escrito por el auténtico Ariel Franco Figueroa. Ahora sé que alguien de los pioneros de este grupo de huelelagüenses intelectuales y activistas lo escribió. Su contenido, pese a todo, lo sigo valorando y apreciando. Lamento que debido a su extensión nunca pudiera infiltrarse en el periódico. Como usted habrá leído, en él se narra un fragmento de la historia de esta ciudad que no debemos permitir que se olvide, pues explica una parte de lo que hoy somos.

–Concuerdo con usted, fray Sebastián. Ojalá un día, cuando se calmen las aguas, pueda publicarse.

–No dudo que así será, señora mía. Pero ahora voy a pedirle que por favor regrese a su lugar y finja que me sigue esperando.

Así lo hice. Por suerte, en mi ausencia, nadie había ocupado la banca en la que había estado sentada.

–Pruebe su helado, mi señora –susurró fray Sebastián–. Aparente que lo disfruta, que lo saborea. Eso dará pie a que me vuelva a hablar, a que me felicite por mi excelso oficio de heladero.

No fue necesario aparentar nada. El helado de pistache estaba realmente delicioso. Mientras yo comía, fray Sebastián decidió que era momento de lanzar otra de sus arengas comerciales:

–¡Lleve, lleve la nieve! ¡De pistache, queso y limón! ¡De todas tengo, señor!

En seguida me preguntó en voz baja:

–¿Y por qué no se convierte su merced misma en Ariel Franco Figueroa? Claro, extremando precauciones.

Seguí comiendo mi helado, posé mi vista en la laboriosa fila de hormiguitas y, mientras me limpiaba la boca con una servilleta para encubrir que hablaba, respondí:

–Voy a pensarlo, pero le prometo que de una u otra forma haré que la verdad se sepa.

–No es necesario que su merced me prometa nada. Confío en que mi señora tomará la resolución correcta. Ahora, aunque me pese, debo retirarme.

–¿Lo volveré a ver algún día, fray Sebastián?

La nostalgia con que había pronunciado mi pregunta me sorprendió hasta a mí misma. Pero fray Sebastián respondió sin vacilar:

–…siempre y cuando la protección de Chewbacca no me abandone.

–Aunque lo diga usted en broma, espero que así sea, y que algún día volvamos a mirarnos.

–¿Broma? Chewbacca es el amigo de la infancia que me alertó que la policía estatal andaba tras de mí. Pero ya se verá, señora mía, ya se verá si nuestros caminos coinciden nuevamente. Por lo pronto no olvide permanecer aquí sentada, poner rostro de preocupación primero y después de fastidio al darse cuenta de que no llego a la cita. Espere por mí lo que cree que habría esperado si en verdad yo no hubiese venido.

Fray Sebastián me lanzó una última sonrisa. Lentamente levantó su mano derecha apuntando hacia mí. Por un momento pensé que iba a santiguarme, pero fray Sebastián se limitó a acariciar los extremos de su desaforado bigote antes de sonar la campanilla que colgaba del manubrio del carrito de los helados. Dio media vuelta y yo lo miré desaparecer, empujando frente a sí su carrito. Iba silbando aquella misma tonada con la que se había alejado de mí cuando barría el jardín interior de los conventos de Riva Salgado. Aun a la distancia pude escuchar su última arenga:

–¡Se les va el abominable, chiquillos dormilones, el abominable se les va! ¡Se quedarán sin su hombre de las nieves!

42

Permanecí una hora más en el centro histórico de Huelelagua de los Llanos, fingiendo de la manera que fray Sebastián me lo había pedido. Inclusive mientras volvía a casa seguí simulando desilusión y enojo.

Hallé a Arturo sentado a la mesa del jardín posterior, bebiendo limonada y revisando algo en la Tablet. Los niños también estaban ahí. Jugaban con los periquitos que hacía tiempo nos habían visitado y que, tras irse y regresar en por lo menos tres ocasiones, finalmente habían decidido quedarse a vivir con nosotros. Durante el día volaban sabrá Dios hacia dónde, pero por las tardes volvían a nuestro jardín. Arturo había sacado una vez más la vieja jaula oxidada, la había lijado, pintado y cubierto con una jerga para que su interior se mantuviera fresco y sombreado. Permanecía abierta mañana, tarde y noche con alpiste y agua a los costados. Los periquitos la usaban para dormir y a veces incluso se quedaban a descansar en ella todo el día. Así lo hicieron aquel domingo, cosa que nuestros hijos aprovecharon para divertirse tomándoles fotografías con el celular de Arturo.

Al volver de mi cita con fray Sebastián, Mariana me pidió que no pasara al jardín, que por favor me quedara en la cocina.

–¿Y eso por qué? –le pregunté.

–Porque podrías asustar a Ramona y a Humberto –respondió sin voltear a verme.

–Así que ya les pusieron nombre –dije.

Mariana yacía pecho tierra detrás de su hermano, quien apuntaba con el celular hacia los periquitos. Noté que ambos vestían de verde de pies a cabeza. Cuando me fui a la cita aún estaban en pijama, mirando televisión.

—Es para camuflarse —explicó Arturo mientras caminaba pausadamente hacia mí con un vaso de limonada en la mano.

Una vez en la cocina, tras saludarme con un beso en la boca y ofrecerme el vaso de limonada, me pidió que pasáramos al comedor y le relatase cómo me había ido. Así lo hice.

—Y las hojas, ¿qué contienen? —inquirió Arturo en cuanto terminé de hablar.

—No sé. No quise sacarlas de mi bolso al subirme al coche por miedo a que hubiera agentes espiándome en el estacionamiento.

Arturo se mostró sorprendido, como si lo que acababa de decirle él no lo hubiese considerado todavía. Se levantó de un salto y se deslizó sigilosamente hasta la ventana que daba a la calle.

—Es increíble —dijo mientras miraba hacia afuera a través de las cortinas trasparentes— que en vez de destinar esos recursos a la localización y detención de traficantes y secuestradores, o de los consabidos funcionarios corruptos y prófugos del país, se malgaste el dinero de los contribuyentes espiando a ciudadanos y activistas por el solo hecho de estar inconformes con la manera en que se nos gobierna.

—Lo sé, Arturo. No debemos permitir que se siga quebrantando nuestra privacidad, que se hurgue en nuestras vidas en busca de cualquier pretexto para chantajearnos y/o calumniarnos: hoy es fray Sebastián, ¿mañana quién?

Arturo regresó al comedor y se sentó junto a mí. Bebí un poco de limonada y en seguida saqué de mi bolso los papeles que fray Sebastián me había dado. Se trataba de un mensaje manuscrito con la misma caligrafía grande y cursiva de la primera nota de fray Sebastián, junto con cuatro hojas tamaño oficio, impresas por ambas caras, a espacio sencillo y sin justificar (que, no obstante, yo transcribo y adjunto en el apéndice final respetando las pautas que he utilizado al incluir textos ajenos en mi relato).

La nota decía:

Queridísima doña Rebeca Ordoñez Cuesta:

En una de esas inesperadas coincidencias que la Providencia depara a nuestras vidas, tuve la fortuna de conocer a mi señora. Recuerdo que en los conventos de Riva Salgado su merced se interesaba por el lado oscuro y desconocido de esta ciudad. Si hoy se ha dignado en enviarme un mensaje telefónico externando su deseo de verme nuevamente, asumo que mi señora no ha cejado en su propósito y que ha vuelto a descubrir algún secreto de Huelelagua que ahora la perturba.

Mañana, si Dios me lo permite, sabré de qué se trata. Mañana, de igual manera, habré de despedirme de su merced, quizás para siempre… Ya le contaré las causas en persona. Por lo pronto le explico qué contienen las demás hojas que habré de entregarle junto con ésta en que ahora escribo.

Luego de enterarme de la posibilidad de que Ariel Franco Figueroa no existiera en carne y hueso, de que había sido un grupo de intelectuales y activistas huelelagüenses el que decidió adoptar ese nombre para encubrirse al infiltrar noticias acusatorias y verídicas en el periódico de nuestro estado, me dije a mí mismo que yo también podía hacer uso de ese pseudónimo y denunciar así los males e injusticias que observaba a mi alrededor.

En un primer momento pensé en escribir sobre la hipocresía del abad Higinio y de tantos otros eclesiásticos que he conocido, que predican con la palabra el cultivo de la espiritualidad y el desapego de los placeres de este mundo para alcanzar la vida futura, pero cuyo desenfrenado apetito por satisfacer expedita e incesantemente los placeres más carnales de la vida terrena exhibe sin lugar a objeciones que en realidad no creen lo que pregonan.

Por desdicha, quedará pendiente la redacción de ese texto a causa de mi situación actual de forajido, y porque en su lugar me incliné por escribir, cuando aún vivía en el convento, sobre otro problema religioso, uno mucho más grande y ridículo, que se aprovecha de los creyentes más incautos de nuestro continente, desde Brasil hasta los Estados Unidos, o debiera escribir: que nace y florece en estos dos países, pero cuyas ramificaciones se han extendido por toda América, y Huelelagua de los Llanos no es la excepción.

A fin de plasmar y describir este mal, me he valido de la ficción, pues soy del parecer que a través de ella el comportamiento humano se desenmaraña de mejor forma (tanto para quien la lee, cuanto para quien la escribe). Si lo he conseguido es algo que ignoro, así como si en un futuro mi cuento verá la luz, sobre todo después de que cesaran las notas infiltradas a nombre de Ariel Franco Figueroa en los periódicos de Huelelagua.

Ojalá que un día no se deba recurrir a pseudónimos para hacer auténtico periodismo en México. Ese día no se ve tan lejano gracias a las redes sociales, si bien el riesgo a represalias de toda índole no ha disminuido. Sólo espero que en la vacuna que las redes sociales suponen ser, no se esconda un virus nuevo…

Pese a todo, me parece que el hombre de buena voluntad debe mantenerse sereno, positivo y sonriente. Por ello me despido de su merced invitándola a que me guarde en su memoria no como fray Sebastián, sino como fray Sebas o fray Cebado, pues como se dice coloquialmente: se me cebó el sueño de participar en la reconstrucción de un Huelelagua más justo.

Pero ya llegarán tiempos mejores, mi señora, y entonces volverá a saber de mí y quizás, si lo amerito, habré de pedirle a su merced que vuelva a llamarme simplemente:

Fray Sebastián

Bebí otro poco de limonada y le pregunté a Arturo si quería que también leyese en voz alta el cuento de fray Sebastián. Me respondió que no era necesario, que podíamos hacerlo juntos y en silencio. Apenas terminamos me dijo que –puesto que ya estábamos sobre la marcha– le gustaría echarle un vistazo al manuscrito de los conventos de Riva Salgado.

Bastó con mirar la primera hoja, sin leerla siquiera, para que Arturo repara en algo que yo no había advertido.

43

En la mesa del comedor yacían el cuento y las dos notas de fray Sebastián; también el manuscrito sobre los conventos de Riva Salgado y una de esas cajitas típicas de madera de Olinalá, Guerrero, perfumadas y muy coloridas. En ella yo guardaba recortes de diarios, tickets, monedas, fotografías... en fin, todo tipo de recuerdos. Arturo tomó la caja, la abrió de golpe e imprudentemente dejó caer su contenido encima de la mesa. En otras circunstancias le hubiera hecho saber que así no se tratan los objetos emotivos de alguien más, pero aquella ocasión decidí pasarlo por alto y en su lugar tomé la fotografía que buscábamos.

–Tienes razón –dije traes haber leído la dedicatoria–: es la misma letra.

Le tendí entonces a Arturo la vieja fotografía instantánea de un Carlos Alberto recién nacido, a la par que separaba del montoncito de recuerdos la postal que Lorena nos había enviado en su primer viaje a los Balcanes después de que se casara con Víctor.

–Te lo dije, Rebeca: esa diminuta letra de molde se me hacía conocida.

Arturo y yo adivinábamos perfectamente las posibles consecuencias de nuestro descubrimiento, quizá por ello ninguno de los dos se animaba a pronunciar la más mínima conjetura, si bien todo apuntaba a que Lorena había escrito la breve monografía sobre los conventos de Riva Salgado bajo el pseudónimo de Ariel Franco Figueroa, que la había entregado a un tercero y que a través de éste (o de más intermediarios) había llegado a fray Sebastián, cuyas confesiones de hace apenas unas horas sustentaban esta hipótesis.

Y es que fray Sebastián me había dicho que si bien continuaba creyendo que Ariel Franco Figueroa era una persona real, ahora sabía que tal individuo jamás se había presentado en Huelelagua de los Llanos, sino que un grupo de intelectuales y activistas huelelagüenses era el que había resuelto hacer uso de dicho nombre para dar inicio a la infiltración de noticias en el periódico de mayor circulación estatal, y en lo que respecta al manuscrito de los conventos de Riva Salgado, puntualizó que:

> Era un texto que yo llevaba siempre conmigo por temor a que pudiera caer en manos equivocadas al dejarlo sin custodia en mi habitación […] Creía, además, que había sido escrito por el auténtico Ariel Franco Figueroa. Ahora sé que alguien de los pioneros de este grupo de huelelagüenses intelectuales y activistas lo escribió.

Puesto que tácitamente Arturo y yo dábamos por sentado que la autoría del manuscrito pertenecía a Lorena, la verdadera cuestión que nos inquietaba era si ella además había o seguía formando parte de ese grupo de intelectuales y activistas huelelagüenses a los que fray Sebastián se había referido. De ser así, Lorena debía conocer la identidad de aquel o aquellos que propusieron dentro del grupo el pseudónimo de Ariel Franco Figueroa para dar comienzo a la infiltración de noticias en la prensa de nuestro estado. En otras palabras, Lorena debía conocer la identidad de los principales infiltrados del gobierno o de aquel ser de dentadura asquerosa apodado La Araña.

–No veo mejor opción que sincerarme con ella –terminé por decir–. Mañana después de dejar a los niños en el colegio iré a su casa y trataré el asunto en persona, sin involucrarte a ti ni a nadie más.

–Pero –dudó entonces Arturo–… ¿y si ella fuera el infiltrado que buscas?

–En ese caso quizás Lorena también desee sincerarse conmigo.

44

A raíz de las brutales e incesantes ejecuciones a lo largo y ancho de nuestro estado, Víctor había determinado que Lorena dejaría de llevar ella misma a Carlos Alberto a la escuela. Desde entonces lo hacía un chofer particular, acompañado por dos guardaespaldas. Tal medida (que no era ni nueva ni excesiva entre la gente adinerada, pues había alumnos que desde siempre se habían trasladado de esta forma) anulaba el recurso de fingir un encuentro casual con Lorena a las puertas del colegio. Ahora, para hablar con ella en privado, debía de ir forzosamente a su casa, y tenía que hacerlo sin poder llamarle por teléfono para prevenirla de mi visita, pues –aunque mínimo– no dejaba de existir el riesgo de que mi celular estuviese siendo intervenido.

Pese a todo lo anterior, no me vi en la necesidad de idear una excusa cualquiera que justificara mi arribo inesperado ni mucho menos que explicara mi extraño deseo de conversar a solas con ella. No me vi en esa necesidad porque la llamada de un número desconocido lo evitó.

Yo conducía ya hacia la casa de Lorena cuando recibí esa llamada. Orillé el carro y respondí, creyendo que podría tratarse de fray Sebastián, que a lo mejor me marcaba de emergencia desde un teléfono público.

–¿Rebeca?

–Sí, ¿quién habla?

–Soy yo, ¿no me reconoces?

–¿Fray Sebastián?

–No, yo, Enrique. Necesito verte de inmediato: descubrí algo que va a interesarte.

–Hola, Enrique, ¿cómo estás?

–Consternado, y creo que tú también lo estarás.

–Ah caray, ¿pues qué pasó?

–No puedo decírtelo por teléfono. Urge que vengas aquí en seguida.

–¿En seguida?

–Sí, debes de ver esto antes de que la policía estatal destruya las pruebas de lo que realmente sucedió en las Lagunas del Tamarindo y no en Aguarevoltosa.

–¿Te refieres a…?

–Sí, Rebeca, a ellas –me interrumpió Enrique–, a las jovencitas extranjeras.

–Está bien. ¿Dónde nos vemos?

–En las Lagunas del Tamarindo, a la entrada de la zona federal para acampar.

45

Hallé a Enrique, fumando, a unos cuantos metros de la entrada de la zona para acampar. Tiró su cigarrillo en cuanto me vio, lo machacó con la punta del zapato y se vino a saludarme. Se subió al coche sin preguntar si podía hacerlo, y todavía no cerraba la puerta del copiloto cuando ya me pedía que siguiera conduciendo de frente. A los pocos kilómetros nos desviamos selva adentro sobre un sendero sin asfaltar que por largos trechos estaba completamente invadido por la exuberante vegetación subtropical.

–Disculpa por la prisa y por tantas precauciones –comenzó Enrique–, pero es que de un tiempo a la fecha tengo la impresión de que el hombre de la agrícola me persigue a todas partes –Enrique se tomó un tiempo para mirar por el espejo retrovisor y luego continuó–. He conversado con Bruno y él me ha dicho que a ti y a tu esposo les relató a detalle sus vivencias con ese monstruo. Pues bien, yo no sé si se ha enterado de la fotografía que le tomé junto a tu hermano y al jefe de la policía estatal, o si es otra la razón por la que me acecha; la cosa está en que he caído en la cuenta de que su objetivo principal en Huelelagua de los Llanos no es Bruno, sino yo.

–¿Tú?

–Tal y como escuchas. Además, tengo la sospecha de que a ti también te ha estado siguiendo.

–¡Oh por Dios, Enrique! ¿Estás seguro?

–Cien por ciento seguro no puedo estarlo. Lo que sí es un hecho es que el pasado viernes, después de que te ayudara a escapar de la facultad de humanidades, vi a aquel sujeto recargado en el mismo árbol de ocote en el que tú y yo nos detuvimos a descansar. No me dijo nada, pero clavó sus ojos en los míos a la par que movía su cabeza afirmativamente, como deseando que yo supiera que él había visto todo y que nos había seguido hasta allí.

–¿Y tú qué hiciste?

–Desvié la mirada y continué caminando hacia rectoría. Cuando me sentí a salvo, a una distancia considerable, miré hacia atrás: aquel hombre había desaparecido, ¿y adónde pudo haberse ido si no era tras de ti?

–¡Por Dios! –exclamé una vez más– ¡Sabía que era él!

–Y eso no es todo.

–¿Aún hay más?

–Sí, por desgracia sí –suspiró Enrique–. Ahora te lo cuento, pero primero detén el auto detrás de esos bejucos.

–¿De esos qué?

–Detrás de esas enredaderas de la izquierda.

Estacioné el coche donde Enrique me había pedido. No hube terminado de apagar el motor, cuando ya el encanto de la selva se presentaba ante nosotros con sus melodías. No hacía falta bajar los vidrios para distinguir el inconfundible rasgueo intercalado de las chicharras invisibles, el susurro tibio del viento perfumado o el tintineo alucinante de las aves tornasoles.

Pero Enrique, nervioso, no puso atención a aquellas maravillas. Únicamente miró por el espejo retrovisor una vez más antes de salir del carro. Me dijo que lo acompañara, que ya estábamos cerca de lo que quería mostrarme, y en seguida se adentró en la maleza. Caminé detrás de él con mucho cuidado de no resbalar ni con el pasto ni con la tierra, que aún estaban bañados por el rocío del amanecer.

–Debe ser por aquí –murmuró Enrique–. Estoy seguro de que fue por aquí.

Aunque habíamos penetrado escasos metros en la selva, el auto y el sendero por el que había conducido ya no eran visibles desde donde estábamos. Enrique se acuclilló y siguió explorando el suelo.

–Sí –dijo–, aquí fue donde la policía debió haber encontrado los cuerpos de las muchachitas europeas, pero ya no hay vestigio alguno de lo sucedido. Apuesto a que toda evidencia ha sido borrada para incriminar al estudiante de medicina.

–¡Qué sinvergüenzas! –prorrumpí indignada.

–¿Quiénes? –preguntó Enrique sin voltear a verme– ¿La policía o el procurador del estado?

–Ambos –respondí en automático.

–Pues yo diría que el procurador antes que nadie. Después de todo él estaba al tanto de que tú trajiste a esas jovencitas a las Lagunas del Tamarindo.

Sentí quedarme sin aliento al escuchar aquel comentario. ¿Había sido él, Enrique y no La Araña, el que había intentado inculparme anónimamente, el que según el procurador me había estado siguiendo?

Reproché con todas mis fuerzas el haber sido tan tonta al no avisarle a Arturo del repentino cambio de planes. Había aceptado la petición de Enrique a que fuera de inmediato a las Lagunas del Tamarindo sin flexionarlo en absoluto, dejándome llevar por mi emotivo y vívido recuerdo de Sofie y de Pauline.

Traté de controlarme lo mejor que pude para no evidenciar mi turbación, y con una voz que pretendía oírse natural, lancé la pregunta que habría de confirmar o desmentir mi sospecha:

–Por cierto, Enrique, ¿dónde obtuviste mi número de teléfono?

Enrique, aún en cuclillas y sin dejar de escudriñar el suelo por aquí y por allá, giró su rostro hacia mí a la par que respondía:

–Tú me lo diste el día que te rescaté de los jóvenes iracundos frente a la facultad de humanidades, ¿no lo recuerdas?

¡Falso! Aquel día Enrique me dio su número, pero yo nunca le di el mío.

–Espera un momento –se corrigió él solo al darse cuenta de que yo no decía nada–. Ahora recuerdo que fue Bruno el que me lo pasó.

Pero Bruno tampoco tenía mi número. Al menos yo no se lo había dado.

Mi error, sin duda, fue no responder, no comentar cualquier cosa. Estúpidamente permanecí en silencio. En un silencio tenso y pavoroso que pareció contagiar a las chicharras invisibles, a las aves tornasoles, al viento perfumado, al alma misma de la selva. Un silencio palpable y de mal agüero que Enrique sencillamente no podía no percibir: despacio, siempre en cuclillas, se giró otra vez hacía mí. Supe por su mirada que mi semblante ya no encubría mi desconcierto. Una fracción de segundo después ya corría yo en dirección al carro. Aquella atmósfera suspendida y callada se quebró de pronto con la estridencia de la fuga en tumulto de los animales circunvecinos, camuflados hasta ese momento: un arma había sido disparada al aire.

–Para ahí o el próximo tiro irá a tu nuca.

No tuve más remedio que detenerme y dar media vuelta. Descubrí a Enrique, ya de pie, apuntándome a la cara con un revólver.

–Así está mejor –dijo.

De uno de los bolsos traseros de su pantalón, sacó un par de guantes de nitrilo azul. Se los colocó sin dejar de apuntarme con el revólver.

–¿Qué es lo que quieres de mí? –pregunté sobrecogida.

–De ti, nada. Más bien de tu padre.

–¿Dinero? ¿Es eso lo que buscas?

–No me creas tan mundano –reprochó Enrique–: yo lo que busco es justicia.

–¿Pero yo qué te he hecho?

–¿Acaso no me escuchaste? –respondió Enrique convertido en energúmeno– La cosa no es contigo, sino con tu padre.

Y como yo me quedé callada, perpleja, Enrique preguntó:

–¿Qué te dice el nombre de Rosa Magdalena Gutiérrez Cantú?

Nada. No me decía nada.

–No respondes, ¿eh? –exclamó Enrique cada vez más alterado– ¡Vamos, esfuérzate! ¡Haz un intento por recordar!

–Enrique, por favor… –intenté tranquilizarlo.

–¡Qué te esfuerces! –me interrumpió enfurecido.

–No sé, Enrique, no sé –respondí casi entre lágrimas.

–Ella era mi madre, Rebeca –explicó entonces Enrique–. Rosa Magdalena Gutiérrez Cantú era mi madre y José Ordoñez la asesinó.

46

Como un cuerpo gelatinoso que tras haber sido pinchado vuelve en seguida a su forma original, así la humedad y el calor cayeron nuevamente sobre nosotros, y el viento se dejó sentir más impregnado que antes por la fragancia entremezclada de las orquídeas endémicas y los tamarindos asilvestrados, introducidos en la región hace más de cuatro siglos por los primeros colonos españoles.

Tal vez precisamente a causa del regreso súbito de aquella atmósfera que suscitaba paz y tranquilidad, Enrique bajó el revólver y serenó su voz. Me dijo que lamentaba que las cosas fueran a terminar de eso modo, que a quien le hubiera gustado tener enfrente era a mi padre y no mí, pero que así se habían acomodado las coyunturas más recientes del único plan que juzgó factible para vindicar el asesinato de su madre.

–De hecho –confesó Enrique–, yo nunca me planteé la posibilidad de llevar a cabo mi venganza a través de un tercero; sin embargo, me vi en la exigencia de buscar alternativas luego de comprender que tu padre era prácticamente intocable. Decidí entonces sondear con más detenimiento la vida de todos ustedes, es decir, de su familia más cercana. Fue así como salió a la luz la antigua amistad de Javier, tu hermano mayor, con Bruno, a quien poco a poco me le fui acercando hasta hacerme de su plena confianza. Sobra detallar que a él también tuve que investigarlo, de tal forma que la primera ocasión que lo saludé en una fingida y bien calculada casualidad, ya sabía yo de su interés por la política y los problemas sociales. De ahí que me inventara el cuento ese de que de vez en cuando colaboraba con fotografías en los diversos periódicos de la región (mentira que encajaba magistralmente con mi oficio de fotógrafo de fiestas).

Enrique aceptó que su simpatía hacia Bruno muy pronto se había vuelto genuina, pero que ello no impidió que se mantuviera firme en su propósito, recordando en todo momento que detrás de esa camaradería yacía la esperanza, mejor dicho la certeza, de que la antigua amistad de Bruno con mi hermano Javier habría de revelar la fórmula exacta para finalmente ajustar cuentas con mi padre.

–Y esa fórmula, como ya habrás deducido, eres tú, Rebeca.

Percibí en ese instante que las facciones de Enrique adquirían un no sé qué de enfermizo y siniestro, y que con el brazo completamente extendido levantaba el arma hasta posarla frente a sus ojos. Pensé que mi fin había llegado, que Enrique estaba por dispararme. Para mi sorpresa y fortuna, lo que él en realidad quería era contemplar el revólver: lo colocó debajo de un estrecho pero vigoroso haz de luz que se filtraba de entre la espesura del follaje; ensimismado, pensativo, lo giró una y otra vez sobre el eje de su muñeca, provocando que reflejara con destellos todas de las tonalidades del espectro luminoso.

–No –dijo de repente, sin despegar la vista del revólver–, yo no pretendía terminar así. Así como estamos ahora. Contrario a lo que estarás suponiendo, Rebeca, yo no soy un vulgar asesino, yo no soy como tu padre. Al menos no todavía.

Enrique volvió a bajar el arma, dirigió su mirada hacia mí y reiteró que aquel no había sido el plan de un inicio, que si acaso a alguien hubiera deseado matar, ese alguien habría sido exclusivamente mi padre.

–Pero ni aun a él le deseaba la muerte –se sinceró Enrique–; mucho menos a ti. Lo que yo proyectaba era pagarle con la misma moneda: arrebatándole de su lado a un ser querido, y esto no implicaba privar de la vida a nadie. Bastaba con privarte a ti de tu libertad.

Sopesé en mi interior si debía o no intervenir, hablar por primera vez desde que Enrique había empezado su relato, decirle por ejemplo que su propósito de implicarme en la desaparición de Sofie y de Pauline yo lo conocía desde mucho antes, gracias precisamente al procurador del estado.

Enrique percibió mi titubeo, por lo que se detuvo de pronto y me preguntó si quería opinar algo. Respondí que más que una opinión, se trataba de una duda, de una cosa que él había dicho y que según yo no engranaba con el resto.

–¿Qué cosa?

Tratando de acomodar mis ideas lo mejor que pude, comencé:

–Antes que nada quiero decirte que yo ya sabía que alguien había intentado incriminarme por los asesinatos de Sofie y de Pauline. El procurador en persona me lo advirtió.

–Claro, tenía que haberlo imaginado.

–Tal vez sí, pero de cualquier modo lo que yo no sospechaba es que ese alguien eras tú. Di por sentado que se trataba de La Araña.

–¿De quién?

–Perdón, me refiero al hombre de la agrícola.

–Así que conoces su apodo, ¿eh?… Bueno, eso también tenía que habérmelo imaginado.

Fingí no haber oído el comentario de Enrique a fin de no despertar más interés en mi descuido, y proseguí:

–Pues bien, más allá de que ignoro por qué me salvaste de los jóvenes iracundos que me insultaban en la facultad de humanidades si lo que pretendías era vengarte de mi padre a través de mi persona. Más allá de eso, lo que según yo no engrana es que reiteradamente hayas hecho hincapié en que tú no eres ningún asesino, o al menos no todavía. ¿Es que acaso estás sugiriendo que tú no mataste a Sofie y a Pauline?

Enrique sonrió con cierto orgullo antes de responder:

–No lo estoy sugiriendo, Rebeca: lo afirmo. Créeme, no hay nada más lejano de mis aspiraciones personales que convertirme en un vil asesino como José Ordoñez. Mi proyecto efectivamente consistía en recluirte muchos años en la cárcel. La idea surgió cuando me enteré de que las estudiantes extranjeras habían desaparecido. Yo era, sí, ese individuo que te seguía, que te espiaba, y aquella tarde en la feria de Aguarevoltosa no fue la excepción. A lo lejos, desde mi propio automóvil, fui testigo de cuando detuviste tu carro para saludar a las chicas europeas en la avenida principal del pueblo. Observé que, acto seguido, éstas subían a tu coche. Conduje detrás de ustedes a una distancia considerable, hasta que me percaté de que en las Lagunas del Tamarindo volvías a detenerte, que las chicas bajaban del auto frente a una tienda de paredes destartaladas, y que casi en seguida retomabas tu camino. No supe más de las jovencitas por la sencilla razón de que tú eras mi único objetivo, así que en cuanto vi que reanudabas la marcha, yo también arranqué mi auto y me fui tras de ti.

"Mi gran equivocación, quizás, fue no haber tenido el tiempo suficiente para fotografiarte con las estudiantes extranjeras en las Lagunas del Tamarindo, ya que una buena fotografía podría haber sido la prueba categórica que te incriminara: en lugar de haber acudido al procurador, habría divulgado la fotografía por las redes sociales. Y digo "quizás" porque por otro lado, de haberlo hecho así, probablemente yo mismo me hubiera delatado como el principal sospechoso de dicha filtración, cuya consecuencia más inmediata habría sido el verme inmiscuido en el caso. Ahora bien, conociendo la influencia sin límites que tu familia tiene en nuestra entidad, así como la descarada y desmedida corrupción que impera en el sistema jurídico de Huelelagua de los Llanos, no haría falta ser clarividente para predecir sin riesgo a equivocarse que al final yo habría sido juzgado como el autor absoluto de todos los crímenes. De hecho, esa fue también la razón por la que me abstuve de difundir la fotografía que te tomé cuando bailabas con las jovencitas en la feria de Aguarevoltosa (fotografía sobre la que ni siquiera hubiese sido necesario hacer especulaciones, ya que yo mismo les había pedido que sonrieran a la cámara).

"En cuanto a por qué te socorrí aquel día en la universidad, bueno, si yo no lo hubiera hecho, apuesto a que alguien más habría intervenido, y aun si nadie hubiese llegado en tu ayuda, aquellos jóvenes lo único que querían era que te marcharas de la facultad de humanidades. ¿Qué habría yo ganado con eso, con que te humillasen? Tal vez que perdieras la confianza de meter tus narices en todo tipo de asuntos, que ya no anduvieras tú sola por aquí y por allá, y esto, obviamente, no me convenía. Por el contrario, salir en tu defensa significaba granjearme tu aprecio (no por nada estás hoy aquí). Además, para ese momento yo ya era consciente de que mi plan de inculparte por la desaparición de las chicas extranjeras había fracasado, y, lo que más me alarmaba, que el hombre de la agrícola nos acechaba a ambos.

"Esa misma noche, tras considerar bien a bien las nuevas coyunturas, echado sobre mi cama y mirando sin atención el cementerio de mosquitos aplastados en el techo de la alcoba, resolví que debía finiquitar mi venganza cuanto antes, incluso si esto implicaba llevarla a cabo de la manera que menos hubiese querido, es decir, convirtiéndome en un homicida como tu padre.

"La decisión había sido tomada: me haría de un arma de fuego, bajo cualquier excusa te citaría en algún lugar apartado y solo, y, una vez resarcida la muerte de mi madre, desaparecería para siempre de Huelelagua de los Llanos."

Abatida por mi torpeza y credulidad, solté más como exclamación que como pregunta:

–¿Me estás diciendo que la policía no halló en este sitio los cuerpos de Sofie y de Pauline, que todo ha sido un vil engaño para traerme hasta aquí?

–Es correcto, Rebeca. La verdad es que ignoro dónde fueron localizados los cuerpos de las jovencitas (tal vez por aquí, ¿por qué no?, en alguna parte de las Lagunas del Tamarindo; tal vez en Aguarevoltosa, como sostiene la policía); lo que sí sé es que en estas coordenadas habrán de encontrar el tuyo.

Al terminar de decir lo anterior, Enrique volvió a levantar el revólver, pero esta vez no para contemplarlo, sino para apuntarme a la cara. Instintivamente apreté los ojos. Si volví a abrirlos fue sólo porque escuché murmurar a Enrique:

–No, no puedo hacer esto. No puedo permitir que te vayas de este mundo sin que sepas quién fue mi madre ni cómo la asesinó José Ordoñez.

Maravillada y agradecida con la providencia por ese socorro inesperado y quizás último, permanecí inmóvil y en silencio, en espera de lo que Enrique fuere a relatarme.

–Ah –suspiró entonces Enrique–. ¡Cuánto mejor habría sido para ambos que tu familia no fuera tan influyente, que el procurador no hubiera ignorado mi denuncia y que tú estuvieras ahora mismo en medio de un proceso judicial! Pero no, el destino quiso que fuera ojo por ojo, diente por diente y vida por vida, aunque no fuese la de José Ordoñez, sino la tuya. Vistas así las cosas, yo lo único que hago es equilibrar la balanza… Claro, con la notable diferencia de que tu padre pudo convivir contigo durante todos estos años. Yo no. Yo nunca conocí a mi madre, Rebeca: murió desangrada durante el proceso fallido de abortarme.

Enrique se detuvo, visiblemente conmovido, casi al borde de las lágrimas.

–¿Pero sabes qué es lo que más me duele –continuó–, lo que no logro perdonar? Que fuera mi propio padre quien la obligara a abortarme. Sí, oíste bien: ¡mi propio padre!, que no quiso escuchar las múltiples advertencias del médico clandestino que llevaría a cabo la operación…

"Y todo con tal de deshacerse de este bastardo que miras, de este medio hermano tuyo que José Ordoñez pretendió a cualquier precio que no tuvieras."

47

–Hablo de la causa por la que has venido a verme, Rebeca. Hablo de que tú tienes la ventaja de no saber con quién o quiénes se acuesta tu marido. Hablo de que en ti cabe la esperanza de que él no quiera de ellas más que su cuerpo. Yo, en cambio, tuve que vivir soportando la omnipresencia de Rosa, la presunta prima de tu padre que tú y tus hermanos quisieron tanto durante su infancia. Hablo, hija mía, de que tu padre no fue tan imprudente como para dejar que Rosa, o Rosita, como ustedes la llamaban, siguiera viviendo bajo este techo cuando ustedes comenzaron a crecer y podían darse cuenta de la realidad. Por eso inventó que Rosa tenía asuntos impostergables que resolver en la Ciudad de México, adonde había tenido que partir inmediatamente sin poder despedirse de nadie. De eso hablo, Rebeca, de los secretos y la entereza que una buena esposa debe mantener en todo momento para no manchar la reputación de su familia.

Mirando mi rostro entablado por el desconcierto y la incredulidad, mi madre concluyó:

–Si no me crees, ahí está tu padre detrás de la puerta del estudio, escuchando mis conversaciones a escondidas, como de costumbre. Eres libre de ir a preguntarle, de descubrir la verdad por ti misma.

¿Recuerdan este diálogo? Tuvo lugar al final del primer capítulo. Lo sostuve con mi madre la noche en que encontré a Arturo masturbándose frente a la computadora del estudio.

Huelga decir que las vivencias que me propuse narrar en mi relato yo las conozco de principio a fin. Si no he anticipado ésta en específico, ha sido con el solo propósito de contar los hechos lo más fielmente posible a como fueron presentándose, o en todo caso a como los recuerdo. En este sentido, la realidad es que para entonces yo ya había olvidado dicha conversación con mi madre. Y es que luego de que ella declarara que yo era libre de descubrir *la verdad* por mí misma, la primera verdad que quise descubrir fue precisamente la que me había llevado a salir corriendo de mi hogar en busca del consuelo de mis padres.

Cuando esa misma noche le pedí a Arturo su laptop, sentí que estaba siguiendo el consejo de mi madre, que comenzaba a buscar la verdad por mi cuenta, y en gran medida estaba en lo cierto, pues no por nada me encontraba ahora en las Lagunas del Tamarindo con un revólver apuntándome al rostro. Sin embargo, en lo que respecta a la única *verdad* a la que mi madre se había referido en nuestra conversación; bueno, ésa nunca la intenté desenmascarar, jamás le pregunté a mi padre quién era realmente la tía Rosita ni qué había sido de ella. Como lo escribí en su momento, al cabo de algunos días comprendí que la manera en que mis padres habían decidido y/o aprendido a conducir su vida conyugal no era asunto mío, que acaso lo único que yo podría juzgar de ellos era su rol como padres, y que en ese sentido ambos habían sido extraordinarios.

–Quién sabe –reflexionó Enrique en voz alta, quebrando el ensimismamiento en que me hallaba–, tal vez en otras circunstancias hubiéramos podido llevarnos bien, incluso convertirnos en buenos medios hermanos. A tu padre, mejor dicho a nuestro padre, no sé si lo hubiera perdonado, pero intuyo que ni tú ni yo estaríamos hoy aquí si José Ordoñez hubiese mostrado un mínimo de arrepentimiento, si hubiese cumplido con las obligaciones más básicas de cualquier progenitor.

–Tú –balbuceé entonces sin poder salir todavía por completo de mi estupefacción–… ¿tú eres hijo de la tía Rosita y de mi padre?

–*Finally!* –respondió Enrique satisfecho.

–Pero –continué mascullando desconcertada–… ¿pero hay forma de comprobarlo?… ¿Por qué no te presentaste antes en nuestras vidas? ¿Por qué mejor no intentaste ser reconocido legalmente como hijo de mi padre?… Además, ahora que lo pienso, ¿qué apellidos has dicho que tenía tu madre?

–Gutiérrez Cantú –contestó secamente Enrique–. Y sí, el mío es Palafox: llevo el apellido de la única amiga verdadera que tuvo mi madre en todo Huelelagua de los Llanos, una anciana enfermiza y menesterosa que me crio, por cuyos amorosos labios, siempre llenos de compasión hacia mí, supe quién era mi padre y la forma despiadada en la que quiso privarme del derecho a existir, privando en cambio el de mi madre.

–¿Su única amiga verdadera? –más que preguntar, yo parecía discurrir en voz alta– ¿Qué acaso no tenía familiares en Huelelagua? ¿De qué ciudad o estado provenía entonces? ¿Cómo llegó a mi casa, cómo se convirtió en la tía Rosita?

–Esas mismas preguntas me las he venido haciendo desde que tengo uso de memoria, Rebeca. Ya podrás imaginar la incertidumbre constante que ha sido mi vida. Lástima que no haya tiempo para relatarte lo que he averiguado de ella. Pero no te preocupes, que allá adonde estoy por mandarte no hay secretos, allá podrán referirte con calma la infeliz existencia de mi madre, los dolores e injusticias que tuvo que soportar desde el primero hasta el último de sus suspiros, es decir, hasta aquel con que de manera tan infame me diera a luz.

Sobre el entrecejo fruncido de Enrique oscilaba ese cabello ondulado y castaño que yo mirase por primera vez en la Agrícola Garza-Reyes: lo mecían las esporádicas brisas de aire caliente que traían consigo los aromas de la selva. ¿Sugestión?, ¡cómo saberlo!, pero en ese preciso instante me pareció distinguir en sus facciones ciertos rasgos de la tía Rosita.

–Ahora ya estás al tanto de lo que quería que supieras –dijo Enrique mientras amartillaba el revólver.

No había escapatoria. Acepté mi destino y lentamente, aunque no sin miedo, cerré los ojos.

El disparo tronó como un potentísimo golpe de platillos de orquesta, y con ese mismo efecto siguió retumbando dentro de mis oídos mientras comenzaba a sentir cómo me escurría la sangre por el rostro.

48

Pero la sangre no podía ser mía: yo continuaba de pie tras el disparo, sin dolor alguno. Al entreabrir los ojos caí en la cuenta de lo que había ocurrido: la sangre en mi rostro era de Enrique, él me la había salpicado. Su cadáver yacía frente a mí, con la cabeza destrozada por el impacto de la munición. Había sesos y órganos irreconocibles desparramados por todas partes. En medio de un tronco putrefacto y carcomido por la humedad se había incrustado un fragmento de cráneo con todo y cabellera.

No tuve tiempo ni de gritar: en cuanto miré la escena caí desmayada junto a los restos de Enrique. Ignoro la duración del lapso que estuve inconsciente, pero si poco a poco fui recobrando el sentido fue porque alguien tarareaba esa legendaria y aterradora canción de cuna del coco, que en la versión mexicana hace alusión a un periodo de nuestra historia nacional de perennes y sanguinarias pugnas internas. Esta vez, sin embargo, a quien tarareaba la canción se le había ocurrido modificar la letra para que yo, en lugar de dormir, me levantara.

> Despiértese mi niña,
> despiérteseme ya,
> que se ha ido el coco
> y no volverá.
>
> Mira que no has muerto,
> mira que es verdad.
> Ya no tengas miedo:

te salvó papá.

Abre esos ojitos,
pero sin llorar.
Olvida mi disparo
y lo que verás.

Tu vida en adelante
no será igual:
conoces ya ambas caras
de esta tu ciudad.

Síííííííííííí,
de esta tu ciudaaaad.
Y de toda sociedaaaad.
¡Despiérteseme yaaaa!

No podía creerlo. Ahí estaba él, el hombre de la agrícola, Eleuterio Santoyo, La Araña, sentado sobre una roca a escasos metros de mí. A sus pies, la escopeta con la que me había salvado la vida. Yo lo miraba como a través de un espejismo, pues aún no me recuperaba por completo ni terminaba de comprender por qué me encontraba tendida sobre el pasto húmedo en medio de la selva. Fue entonces cuando vi a mi costado el cadáver todavía fresco de Enrique. Súbitamente lo recordé todo: obedeciendo a mi instinto, me alejé a gatas, pero casi en seguida tuve que detenerme para devolver el estómago. En ese momento La Araña se apoyó en la escopeta para levantarse de la roca, y con paso decidido caminó hacia mí y me ofreció un pañuelo.

–Ande, cójalo –me ordenó al ver que yo dudaba en aceptarlo.

Aún con las rodillas y las manos apoyadas en la tierra, alcé la vista y al instante adiviné que más valdría no contrariar a aquel sujeto.

–Y ahora vuélvase a su carro –dijo en cuanto tomé el pañuelo–: aquí ya no hay nada que le incumba.

Torpemente caminaba ya hacia el sendero en donde había estacionado mi coche, limpiándome la boca, con el propósito firme de no mirar atrás, de no espiar las intenciones de La Araña, cuando de repente me detuve para echar un vistazo de reojo, sin saber ni preguntarme por qué lo hacía. Pese al calor sofocante de la selva, Eleuterio Santoyo vestía el mismo traje gris de aquella ocasión en la agrícola. Las arrugas profundas de su frente se habían convertido en auténticos acueductos por los que el sudor corría a raudales, y a lo largo y ancho de su cuello y barbilla se habían formado los típicos granitos rojos de una piel irritada. Del bolsillo interior del saco tomó un segundo pañuelo, el cual no usó para enjugarse el rostro –como yo vaticinaba–, sino para sujetar con una mano las muñecas de Enrique mientras con la otra le retiraba los guantes de nitrilo azul, que él habría de ponerse en seguida.

Una vez enguantado, Eleuterio Santoyo esculcó con celeridad todos los bolsillos de la indumentaria de Enrique hasta dar con su cartera. Extrajo de ella una hoja doblada en cuatro partes, la observó con satisfacción y finalmente devolvió la cartera adonde estaba. Luego giró y maniobró el cadáver para hacer coincidir la cabeza destrozada de Enrique con mi vómito… [¡No sé, por Dios Santo que en verdad no sé cómo podía estar viendo todo aquello sin desmayarme de nuevo o terminar de devolver lo que quedara en mi estómago! Lo que sí les aseguro es que lo que no experimenté en ese instante lo estoy sufriendo justo ahora que escribo, mientras procuro plasmar verbalmente estas imágenes tan atroces y traumáticas que me sé condenada a llevar conmigo hasta el fin de mis días]… Por último, La Araña limpió su escopeta de arriba abajo y la depositó en la mano derecha de Enrique, de tal modo que su muerte pareciera suicidio.

–Le dije que ya no mirara hacia acá –me reprochó La Araña en cuanto hubo concluido lo que hacía–. Ahora veo que sus sospechas no eran vanas, que tuvo mucha razón al contratarme.

–¿Al contratarlo quién? –pregunté con cautela– ¿Víctor, mi hermano?

–No, señora Ordoñez: su padre. Es él en realidad quien le ha salvado la vida.

–¿Mi padre? –murmuré asombrada.

–Sí, su padre, que supo intuir a tiempo que la curiosidad acabaría por hacer con usted lo mismo que con el gato.

La asquerosa dentadura de Eleuterio Santoyo salió a relucir. Tratando de ignorarla, contesté, siempre con mesura:

–Hubiera jurado que había sido Víctor quien lo contrató.

–¿Lo hace usted adrede, señora Ordoñez? –inquirió La Araña– Me refiero a que si se da cuenta o no de que emitir conjeturas en voz alta equivale a preguntar de manera indirecta. Ese comportamiento no hace sino ratificar la hipótesis de su padre, es decir, que usted es por naturaleza fisgona y entrometida.

Tuve que morderme los labios para contener mi cólera. Sereno, impasible, Eleuterio Santoyo aflojó el nudo de su corbata y continuó:

–Recién le he dicho que su padre me contrató para protegerla de usted misma, de su ímpetu por meter las narices en donde no le llaman; y sí, su hermano fue el primero en solicitar mis servicios para atender una cuestión que usted seguramente intuye cuál será. Así que por favor deje de disfrazar más preguntas y mejor trate esos asuntos personalmente con su familia.

–Así lo haré –respondí sin lograr ocultar mi enfado por completo–. Sin embargo, hay algo que ni mi padre ni Víctor podrían esclarecer; únicamente usted.

–¿Algo relacionado con Ariel Franco Figueroa? –preguntó La Araña con un tono más bien afirmativo.

–Sí –contesté–, algo relacionado con ese nombre, o mejor dicho, con ese concepto que usted inventó.

–¿Concepto? –se rio burlonamente Eleuterio Santoyo – ¿Esa fue la conclusión más valiosa que obtuvo de su visita al *Dance Party. Academia de danza y zumba*?

No supe qué decir. El hombre de la agrícola me estaba dando a entender que aquella noche no había sido ninguna ilusión cuando, luego del extenso relato de Bruno tras nuestra primera y última clase de baile, creí ver a La Araña en la calle principal de El Jitomatillo, comiéndose un elote con mayonesa y queso al lado de un puesto de tacos.

Temerosa de comprometer a Bruno y a su familia, opté por quedarme callada. Por unos instantes Eleuterio Santoyo y yo permanecimos inmóviles, escudriñándonos el uno al otro, hasta que el creciente y agudo olor del cadáver de Enrique me provocó un notorio espasmo abdominal. La Araña lo tomó como si hubiera ganado alguna suerte de batalla y en seguida emprendió el camino hacia el sendero en el que yo había dejado mi coche. Al pasar junto a mí retardó el paso y esbozó una ligera sonrisa con su repugnante dentadura sarrosa.

–Vayámonos de aquí, señora Ordoñez –comentó tranquilamente–, antes de que usted me obligue a idear una nueva forma de deshacerme de otra sus bascas.

Si aquel ser repugnante e insensible se había propuesto sacarme de mis casillas, su labor era estupenda. No obstante, tácitamente y contra todos mis pesares, admití en mis adentros que tenía razón, que urgía retirarnos de allí. Me dispuse entonces a seguir cabizbaja el dorso colosal de Eleuterio Santoyo, pero él no se esperó a que alcanzáramos el sendero para lanzar otra de sus características y virulentas frases:

–Apuesto a que con este hedor de bastardo sacrificado no se le antojaría otro heladito de pistache, uno de esos de los que venden en el zócalo de Huelelagua.

49

Me detuve en seco al escuchar lo que el hombre de la agrícola acababa de decir. ¿Qué otra interpretación podría yo darle a sus palabras sino que él estaba al tanto de que el día anterior me había reunido con fray Sebastián, por cuya suerte última comencé a temer?

Eleuterio Santoyo, repito, caminaba delante de mí, sin embargo no podía no haber percibido mi reacción de perplejidad ante su comentario. Reacción que sin duda alguna él había previsto y que, pese a ello, fingió no haber percatado, pues continuó con su andar seguro, sin inmutarse en lo más mínimo. Fue entonces cuando, vivamente preocupada por lo que le pudiese haber ocurrido a fray Sebastián, saqué valor de no sé dónde y alcancé a La Araña de tres saltos, lo sujeté del hombro y le pregunté con voz imperativa:

–¿Qué ha hecho usted con fray Sebastián?

La Araña zafó su hombro de mi mano con un solo movimiento, giró ligeramente su rostro para dirigirme una mirada de displicencia y casi en seguida retomó su andar indolente en dirección al sendero.

–Eleuterio Santoyo –dije con voz aún más enérgica–, mejor conocido como La Araña, ¿ya ve cómo yo también sé algunas cosas sobre usted? Ahora dé media vuelta y responda mi pregunta: ¿qué ha hecho usted con fray Sebastián?

Era la primera ocasión que me dirigía al hombre de la agrícola por su nombre y apodo, por lo que en cierta forma me inquietaba la manera en que fuese a reaccionar. Lo que hizo, sin embargo, fue simplemente detenerse por completo, y aunque esta vez no volteó a mirarme, sí contestó:

–¿Pero qué carajos pretende, señora Ordoñez: que le traiga una taza de té y entablemos una desenvuelta y agradable tertulia a tan sólo unas cuantas zancadas del cadáver acéfalo de su medio hermano? ¡Por piedad, al menos finja algo de respeto y espere a que lleguemos a su coche para preguntarme lo que quiera, que ya sabré yo si le respondo o no!

Era imposible contenerme un segundo más. Antes de que me diera cuenta ya le había gritado que era un animal y un bruto, a lo que él contestó que solamente lo primero.

–Una Araña –precisó–, justo como me ha llamado usted. Aunque sólo para las dos tareas por las que fui requerido en Huelelagua: la de descubrir la identidad de quienes difamaron a su hermano, y la de evitar que usted se metiese en apuros a causa su reciente, inoportuna y temeraria afición a fisgonearlo todo.

Movida por la cólera que me asaltaba, estuve a punto de replicar que yo no necesitaba la protección de nadie: por fortuna, lo único que salió de mis labios fue una furiosa bocanada, lo que seguramente evitó que me granjease una nueva burla de aquel engendro tan inmundo.

Eleuterio Santoyo alcanzó el sendero y yo no tuve otra alternativa que ir tras él. Conforme la mañana había ido transcurriendo, el calor se había tornado más pegajoso y sofocante, y las melodías de la selva se hallaban en su cúspide.

–Debo advertirle sin embargo –continuó el hombre de la agrícola– que tanto ese apodo como el nombre de Eleuterio Santoyo son falsos –y lanzándome una sonrisa desmesurada para mostrarme adrede hasta lo más recóndito de su repulsiva dentadura sarrosa, añadió–: lo mismo que el de Chewbacca.

¡¿Qué?! ¡No! ¡Díganme que no era cierto! ¡El hombre de la agrícola era el amigo de la infancia de fray Sebastián, aquel que lo había alertado de que la policía estatal no tenía buenas intenciones con él!

Desengañada, decepcionada de golpe hasta la médula, inferí que fray Sebastián había sido un impostor desde el inicio. Ya no tenía caso volver a preguntar por su suerte. Ya no me importaba en lo absoluto. Ya ni siquiera sabía lo que quería: quizás únicamente irme de ahí, estar sola.

Pero en ese momento Eleuterio Santoyo tomó la palabra.

–Señora Ordoñez –dijo él con ese tono de voz tan grave, tan suyo-, dado mi encargo de seguirla y protegerla, estoy más que en grado de deducir lo que usted ahora mismo debe de estar sintiendo y pensando. No se confunda: el hombre que usted conoce como fray Sebastián, es una buena persona.

–¿Y por qué habría de creerle a usted? –rebatí entre fastidiada y abatida.

–Porque yo nunca miento ni rompo mi palabra, ¿acaso no sacó eso en conclusión de mi historia con Bruno? ¿O va a intentar convencerme de que él no se la contó?

Guardé silencio. Un silencio que sólo venía a confirmar el dicho ese de que "el que calla, otorga". La Araña se estrujó entonces uno a uno los dedos de ambas manos hasta hacerlos tronar. Mi atención no pudo sino posarse en la corpulencia de todo ese ser, en sus proporciones macizas y anchas.

–Le reitero –prosiguió él- que el hombre que usted conoce como fray Sebastián es una excelente persona. Posee, eso sí, un transcurso de vida muy diferente al mío. Y es que por más que hayamos sido muy buenos amigos en la infancia (una infancia de la que nada voy a referirle, así que no intente escarbar en ella mediante preguntas disfrazadas); por más que de niños fuéramos como hermanos, ese hombre me perdió la pista desde antes de la adolescencia, si bien yo nunca se la perdí a él. El individuo al que usted llama fray Sebastián desconoce por entero en lo que yo me he convertido, no sabe cómo me gano la vida, y si lo piensa detenidamente, señora Ordoñez, usted tampoco lo sabe. Porque usted conoce de ese buen hombre y de mí exactamente lo mismo: nada.

Continué en silencio, o mejor dicho, enmudecida, sopesando en mi interior la veracidad de aquella sentencia. Eleuterio Santoyo aprovechó la pausa para guiñarme con el ojo izquierdo y en seguida explicó:

–Que su nombre de pila no sea Sebastián es tan obvio y simple como que el de San Francisco de Asís no era Francisco ni Celestino el de Celestino V. ¿Se da usted cuenta de que en ese rubro usted no sabe más de él de lo que sabe de un servidor? Y de su pasado, de su antigua profesión, de su vida antes del monasterio, ¿qué conoce? ¿Sabe al menos desde cuándo se hizo miembro de la orden religiosa a la que pertenece? Es más, y no digo que tenga alguna importancia para mí, pero dígame: ¿los monjes de los conventos de Riva Salgado son jesuitas, benedictinos, agustinos, franciscanos, dominicos, lotería, o de qué congregación? Bueno, ahí lo tiene: fray Sebastián, un hombre a salto de mata del que usted nunca supo nada en realidad… Pero quédese tranquila: una persona honesta y de buen corazón siempre lo ha sido.

Yo me encontraba de pie a escasos metros de mi coche. Eleuterio Santoyo, en cambio, había estacionado el suyo bastante más lejos, seguramente para no advertir de su llegada a Enrique.

–Aquí es cuando usted y yo nos despedimos –remató él.

Pero como yo continuase sin decir nada, el hombre de la agrícola entrecerró los ojos, movió afirmativamente la cabeza y por último dio unos pasos en dirección mía. De la bolsa interior de su saco tomó lo hoja doblada que anteriormente había extraído de la cartera de Enrique: la extendió, la miró una vez más y en seguida la partió en dos.

–Tenga –dijo–, esto es suyo.

En esa parte del papel estaba impresa a blanco y negro la fotografía que Enrique me sacara en la feria de Aguarevoltosa mientras bailaba con Sofie y Pauline.

–Gracias –solté casi como un susurro.

–Si la quiere digital o a color, búsquela después con su padre, que yo se la haré llegar. Sé muy bien que esas muchachas han sido cruciales en su vida, señora Ordoñez, que serán un parteaguas, así que le prometo no borrar ese archivo. Porque como podrá suponer, una de mis obligaciones es precisamente la dar con los originales de esta y otras fotografías que tomó su medio hermano. Por ello mismo debo despedirme de usted justo ahora, pues urge que vaya a registrar el domicilio de ese desdichado y elimine sin dilación toda posible evidencia en nuestra contra, tanto la física como la virtual y cibernética.

Al concluir de decir lo anterior, el hombre de la agrícola se encaminó hacia su carro. Yo permanecí de pie, siempre en silencio, diríase que atontada y/o ausente, sin comprender que estaba dejando escapar la única oportunidad que tendría para resolver, para dilucidar aunque fuera un poco, el enigma alrededor del nombre de Ariel Franco Figueroa.

¿Pero cómo recriminármelo si en mi cabeza no había lugar para otro asunto que no fuese la inminente e ineludible confrontación con mi padre?

50

Conforme conducía a casa de mis padres, dentro de mi mente se fueron sucediendo escenas de lo que había vivido desde aquella noche en que encontrase a Arturo en pleno desarrollo de su pornográfica videocita en internet. Era como si escuchara nuevamente cómo la higuera del jardín rasguñaba con sus ramas verduzcas y lechosas las ventanas de la cocina mientras yo desahogaba con mi madre la infidelidad cibernética de Arturo. Era como si otra vez mirase danzar en la calva encerada del abad Higinio el reflejo de las llamas de los candelabros de la capilla interna de los conventos de Riva Salgado; como si sintiera ahí mismo en el coche la virilidad exaltada de Arturo al abrazarme por la espalda en la alberca con olas del Tropicana. Era como si volviese a percibir los perfumes del verano y de la barbacoa de horno que comiéramos la tarde en que Víctor firmara el convenio tripartito entre la Agrícola Garza-Reyes, el gobierno del estado y Grupo ORCU. Era como si degustase de nuevo la limonada fresca y dulce que recién en la víspera mi marido me llevara a la mesa antes de leer juntos el cuento y la carta de despedida de fray Sebastián.

Pero todas esas sensaciones, apenas hube arribado a mi destino, fueron sustituidas por la aterradora imagen de la cabeza destrozada de Enrique. Sentí que las náuseas regresaban a mi estómago y lo revolvían de cabo a rabo. Contuve las ganas de volver a vomitar respirando profundamente y sujetando el volante con tal ímpetu que casi me quiebro una uña.

Para entonces el hombre de la agrícola ya había puesto a mi padre al tanto de todo, y lo había hecho en persona. A diferencia de mí, que había conducido con excesiva lentitud, fijando mi atención no en el camino sino en mis pensamientos,

Eleuterio Santoyo había manejado como un bólido, pues quería darse tiempo de advertir a mi padre de lo sucedido antes de dirigirse al domicilio de Enrique.

Siendo honesta, aquella maniobra de La Araña resultó a mi favor, ya que así no hubo necesidad de preámbulos: saludé secamente a mi madre desde el umbral de la puerta principal y con paso firme atravesé la sala. Nuevamente, como en el primer capítulo de mi relato (o mejor dicho: ahora más que nunca), aquel lugar "me pareció un cementerio de recuerdos cuyos fantasmas paseaban sus sombras invisibles sobre el piso de mármol y la tapicería anacrónica de rombos dorados."

Abrí la puerta del estudio de par en par. Hallé a mi padre sentado detrás de su escritorio.

–Toma asiento por favor –me dijo con voz templada.

–Prefiero permanecer de pie –respondí mientras caminaba hacia él.

–En ese caso haré lo mismo que tú.

Una copa de whisky a medio beber descansaba sobre el escritorio, junto a la impresora. Mi padre la cogió con las yemas de los dedos, se puso de pie y luego de darle un trago, sentenció:

–Este es el padre que te tocó, Rebeca: nadie tiene la fortuna de escoger a sus progenitores.

No contesté, así que mi padre esclareció sus palabras:

–La persona que te ha salvado la vida, la que contraté para seguirte y cuidarte, ha estado aquí antes que tú.

–Mejor para ambos –dije entonces–, así no perdemos tiempo en explicaciones inútiles.

Mi padre dio otro trago a la copa de whisky y comenzó:

–Ese hombre, hija, ese guiñapo que ha intentado asesinarte…

–Enrique –lo interrumpí–, se llamaba Enrique Palafox y antes de morir me aseguró que tú eras su padre.

–Pues ese tal Enrique, Rebeca, era en efecto hijo de la tía Rosita…

–¿De la tía Rosita? –pregunté irónicamente– Querrás decir de tu amante Rosa Magdalena Gutiérrez Cantú.

–¡Vaya –respondió también él en son de burla–, conque así se apellidaba! Yo nunca supe ni me interesé siquiera en sus apellidos.

–¡Cómo puedes ser tan cínico y desalmado! –repliqué con repulsión.

–Que me califiques de esa forma de ningún modo me ofende; que una ramera a quien se la ha pagado muy bien por sus servicios me quiera chantajear amenazándome con la creatura que alguien más le plantó en el vientre, eso sí que me insulta y me saca de mis casillas.

–¿Una ramera? ¿Has dicho una ramera? ¿Pero cómo te atreves a expresarte así de una mujer que por tu culpa, por obligarla a abortar tardíamente, perdió la vida?

–¡Un momento, Rebeca! –alzó la voz mi padre– Yo no la obligué a nada. Y en cuanto a que si ella era una ramera, una prostituta, una dama de compañía, una *escort* o como quieras llamarle, de eso que no te quede la menor duda, que bastante dinero me costó tenerla a mi lado.

–Qué fácil, ¿no?, denostar a los demás cuando ya no hay manera de que ellos mismos puedan defenderse.

–Escúchame bien, hija: yo en ningún momento he negado que la tía Rosita era mi amante, tampoco que pagaba muy caro por sus servicios ni que imprudentemente la traje a vivir aquí a la casa con ustedes, ¿entonces por qué habría de mentirte respecto a que yo no la obligué a abortar?

–Porque si no fuiste tú, nadie más tendría razones para hacerlo.

–Te equivocas, Rebeca.

Mi padre era muy hábil para mantener su templanza de carácter, sin embargo en esta ocasión noté en él cierto nerviosismo, incluso me atrevería a decir que miedo.

–¿Quién la obligó a abortar entonces? –pregunté secamente.

–Los mismos de quienes he querido protegerte todo este tiempo.

–¿Cómo dices? –balbuceé consternada– ¿De quiénes estás hablando?

Los sigilosos dedos de mi padre tomaron la botella de whisky, rellenaron la copa y él la apuró de un solo trago.

–Siéntate por favor, Rebeca.

Obedecí esta vez.

–El hombre que hoy te ha salvado la vida, yo no lo contraté para que te protegiera (y créeme que lo digo con todo respeto) de un chiquillo en pañales que de haber tenido los pantalones suficientes te hubiera volado los sesos en una de las muchas oportunidades que tuvo (porque, como podrás suponer, estoy al tanto de lo que has estado haciendo en las últimas fechas).

"No, hija, de ese pobre infeliz que en paz descanse yo nunca me preocupé, sino de *ellos*, de quienes están detrás de la mayoría de tus pesquisas. Temí que tu búsqueda finalmente te condujese a ellos y que entonces fuera demasiado tarde para ponerte a salvo."

–¿Quiénes son *ellos*, papá?

Mi padre quiso servirse una nueva copa de whisky, pero yo lo impedí sujetando su antebrazo cuando él ya ceñía la botella.

–Basta –dije–: lo que sea que tengas que decirme, hazlo en tus cabales.

–Tienes razón, hija, esta vez tienes razón.

–¿Quiénes son ellos?

–Los hombres a quienes en el pasado yo pagaba por la tía Rosita y que hoy en día controlan el negocio a lo largo y ancho del estado.

–Por todos los cielos –exclamé en voz baja.

–Sí, Rebeca, así están las cosas. Supongo que mientras la prostitución no se legalice siempre habrá uno o varios padrotes detrás de ellas, tanto para explotarlas como para defenderlas de los clientes abusivos.

–¿Entonces realmente esa señora, tu amante, era una prostituta? ¿Y tú la trajiste a vivir a la casa con nosotros?

–Hay de prostitutas a prostitutas, Rebeca, pero sí, en principio eso es lo que ella era. Si fue cínico, moralmente incorrecto traerla a casa, ése es otro asunto. Que tu madre lo permitiera haciéndose de la vista gorda, bueno, eso si gustas ya lo hablarás personalmente con ella. En lo que concierne a mi historia con esa mujer, con la supuesta tía Rosita, pues bien: a mí ellos me plantearon un acuerdo que protegía mi reputación, mi imagen profesional (que en gran medida era también la imagen del gobierno del estado, ya que con sobrada frecuencia me ocupaba de procesos relacionados con el quehacer público). Después de convenir montos y condiciones, terminé por aceptar el acuerdo, comprometiéndome a pagar mensualmente y sin demoras por los servicios de aquella hermosa mujer que a mí me presentaron simplemente como la señora Rosita y que yo habría de convertir en mi prima lejana.

"Te consta, Rebeca, que aquí en la casa todos la tratábamos de maravilla. Para ustedes siempre fue su tía y ella a su vez se comportaba como tal. Gozaba de bastante independencia: tanta que no era necesario que me avisara si quería salir y ausentarse toda la jornada o incluso días enteros en los que no dormía con nosotros."

Hice mi mayor esfuerzo por acordarme de lo que mi padre me decía, pero lo único que yo tenía eran recuerdos, o mejor dicho, imágenes de situaciones muy concretas en las que aparecía la tía Rosita; en otras palabras, no existía en mi memoria un recuerdo de conjunto de cómo había sido nuestra vida familiar durante aquel periodo.

–Pero así había sido el acuerdo –continuó mi padre– y a mí no me molestaba en lo más mínimo siempre y cuando ella cumpliera con las obligaciones por las que la contraté, y en ese sentido no podía quejarme. Tan sólo me limité a imaginar o que la tía Rosita tenía hijos encargados con algún pariente, o que andaba de novia con alguien. Aquello, sin embargo, no era de mi incumbencia. Comenzó a serlo cuando se embarazó, y más aún cuando empezó a decir que yo era el padre. Porque has de saber, hija, que al principio ni siquiera lo insinúo. Es más, por mi propia iniciativa los primeros meses de embarazo los pasó muy contenta aquí en la casa; eso sí, bajo aviso (al igual que ellos) de que muy pronto yo habría de prescindir de sus labores. Cuando esa fecha finalmente se llegó, ninguno de los involucrados manifestó algún reproche o inconformidad. Incluso antes de que la tía Rosita se marchara para siempre de nuestro hogar, yo le otorgué un cuantioso bono de despedida. Todo iba bien hasta que a los dos meses de que se fuera, algo o alguien la hizo cambiar de conducta. Fue entonces cuando se le ocurrió la estúpida treta de pretender chantajearme con su embarazo. Yo lo único que hice fue acudir a ellos, quejarme con los tipos a los que siempre pagué sin dilación, respetando en todo momento nuestro acuerdo verbal previamente establecido. Después de eso no volví a recibir amenazas de la tía Rosita. Más tarde habría de enterarme de cómo terminaron las cosas.

–¿Y nunca hiciste nada por averiguar si aquel niño, aquel huérfano inocente, no era hijo tuyo en verdad?

Mi padre dirigió su mirada hacia el techo, cerró los ojos y suspiró.

–Mentiría si te dijera que no llegué a pensar en él algunas veces, sobre todo los primeros años tras el fallecimiento de su madre. Y no porque dudase de mi posible paternidad, pues estaba y sigo estando convencido de que yo no era el padre. Únicamente me preguntaba qué sería de él. Eso era todo. No quería ni podía hacer más.

–¿No podías?

–Sí, Rebeca: no podía. Recuerda que estaban *ellos*, quienes sin duda habían sido los que obligaron a la tía Rosita a su tardío y funesto aborto. Mirar por el hijo de esa mujer hubiera equivalido a admitir que quizás yo sí era el padre después de todo, y en tal caso no sé cómo hubiesen reaccionado aquellos hombres. Tal vez hubieran pensado que yo les había mentido a propósito, que los había orillado a deshacerse de una de sus mejores mujeres y que ahora, ya demasiado tarde, estaba arrepentido.

–¿Así de grande era el miedo que te inspiraban, papá?

–Pues por más grande que fuera ese miedo, ese temor hacia lo que entonces hubiesen podido hacer conmigo, no se compara con el pánico que me genera el solo hecho de imaginar lo que hoy por hoy serían capaces de hacer contigo.

–¿Conmigo?

–Sí, contigo. No olvides que yo no contraté a ese hombre para protegerte del hijo de la tía Rosita, sino de ellos.

–Pero yo ni siquiera sé quiénes son; mucho menos qué pude haber hecho para propiciar su enfado.

–Por suerte aún no has hecho nada, hija, pero andabas muy cerca. Comencé a preocuparme por ti luego de que el abad Higinio me hablara por teléfono para relatarme todo lo que tú le habías contado, lo que habías descubierto en internet. ¿Quiénes crees que están detrás de esas mujeres? Sí, ellos. Pero el punto decisivo fueron las jovencitas extranjeras: entonces no dudé ni un solo instante en recurrir al hombre que te salvó la vida.

–¿Te refieres a Sofie y a Pauline?

–No importa cómo se llamaban, Rebeca, sino que *ellos* fueron los verdaderos autores de su desaparición.

–¡Lo sabía –exclamé casi contenta–, sabía que el joven del Tropicana no podía haberlas matado!

–¿De qué te alegras? ¿Acaso no estás poniendo atención a lo que te digo?

–Tú –dije alzando la voz–, tú conoces la verdad. Tú puedes salvar de la cárcel a ese chico.

–Yo no sé nada que aún no sepa el procurador del estado, con quien por cierto deberías estar sumamente agradecida por lo que hizo por ti en deferencia de mi persona.

–¡Papá –le reclamé–, no puedes quedarte con los brazos cruzados en esta ocasión!

–Es que no tienes la más mínima idea de quiénes están inmiscuidos. No se trata solamente de *ellos*, que fueron quienes secuestraron a las jovencitas. Aquí hay gente muy importante inmiscuida. Hijos de grandes empresarios, de respetados artistas e incluso se rumora que de expresidentes. Alguno de estos brutos inhumanos ordenó el secuestro de las chicas, y todo con tal de…

No tuve tiempo de anticiparlo, pero incluso si así lo hubiese hecho no se lo hubiera impedido esta vez: con movimientos ágiles y precisos, mi padre había tomado la botella de whisky, se había servido otra copa y de un solo trago la había apurado hasta el fondo.

–¡Ay, mi hermosa Huelelagua –se lamentó mi padre–, te has hundido en la mierda!

"Y sí, no hace falta que me lo digas: yo también tengo mi porción de culpa. Pero es que en mis tiempos el Estado jamás hubiera permitido algo así. Tampoco a nadie de nosotros se le hubiera ocurrido semejante bestialidad. ¡Esto ya ni quiera podría considerarse trata de blancas!"

–Por eso mismo, para que las cosas cambien, es que tienes que hacer público todo lo que sepas.

–¿Estás loca? Lo mejor es que olvides de una vez y para siempre esta terrible pesadilla. El procurador ya tiene a su culpable y eso es lo único que importa.

–¿Olvidar? Por olvidar a Javier y la forma en que murió, por fingir que las cosas no ocurrieron y siguen pasando, es que gran parte de mi existencia la he transcurrido sumergida en la ignorancia. No, papá, yo ya no puedo ni quiero olvidar.

–Bueno, en ese caso tampoco olvides que yo ya he hecho lo que estaba en mis manos para proteger y salvar a mi hija. Ahora dime lo que tú harás para proteger y salvar a la tuya.

"Porque no dudes que si les das un golpe, *ellos* también lo darán, y buscarán conectarlo justo donde más te lastime. Ya no puedes ni quieres olvidar, está bien: comienza por no olvidar cuál es su negocio, en qué bajo crimen se especializan.

"Atácalos, denúncialos, exponte a su crueldad y salvajismo, pero no expongas al resto de la familia, especialmente a mi amada nietecita."

Epílogo

Este mes cumplimos un año de autoexilio. Exceptuando a Arturo, que llegó con empleo (y por ende con visa) gracias a la ayuda de mi hermano, los demás, es decir los niños y yo, aún no recibimos nuestro permiso de residencia, así que tampoco podemos salir de este país.

–Antes de que te hayas ido ya estarás arrepentida –me advirtió mi padre por teléfono cuando supo mi resolución de partir al exilio.

Si bien es cierto que yo nunca he trabajado, también es verdad que únicamente desde que vivimos aquí he aprendido en carne propia lo que es sentirse aislada e inútil. En parte por las diferencias culturales y por mi dificultad para aprender este idioma; en parte (o sobre todo) por la confortable y sosegada rutina que yo tenía en Huelelagua de los Llanos. Ello, por supuesto, sin pasar por alto que allá yo era la hija de don José Ordoñez, pues aunque jamás intenté sacarle provecho a mis apellidos, debo de aceptar que echo un poco de menos las atenciones y los miramientos con que solían tratarme en todos lados.

–Antes de que te hayas ido ya estarás arrepentida.

Aquí, en cambio, nadie me conoce, y pese a que la mayoría de las veces la gente se comporta conmigo con buenos modales y con algo de paciencia a causa de mi poca fluidez al hablar, lo cierto es que también ha habido ocasiones en que me he sentido menospreciada, empequeñecida e incluso discriminada.

–Antes de que te hayas ido…

Tales incidentes, pese a todo, bien podrían ser simples secuelas del ánimo inestable y susceptible en el que con frecuencia me encuentro. Y es que Arturo jamás se ha sentido ofendido ni desdeñado, aunque admite que la vida en

Huelelagua de los Llanos era lejanamente mucho más sencilla y placentera: no para el grueso de los huelelagüenses, claro está, pero sí para nosotros.

–Eres tú el que habrá de arrepentirse antes de que te hayas ido. Si no de esta ciudad, sí de este mundo –le respondí a mi padre usando su propia sentencia, movida más que nada por mi enojo y frustración–. *Habrás reconocido cuán errados eran tus principios y tus ideas (no en cuanto a que nadie tiene el privilegio de escoger a sus progenitores, porque pese a que eso es una perogrullada, yo sí te amo por el simple hecho de ser mi padre).*

En lo que respecta a Mariana y a Francisco, me parece que ellos ven la situación más como unas vacaciones permanentes, aun si desde la primera semana en que llegamos asisten a un colegio particular en el que estudian el idioma de este país. Me parece también que disfrutan y aprecian la libertad que aquí les hemos podido otorgar y que en Huelelagua de los Llanos era impensable debido al perenne incremento de la violencia y la inseguridad. Ahora nuestros hijos van y vuelven caminando o en bicicleta del colegio, así como de sus respectivos clubs de deportes.

–Eres tú el que habrá de arrepentirse antes de que te hayas ido. Si no de esta ciudad, sí de este mundo –le respondí a mi padre usando su propia sentencia, movida más que nada por mi enojo y frustración.

Y he aquí que, sentada al escritorio, a punto de concluir mi relato (si bien no su historia, que aun en este justo instante sigo viviendo); he aquí que me veo obligada a citar lo que en otra parte he escrito para darme ánimos a mí misma, para no olvidar, para no decaer:

> Supongo que cada quien es del entorno en donde crece, y en ese sentido he descubierto que yo soy de un cielo azul perpetuo, de un sol siempre radiante, de la posibilidad de vestir faldas y vestidos todo el año […] ¿Pero qué sabe una de lo que el destino le depara a cada quien, de que Arturo, nuestros hijos y yo nos veríamos constreñidos a autoexiliarnos?

No, jamás lo hubiera dicho, y sin embargo quiero aclarar que tampoco me engaño, que sé muy bien que los recuerdos son más hermosos cuando van teñidos de añoranza.

Y es que ésta no es una simple novela de ficción en la que sería muy fácil trabajar, retocar o de plano modificar el final hasta hacerlo feliz, moralmente correcto y aleccionador. La vida real no siempre es así. Mejor dicho, casi nunca es así. Al menos no mi vida, que actualmente titubea entre dos polos: por una parte me hacen falta las comodidades y los privilegios que gozaba en Huelelagua de los Llanos; por la otra, admiro y aprecio esta sociedad en la que hoy resido, que comparada con la de México (o como mínimo con la de mi estado) es muchísimo más justa e igualitaria, y sobre todo muchísimo más segura y tranquila.

No, no olvido que actualmente ya nadie visita la sierra de Huelelagua, que el narcotráfico la tiene bajo su control absoluto, y que la exuberante vegetación de la selva es aprovechada por el crimen organizado para que sea la naturaliza misma quien sepulte y esconda –tal vez para siempre– las fosas clandestinas de quién sabe cuánta gente asesinada, cuyas familias sufren hasta lo más hondo de su espíritu por ignorar la suerte y el paradero de sus seres queridos.

Releo lo que escribo cada vez que presiento que voy a darme por vencida, que estoy por pedirle a Arturo que volvamos a Huelelagua de los Llanos y simulemos que no ha sucedido nada. En mis ratos más tristes y egoístas incluso he llegado a decirme que esa gente asesinada no es de mi familia, que ni siquiera pertenece a la clase social de la que provengo, a la esfera de mis conocidos, que yo no tengo por qué temer un final semejante. Después me acuerdo de Sofie y de Pauline y siento que les he escupido en el rostro al pensar de esa forma. ¿Saben?, es como una moneda echada a la suerte: ignoro qué cara de mí misma habrá de resultar vencedora.

Perdonar, tal vez. Olvidar no. Olvidar, nunca.

Porque la misma noche en que descubrí que Arturo, mi marido, me era infiel, comencé a descubrir también que el mundo que yo conocía, el que me rodeaba, era uno muy diferente al que creía.

Disculpen que me cite reiteradamente, y que además lo haya hecho en diversos capítulos de mi relato. Ya he dicho antes que no soy ninguna novelista profesional, que mi libro no ha emanado del ejercicio continuo de la escritura, del dominio de las técnicas narrativas y del suspenso. Yo no comencé a escribir pensando exclusivamente en ustedes, los eventuales lectores, porque desde el inicio fui consciente de que nada ni nadie me garantizaba que en un futuro alguna casa editorial fuera a publicarme, o que una vez publicada no pasaría inadvertida.

–Eres tú el que habrá de arrepentirse antes de que te hayas ido.

Logrado o no, bien escrito o no, este libro lo concebí principalmente para mí misma, para leerlo y releerlo en cada momento que estuviere por claudicar, en cada momento que estuviere por olvidar qué me trajo hasta aquí, para susurrarme al oído desde el fondo de mi alma:

"Sus nombres eran Sofie y Pauline… su nombre era Javier."

1)   Manuscrito sobre la edificación de los conventos de Riva Salgado

Al igual que la catedral de Huelelagua de los Llanos y de muchas otras edificaciones coloniales en esta región del país, los conventos de Riva Salgado fueron construidos casi en su totalidad con piedra de pirámides y viviendas prehispánicas demolidas durante y después de la conquista.

La crónica de la fundación de dichos conventos, sucinta pero fiel a las fuentes históricas, es la siguiente:

I

Circa 1630 desembarcaron en Puerto Lindura, Nueva España, dos galeones cordobeses. En uno de ellos venía a bordo el apuesto misionero fray Tomás Chico, joven de cuerpo musculoso aficionado a las mujeres y al trago. En Sevilla lo conocieron como El Matalascallando o El Cuatro Vidas, en proporción de las veces que alguien más había pagado con la suya los delitos cometidos por Felipe Hurtado, verdadero nombre de fray Tomás Chico.

Tras su arribo a Puerto Lindura, el presunto hermano de la caridad bendijo a la ciudad de la manera que mejor sabía hacerlo: dejando encinta a dos sirvientas de la posada en la que se había hospedado y robando las reliquias y el dinero de varias parroquias. Anduvo después sin rumbo fijo, esparciendo a discreción sus concupiscentes bendiciones por los pueblos y ciudades que dejaba a su paso. Al llegar a Huelelagua de los Llanos, que no era entonces ni el polvo de la ciudad moderna que es ahora, fray Tomás Chico encontró asilo en el convento de Las Hermanas Piadosas.

Al poco tiempo, agotado ya en todas sus potencias, temeroso de no sobrevivir a aquel ritmo frenético de tareas místicas y obligaciones litúrgicas basadas en el gozo más terreno de la carne, fray Tomás Chico decidió escapar de las manos de las hermanas piadosas y erigir su propio convento. Cuando éstas se enteraron de tales intenciones, amenazaron a fray Tomás Chico con descubrir al mundo quién era él en realidad. El falso y consumido misionero pretextó entonces que su único propósito era hacerse de más propiedades para ellas y que por ello construiría su convento a pocos metros del de Las Hermanas Piadosas, pues de ese modo él estaría a su alcance para socorrerlas en cualquier apuro o aflicción que llegaren a padecer.

Huelga mencionar que tal construcción la realizarían los indígenas de la zona y que en cuyo pago recibirían su dote diaria de floridos azotes, así como la bendición de uno que otro nieto mestizo (lo cual sí era una suerte de ganancia, dada la rigurosa división social por castas de la época, válida de una u otra forma hasta nuestros días).

Pero fray Tomás Chico no viviría para ver su obra concluida, ya que ciertos curas de alma honrada y auténtico espíritu cristiano (que por desgracia ni ayer ni hoy han sido muchos en Huelelagua de los Llanos) dieron con la verdadera identidad de aquel fraile y sacaron a la luz sus fechorías. Amparado por el llanto sincero de las hermanas piadosas que calificaban de sacrílega equivocación aquel fallo, Felipe Hurtado fue ajusticiado en la horca por las fuerzas virreinales de Huelelagua.

Sabedor de tales acontecimientos, el arzobispo en turno no tuvo otra alternativa que ordenar la inmediata suspensión de las labores de edificación del convento, mas no así las destinadas a la recaudación de fondos que en su causa se llevaban a cabo por toda la colonia.

Luego de haberse hecho de extensas propiedades con el dinero recaudado y a fin de no levantar sospechas por tal enriquecimiento, ese mismo arzobispo ordenó la construcción de un tercer convento de dimensiones colosales justo enfrente del de Las Hermanas Piadosas y del iniciado e inconcluso por fray Tomás Chico.

Finalmente un siglo más tarde (entre 1742 y 1748), cuando las andanzas e inmoralidades de Felipe Hurtado habían sido borradas de la memoria colectiva, alguna autoridad visionaria de la Iglesia ordenó que se retomara la construcción de aquel convento a medio terminar.

Fue así cómo nacieron las tres edificaciones que habrían de conocerse después como los conventos de Riva Salgado, cuya vida toca el turno de abordar.

II

La Iglesia Católica de Huelelagua de los Llanos mucho se vanagloria en nuestros días del bondadoso monje español Modesto de Riva Salgado: de su amor por los indígenas y de su lucha incesante por la justicia social y el amor entre los hombres, pero poco hace por atender y enmendar las críticas que él denunciara en su tiempo, así como tampoco lo hicieron las autoridades eclesiásticas de entonces.

Modesto de Riva Salgado llegó a Huelelagua a finales del siglo XVIII. No tardó en horrorizarse y combatir los abusos cometidos contra los indígenas, los mulatos y la mayoría de los mestizos. Su pecado, identificarse con los humillados y ofendidos; su herejía, creer en la Palabra. Amén de varios azotes y escupitajos en el rostro, Riva Salgado fue excomulgado en una sesión extraordinaria abierta al público y trasladado a la cárcel de la ciudad en medio de una atmósfera entremezclada de injurias y lamentos. Allá lo fue a visitar el arzobispo, esperanzado en que la oveja descarriada hubiese regresado al sendero de la cordura. Sin embargo, trasgrediendo toda norma de respeto, Modesto de Riva

Salgado no sólo no quiso claudicar de sus denuncias y pensamientos religiosos, sino que inclusive no reverenció al arzobispo como era debido: cuando éste entró a la celda, Riva Salgado permaneció sentado, "altivo", según el juzgar del propio arzobispo, quien al dejar la cárcel de Huelelagua de los Llanos ordenó que, "visto que al pecador tanto le gustaba estarse en su silla, así permaneciera hasta el fin de los tiempos." La orden fue ejecutada de inmediato, aun cuando la Iglesia presuntamente no tenía competencia jurídica (pero sí administrativa) en los quehaceres de la colonia. Modesto de Riva Salgado pasó los pocos meses que le quedaban de vida atado a su asiento. Allí comía y dormía. Allí también defecaba. Cada semana un vigilante se encargaba de limpiar las heces del monje español mediante cubetazos de agua helada, hasta que por fin alguien se dignó en hacerle un orificio a la silla a fin de que la atormentada alma de Riva Salgado pudiera descansar en paz cada vez que fuere preciso.

En Huelelagua de los Llanos se ha intentado borrar de la historia (con éxito avasallador, por cierto) que a Modesto de Riva Salgado fue forzoso construirle un ataúd especial en forma de silla, pues, una vez muerto, por más que lo intentaron, nadie pudo brindarle al cuerpo una posición diferente.

Siguiendo su tradición milenaria, la Iglesia habría de declarar mártir a quien en vida ella misma había despreciado.

Pero muchísimo antes de que ello ocurriera, apenas unos meses después de la muerte de Modesto de Riva Salgado, el obispo de la catedral de Huelelagua recibió la noticia de que indígenas y mestizos comenzaban a rendirle culto en secreto al piadoso monje español, cuya figura moldeaban en estatuillas de barro que luego colocaban junto a adornos florales y veladoras de sebo. Ni tardo ni perezoso, el obispo de Huelelagua se encargó de acaparar subrepticiamente la venta y la producción de tales estatuillas.

Décadas más tarde, no se sabe bien a bien ni cuándo ni quién ni dónde, alguien encontró una supuesta reliquia milagrosa perteneciente a Modesto de Riva Salgado. La Iglesia de Huelelagua no dudó en reclamarla como suya y, en cuanto se hizo con ella, fue colocada en un rincón de la catedral, donde los feligreses podían visitarla, pedirle ayuda y depositar sus respectivas limosnas.

No fue sino ya entrado el siglo XIX, tras las luchas de independencia que se dieron en todo el continente, que la reliquia de Modesto de Riva Salgado fue reclamada por ciertos frailes huelelagüenses bajo el argumento de que Riva Salgado no había sido un sacerdote sino, en efecto, un monje de su congregación. Para arreglar el conflicto, las autoridades eclesiásticas decidieron no concederle la reliquia ni a unos ni a otros, sino ponerla al cuidado de las hermanas piadosas, quienes la tuvieron a su resguardo hasta el cierre de su convento, a inicios del siglo XX, luego de las incesantes violaciones, raptos y fugas de monjas que hubo durante los cruentos años de la revolución mexicana.

Una vez pacificado el país, el ex convento de Las Hermanas Piadosas pasó a manos del Estado para después regresar, ya como museo, a las arcas de la Iglesia, tal y como lo conocemos ahora. Los otros dos conventos siguen en funciones hasta nuestros días: uno abierto parcialmente al público para la venta de diferentes artesanías, fruto del trabajo de los monjes, y para la celebración de misa de cada domingo; el otro es exclusivamente de aislamiento y meditación.

Huelga decir que los huelelagüenses de hoy en día se refieren indistintamente a estas tres construcciones como a *los conventos de Riva Salgado*.

2)   Crónicas fidedignas y hechos memorables de estas tierras descubiertas y de sus habitantes

Libro III. Capítulo V.

Que trata de la caída del Gran Maíz Primogénito y del nacimiento, muerte y resurrección de la puerca grande y rufiana, y de otras cosas dignas de ser leídas y nunca olvidadas.

[Texto recuperado por Ariel Franco Figueroa]

Corría el año de 1519. La puerca grande y rufiana, recién llegada de ultramar a estas tierras descubiertas, se paseaba curiosa e inquisitiva por El Valle de los Maizales, que era entonces una tierra y una metrópoli más bella pero no menos cruenta e injusta de la que hoy conocemos, pues los pueblos subyugados de sus alrededores debían pagar tributo, incluso con sus vidas, al Gran Maíz Primogénito, soberano absoluto de El Valle de los Maizales, de quien se creía habían derivado todas las variedades del maíz, incluido aquel con cuya masa los dioses habían forjado la versión última y definitiva del hombre.

–¿Y tú quién eres? –preguntó sin ningún miramiento la puerca grande y rufiana al toparse de repente con el Gran Maíz Primogénito.

–¡Oh cenzontles de alas azules!, ¿cómo puede alguien ignorar lo que tan evidente es a la vista? ¿Qué acaso mi penacho de choclo dorado no le revela quién soy yo?

–Si lo supiera no te preguntaba.

–¡Por el moco colgante del guajolote! ¡Pero qué clase de animal tan insolente y bárbaro es este forastero que se descubre ante mí!

–Épale, tú no descubriste a nadie, yo fui quien lo hizo. Y además yo pegunté primero.

–No es pregunta: afirmo.

–Deja de parlotear y dime de una vez por todas quién eres.

–Si tan grande como su trompa es su deseo por saber quién soy, oh petulante animal rosado de la cola torcida, entonces entérese que se halla ante el Gran Maíz Primogénito, soberano de El Valle de los Maizales, progenitor de…

–Alto, alto. No tan de prisa. Primero lo primero: ¿has dicho maíz? ¿Qué es eso?

–¡Que xoloitzcuintle ninguno acompañe a su irrespetuosa alma por el inframundo! ¡Cómo se atreve a interrumpirme, a hablarme de esa forma? ¿Qué en verdad no se da cuenta quién soy yo?

–Vaya que si son lentos en estos lares: ya te dije que si lo supiera no te preguntaba.

–Y yo también ya le he manifestado que nunca antes a un animal tan animal había yo visto. El maíz es el más importante de todos los cereales, y yo a mi vez soy el soberano de todos los maíces: saque pues, si es que puede, sus conclusiones.

–Soberano de todos los maíces, eh… o sea que ni súbditos ni riquezas han de faltarte –murmuró la puerca grande y rufiana, cavilando qué beneficio podría obtener de aquella revelación–. Pensaba capturarte vivo, pero ahora prefiero ocupar tu lugar.

–¿Pero qué ha dicho?

–Que muchas plantas nuevas he saboreado en estas tierras descubiertas, pero ningún maíz que yo recuerde. Primero te devoro; luego, usurpo tu corona de pelos rubios.

–Le reitero que se llama choclo, rosada bestia trompuda, y además no es corona, sino penacho.

–Ay, granudito, ya me has hecho perder la paciencia. Créeme que voy a disfrutar mucho haciendo esto.

Mirando la sólida y bien formada dentadura de aquel cerdo de apetito insaciable, el Gran Maíz Primogénito supo que, después de todo, la profecía resultaría verídica, que su destino y el de su imperio realmente habían sido zanjados por los dioses desde tiempos inmemorables, y que ese día en que una era terminaba e iniciaba otra finalmente había llegado. Intentaría, no obstante, postergar lo más que se pudiera lo inevitable, y no halló por el momento mejor recurso que las lisonjas y adulaciones.

–Lo que ha de ser que sea –dijo con resignación el Gran Maíz Primogénito–, pero antes de ser devorado por usted, bríndeme al menos el honor de saber bajo la mano de qué ilustre creatura habrá de perecer el GMP.

–¿El qué?

–El GMP.

–¿Y eso qué es?

–¿Acaso no ha visto nunca esas iniciales al pie de los templos, los bajorrelieves y las estatuas de El Valle de los Maizales? Mi nombre se encuentra tallado, esculpido y bordado por todas partes. Mi cuerpo morirá, no mi recuerdo. Tampoco el suyo: sus iniciales quedarán registradas para siempre sobre las mías. Por eso le pido que me revele su nombre, porque estoy seguro de que los dioses eligieron al más grande entre los grandes en abolengo y linaje para destruir al GMP y comenzar así la era de… la era de… de usted.

La puerca grande y rufiana era sólo eso: una puerca grande y rufiana. Huérfana desde pequeña, a duras penas tenía noción de quién pudo haber sido su padre; de la identidad de su madre nunca supo nada, únicamente que la había abandonado sin remordimiento alguno tras haberla dado a luz. No es de sorprender entonces que, conviniendo con quienes ya la conocían y anticipándose incluso a la opinión de quienes pronto la habrían de conocer, la puerca grande y rufiana aceptara y declarase –diríase hasta que con orgullo– que ella no tenía ni un poquitito de madre.

Pero aquella era su gran oportunidad para hacerse de un nombre, para inventarse un pasado que justificara su presente y sobre todo su futuro, es decir, el dominio feroz y rapaz que habría de ejercer sobre estas tierras apenas descubiertas y sus habitantes.

–Yo soy… yo soy… Yo soy la PGR.

–¿La PGR?

–Eso he dicho.

El Gran Maíz Primogénito repasó mentalmente todas las profecías y genealogías que había aprendido de memoria desde la infancia en busca del significado de aquellas iniciales. Hizo un esfuerzo sobrenatural, pero ni aun así logró descifrarlas. Mientras tanto, la puerca grande y rufiana se reprochaba a sí misma por su falta de talento para inventarse un nombre, aunque reconocía que al menos había logrado disfrazar el real, lo que le daría tiempo para darle un significado diferente a las siglas que había pronunciado.

–Si usted me lo permite, me gustaría preguntar qué significa PGR.

La puerca grande y rufiana –que desde este momento llamaremos la PGR en deferencia de su persona–, hábil guerrera acostumbrada a valerse más de su físico que de su mente, no supo qué responder. Sobre la piel rosada de su rostro comenzaron a resbalar gruesas gotas de sudor. Buscando su cauce como lo haría un riachuelo, algunas de ellas terminaron por formar un diminuto charco en la llanura de la trompa.

–Lamento no recordar su linaje, oh PGR. Es posible también que mis instructores desconocieran la noble ascendencia de su persona y no me la hayan enseñado. Sea cual fuere el motivo de mi actual ignorancia, le ruego que me disculpe y que me ilumine al respecto: ¿qué significa PGR?

Deshabituada a estar en una posición en la que debiera rendir cuentas, la PGR se dejó guiar por sus instintos. Soltó un gruñido guerreo y sin pensarlo dos veces se abalanzó sobre el Gran Maíz Primogénito. De dónde habían salido o dónde habían estado escondidas previamente es algo que ignoraba la PGR; el hecho es que, a su vez, cientos de mazorcas vigías se abalanzaron sobre ella. Sacando provecho de su tamaño y recursos para el combate, la PGR hizo frente a sus rivales. Devoró, mutiló y aplastó a cuanto maíz pudo. Sin embargo, era tal el número de contrincantes y tan bien adiestrados en sus propias armas, que le fue imposible someterlos a todos. La PGR no tuvo más remedio que salir huyendo para salvaguardar su vida.

Aquella noche, además del sabor amargo de la derrota, a la PGR le quedó otro recuerdo digestivo. Empachada por haber devorado tanto maíz, se recostó debajo de un ahuehuete. Vomitó la noche entera e hizo otras cochinadas propias de su ser. En medio de un lodazal que horas antes no existía, se prometió a sí misma que aquello no se quedaría así, que tan pronto como la disentería cesara, regresaría a El Valle de los Maizales acompañada del ejército más grande que estas tierras apenas descubiertas hubieran visto jamás. Ya no le interesaba destronar y suplir al Gran Maíz Primogénito. Había decidido arrasar con la metrópoli y sus habitantes. Ya desde entonces aquel memorable suceso comenzó a ser referido comúnmente como "El ahuehuete de la noche suelta".

Apenas recuperada, la PGR inició su terea de reclutamiento. Fue precavida en no compartir sus planes ni con los toros ni con los corceles, pues sabía de antemano que no todos los animales que habían llegado con ella de ultramar compartían sus ideas, y que incluso había quienes aborrecían su conducta y sus hábitos, a los que atinadamente calificaban de puercos. Y no era que fuese una característica ligada exclusivamente a su naturaleza, sino que era algo propio de ella, ya que de entre los mismos cerdos no fueron pocos lo que se rehusaron a formar parte de las despiadadas pretensiones de la PGR.

"Se van a acordar de mí esos marranos" se dijo a sí misma la PGR tras la negativa de estos últimos. Su amenaza se cumplió puntualmente. Pasado algún tiempo, tras haber conquistado El Valle de los Maizales, la PGR se encargaría de reprimir y/o aniquilar a los puercos que no habían estado de acuerdo con ella (práctica todavía en uso hasta nuestros días).

Notando que el número de puercos que había logrado reclutar era insuficiente para vencer al ejército del Gran Maíz Primogénito, la PGR no tuvo más remedio que buscar aliados entre los nativos de estas tierras descubiertas. Algunas variedades de frijol y de calabazas decidieron ayudarla, ya que durante muchos años habían padecido la tiranía de los maíces. A su vez, esos mismos frijoles y calabazas se encargaron de conseguir la valiosa ayuda de la Princesa Vainilla, una planta hermosa y muy bien perfumada, pero también presumida y egocéntrica, que siempre había codiciado el trono del Gran Maíz Primogénito.

De esta forma, ya sea en aras de librarse de un tirano o con el deseo de suplantarlo, la PGR se hizo de un gran ejército de nativos inconformes. Se llegó así el día en que la PGR pronunció ante su tropa este breve discurso:

Muchos de ustedes me han preguntado qué es o qué significan las siglas PGR. Me han preguntado de dónde vengo y si acaso he sido mandada por los dioses, si conmigo y con mi llegada se cumplen las profecías de estas tierras descubiertas. Desde el momento en que me he hecho llamar la PGR, este nombre resuena por todas partes y a todos ilusiona y atemoriza, porque nadie sabe qué es ni qué significa. Hoy quiero revelarles que la PGR son ustedes. ¡Sí, la verdadera y única PGR son ustedes, soy yo, somos todos los aquí reunidos! [En ese instante, los puercos dejaron escapar algunos gruñidos y risas discretas: no era necesario ser muy inteligente para adivinar lo que las siglas PGR querían decir en realidad. Sin embargo, dejaron que la PGR continuase con su discurso, pues se daban cuenta del efecto positivo que suscitaba entre los nativos.] *…un mismo objetivo nos reúne hoy, un mismo futuro nos hermanará mañana. Hemos venido hasta aquí para cumplir una misión histórica, para despojar al tirano del poder y repartirlo entre los justos.* [Sabiendo lo que cada cual albergaba en su corazón, la PGR miró primero a los frijoles y a las calabazas; en seguida, a la hermosa Princesa Vainilla. Tras una breve pausa, concluyó:] *Marchemos unidos a la guerra, sin miedo y con decisión. Los* *dioses me han hecho saber su designio: el triunfo está de nuestro lado. Hoy, hoy, hoy y nada más que hoy se vislumbra ya el nacimiento de una raza nueva, de una raza cósmica que vivirá tranquila y holgadamente. ¡Y esa raza, mis hermanos, somos nosotros!*

La alegría del público no se hizo esperar. Fue tanta la emoción de ciertos frijoles, que de pronto comenzaron a saltar y a producir un ruido estridente de hediondas consecuencias. Se dice que fue así como de un segundo a otro surgió la extraña variedad de los frijoles saltarines. Verdad o mentira, lo único cierto y comprobable es que pese a que todos los ahí reunidos celebraron el discurso de la PGR, fueron los puercos los únicos en entender que la cláusula final los atañía exclusivamente a ellos.

La batalla fue rápida y muy violenta. La PGR desplegó su ejército desde lo alto de las montañas que circundaban El Valle de los Maizales. Tras un fondo bermejo y anaranjado, producto de la salida del sol, se recortaron las siluetas de puercos, marranos y cerdos. El Gran Maíz Primogénito reconoció de inmediato el uniforme azul marino de la guardia personal de la Princesa Vainilla, y tras de ella a frijoles y calabazas.

Sabedor de que tanto su reino como él mismo habían llegado a su fin y que nada podría evitarlo, El Gran Maíz Primogénito fue el primero en emprender el ataque.

Ya en la batalla, los puercos se sirvieron de su principal característica: su apetito voraz e insaciable. Engulleron tanto maíz cuanto les fue fisiológicamente posible. Repletos a reventar, incapaces de comer un solo grano de maíz más, se valieron entonces de sus pesuñas y de sus mismos cuerpos rechonchos para girar sobre sí mismos y de esa forma triturar y aplastar mazorcas enteras. Muy pronto el suelo comenzó a cubrirse de una masa blanca y amarillenta.

Pero los maíces vendieron cara su muerte. Con sus hojas picudas, que expresamente habían afilado para el combate, rebanaron trompa, oreja, buche, maciza, nana y cuanta parte de cerdo pasara junto a ellos. Cuenta la leyenda que

276

apenas finalizada la guerra, un grupo de humanos descubrió con horror el campo de batalla. Conmovidos por aquella visión, decidieron incinerar los cadáveres como muestra de honor y respeto. Un peculiar y sugestivo aroma se alzó por los aires luego de que los cuerpos de los caídos fueran puestos al fuego. Nacieron así los tacos de carnitas. Se dice también que a un nativo se le ocurrió agregarle chile y jitomate, y a un llegado de ultramar, cilantro y cebolla, y que varios años después un desconocido concluiría la receta con unas gotitas de limón.

Pero ésta es sólo una leyenda, por más sabrosos que sean dichos tacos. Lo que es una verdad irrefutable es que la PGR y algunos de sus secuaces lograron sobrevivir al enfrentamiento. No son pocos los que afirman que en realidad la PGR ni siquiera metió las manos, es decir las pezuñas. Dejó que por su causa se sacrificaran los frijoles y las calabazas, así como los cerdos más impulsivos y violentos.

Fue demasiado tarde cuando los frijoles y las calabazas, así como la guardia personal de la Princesa Vainilla, se dieron cuenta de que la raza que viviría tranquila y holgadamente no sería la suya. Sin embargo, los únicos en aceptar su error públicamente fueron las calabazas. Quizás por ello muy pronto se popularizó la expresión "calabacearla", empleada aún en la actualidad cuando alguien comete un error de gravísimas consecuencias.

Los cerdos, llevados por su apetito ya antes descrito, junto con la misma Princesa Vainilla (que no dudó un instante en negar sus origines y traicionar a su propio pueblo) muy pronto agotaron las reservas de alimento que habían saqueado de las bodegas y las casas de El Valle de los Maizales. Entonces el nuevo orden de estas tierras descubiertas se hizo aún más manifiesto. Sometidos casi como esclavos, frijoles y calabazas, así como los escasos maíces que habían sobrevivido al combate, fueron obligados a trabajar para el reino que comenzaba a formarse. Aprovechando su indiscutible belleza, y conforme a sus propias y egocéntricas pretensiones, la Princesa Vainilla pidió ser declarada no reina, sino emperatriz de todo el valle. La PGR vio con buenos ojos semejante idea, pues de esa forma los súbditos del reino creerían que era la Princesa Vainilla quien los gobernaba, y por lo tanto sería sobre ella en quien caería el disgusto del pueblo. La realidad, por supuesto, era que los cerdos gobernaban, aunque la mayoría de ellos, incluyendo a la misma PGR, se habían retirado a sus villas y haciendas para vivir sin mayores preocupaciones.

Probada su incapacidad para fungir en cargos meramente intelectuales, los cerdos, puercos y marranos que por ningún medio lograban refrenar sus instintos crueles y voraces, se convirtieron en la nueva guarda real de la Princesa Vainilla. Amparada por las leyes que otros cerdos redactaban y legislaban, a la guardia real de la Princesa Vainilla se le permitió el uso de todo tipo de violencia a fin de evitar posibles rebeliones. Su inspiración y guía no podía ser otra que la misma PGR, y cuando varios años más tarde ésta murió a causa de su avanzada edad, la guardia real de la Princesa Vainilla decidió cambiarse el nombre por el de su mentora. Deseaban de esa manera honrar y preservar la memoria de aquella refinada dama por quien había sido posible instituir el orden actual de las cosas en estas tierras descubiertas.

A nadie debe sorprender por lo tanto que incluso hasta el día de hoy la PGR, obedeciendo su sangre ancestral, regrese con frecuencia a emporcarse en el fango, a violentar impunemente los derechos del pueblo y a administrar la justicia según su conveniencia, pues como bien dice el refrán: "aunque la cerda se vista de seda, puerca se queda."

3)   Las muertes de Lucas Crisóstomo

Los empleados de la maderería El Fénix, la única empresa seria de San Rafael, así como el dueño y el administrador, que en ese momento se encontraban en el despacho revisando la contabilidad del bimestre en turno, escucharon llegar a Lucas Crisóstomo dando de gritos y asegurando que ahora sí, de una vez y para siempre, se iba a morir.

Traía los ojos hinchados y amarillos como yema de huevo, signo inequívoco de que cual era su costumbre, había trasnochado en la única cantina del pueblo, pidiendo fiado o arrimándose a cualquier mesa que le convidara un poco de aguardiente. Los habitantes de San Rafael ya se habían acostumbrado a que de un tiempo a la fecha Lucas Crisóstomo destilase sus monstruosas y alucinantes resacas diciendo a todo mundo que muy pronto habría de morirse, que así se lo habían comunicado en visiones inequívocas e irrefutables las misteriosas fuerzas del más allá.

–Pues para ser inequívocas –contestó riendo uno de los empleados de la maderería– se han equivocado bastante. Digamos que en un cien por ciento.

Lucas Crisóstomo ignoró la burla y pidió que lo despacharan cuanto antes. Había ordenado la caoba más costosa y bella que se vendía ahí, argumentando que él mismo iba a fabricar su ataúd. Sacó su monedero de la solapa de la camisa y puso sobre el mostrador la cantidad suficiente para cubrir de sobra el precio de la madera.

–Okey, tú mandas Lucas –tuvo que aceptar el empleado–. Ahora regreso con tu pedido.

El dueño y el administrador, que habían mirado la escena desde el despacho, se preguntaron el uno al otro en dónde habría podido conseguir ese dinero Lucas Crisóstomo. Dejaron la tarea al alguacil, pues en un pueblo tan pequeño como San Rafael, las fechorías tardaban más en cometerse que en chismorrearse de boca en boca hasta llegar al último rincón de la casa más apartada.

Transcurrieron días, semanas completas sin que se volviera a ver a Lucas Crisóstomo en el pueblo. Sus amigos de parranda se preocuparon de que realmente hubiese muerto. Decidieron ir a averiguarlo luego de darle fondo a la ronda de aguardiente que tenían sobre la mesa. La viuda madre de Lucas Crisóstomo, doña Norma Maciel, señora envejecida prematuramente a causa de las preocupaciones y los quehaceres interminables que le propinaban un hijo borracho, desvergonzado y holgazán, así como una hermosa e inocente hija que padecía el síndrome de Rett, cuya discapacidad tanto física como mental la hacían totalmente dependiente a los cuidados de su progenitora, señaló con ojos fatigados hacia el traspatio de la casa.

Allá lo encontraron sus amigos, entre los cacareos de las gallinas y los rebuznos del asno, a la sombra de un tejabán destartalado e invadido por malas hierbas, trabajando sin cesar en el ataúd más hermoso que se hubiese visto nunca en este lado de la patria. Sin conocer el oficio más que por herencia de los genes, pues como buen sanrafaelino algo de carpintero o de leñador debía de haber en él, Lucas Crisóstomo había esculpido las cuatro paredes del ataúd con la destreza de un ebanista consagrado. En una de las caras largas del ortoedro había tallado diferentes episodios de la vida de Jesús, mientras la otra la había dedicado a recuerdos precisos de su propia existencia en San Rafael. Las dos caras de menor tamaño estaban saturadas indiferentemente de símbolos cristianos y paganos que, vistos a la distancia, formaban en un extremo la cruz cristiana y, en el otro, figuraban dos manos juntas en posición de rezo.

Sin pensarlo dos veces los compinches de Lucas Crisóstomo se persignaron ante aquella magnífica obra de arte. Uno de ellos, que traía sombrero, se lo quitó y lo estrujó con ambas manos a la par que murmuraba bobamente:

–Lucas…

Los amigos quisieron acercarse al ataúd, tocarlo, pero Lucas Crisóstomo lo impidió sin voltear a verlos, ocupado en los relieves de la tapa que apenas empezaba a bosquejar. La noticia se propagó de inmediato y esa misma noche el pueblo entero estaba frente al portón de la casa pidiendo que le dejasen admirar aquel prodigio.

Doña Norma Maciel no se daba abasto para cumplir con las arraigadas costumbres de la hospitalidad. Había mando pedir prestadas a sus vecinas todas las sillas que tuvieran y las había repartido entre los presentes, empezando por los ancianos y los niños. Pero las vecinas no se habían limitado a convidar sus sillas, bancos y mecedoras, sino que veían aquel acontecimiento extraordinario como una obligación compartida. Rápidamente se organizaron y se dividieron las tareas para cocinar huevos y frijoles y preparar café de talega y chocolate batido. El pueblo casi había olvidado por qué estaba ahí cuando Lucas Crisóstomo apareció por la puerta que daba al traspatio y dijo llanamente:

–Pueblo de San Rafael, lamento no poder exhibir mi ataúd esta noche, pero les prometo que lo verán en cuanto lo termine. Mientras tanto les suplico que recen por mi alma, que ya la siento como fuera de mí, perdida y penando.

Lucas Crisóstomo no esperó una respuesta. Dio la espalda a los presentes y regresó a su labor. Los vecinos permanecieron atónitos, incapaces de mediar palabra, mirándose sorprendidos unos a otros. Jamás lo habían visto así: sobrio, con dicción y trabajando.

–¿Y si es verdad lo que dice? –terminó por preguntar una señora– ¿Y si realmente le han presagiado su muerte en visiones?

El pueblo concluyó que debía ser cierta la historia de Lucas Crisóstomo, por cuya alma, aún encarnada, comenzaron a rezar un novenario en seguida, y a quien a la mañana siguiente pretendieron que se le oficiasen misas para su descanso eterno en la iglesia de San Rafael. El cura, que como el resto de los vecinos estaba al tanto de todo lo que sucedía en el pueblo, se negó rotundamente argumentando que no se podía hacer tal cosa mientras Lucas Crisóstomo no falleciera de verdad.

Pero la negativa del cura no impidió que el novenario se siguiese rezando en una casa que, aun sin haber ningún muerto en ella, empezaba a colmarse de coronas y demás adornos luctuosos, hasta que llegó el momento en que se vieron obligados a sacar los pocos muebles que ahí había para poder apilar el desaforado número de ornamentos florales en la sala, la cocina, las dos recámaras y hasta en el baño, junto a la taza y debajo de la regadera. Nadie sabía, y ni se preguntaban siquiera, de dónde provenían los adornos, pero por aquel lapso de nueve días no se distinguió otro aroma sobre las calles empedradas de San Rafael que el del incienso y el copal, entremezclado con el de los crisantemos, los gladiolos y los lirios.

Para entonces el propietario de la cantina ya había trasladado su negocio momentánea y clandestinamente a las afueras de la casa de Lucas Crisóstomo, pregonando que el aguardiente desinfectaba el café mal molido y hervido a toda prisa. Por supuesto no hubo quien se tragase tan mala treta, empezando por el propio dueño de la cantina, pero tanto él como sus clientes entendían a la perfección que sólo se necesitaba un pretexto cualquiera para poder emborracharse a gusto y sin reproches en medio del funeral de alguien que estaba más vivo que nunca.

Los únicos en seguir de lejos y con sospecha aquel derroche de devoción y buena fe fueron el cura, el alcalde, el médico, el alguacil, el director de la escuela primaria y el dueño y el administrador de la maderería El Fénix.

–Esto me huele mal –dijo el director de la primaria al ver cómo los habitantes de San Rafael habían descuidado sus respectivos trabajos por no salir de la casa de Lucas Crisóstomo a no ser para regresar cargados de comida o de cualquier cosa que pudieran convidar con los demás, como si se estuviera en medio de una gran celebración.

Cuando finalmente Lucas Crisóstomo dijo haber terminado su ataúd, los habitantes de San Rafael descubrieron frente a sí a un hombre nuevo, limpio, bien vestido, dueño de sus capacidades motrices, sano a todas luces, y que pese a ello no dejaba de asegurar que esa misma tarde se iba a morir. Se metió entonces en su ataúd y pidió que colocasen la tapa y que después de tres minutos la quitasen para que todo San Rafael corroborara que Lucas Crisóstomo no mentía y que efectivamente se había ido de este mundo. Doña Norma Maciel lloraba sin consuelo aquella locura, pero ni a ella ni a ninguno de los presentes se le hubiera ocurrido interferir ante un destino que juzgaban ineludible, así que si enmudecieron al destapar el ataúd no fue tanto por haber sido testigos de que el alma de Lucas Crisóstomo los había abandonado tal y como él lo prometió, sino porque además se había llevado consigo al cadáver.

Viejos, adultos y niños corrieron en tropel hacia la iglesia para darle la noticia del milagro al cura, quien la recibió con escepticismo pero que, ocultando su curiosidad lo mejor que pudo, fingió acceder a regañadientes regresar con ellos a la casa del finado. Para entonces Lucas Crisóstomo ya había salido del compartimento secreto del ataúd, lo había sellado para que nunca nadie pudiera descubrirlo y se había ido triunfante y sonriente a la maderería El Fénix.

Mientras el cura intentaba desenmarañar sin posibilidades de éxito la farsa en el ataúd, Lucas Crisóstomo cerraba con el dueño de la maderería y con el administrador un acuerdo de trabajo e inversión, cuyo primer punto era que lo dotasen en seguida del mejor alcohol que hubiera en el pueblo, ya que su estómago no soportaría una sola gota más de los corrosivos perfumes de imitación de su madre que él había tomado a escondidas diluido en jugo de durazno mientras trabajaba en el ataúd. Lucas Crisóstomo probó así por vez primera un whisky a las rocas, y a partir de entonces no bebería otro licor a no ser el aguardiente manufacturado y vendido exclusivamente en la cantina de San Rafael, y no tanto por su sabor, sino para recordarse a sí mismo de dónde provenía, el rol social que ahí había desempeñado, y sobre todo para no permitir que remordimiento alguno lo invadiese jamás.

No demoraron en presentarse también en la maderería el alcalde y el alguacil, y entonces les pareció innecesario al dueño y al administrador de El Fénix seguir preguntándose de dónde había obtenido Lucas Crisóstomo el dinero con que había adquirido la caoba para fabricar el ataúd.

–Le dije que funcionaría –sonrió Lucas Crisóstomo mientras alzaba su copa en dirección del alcalde.

–Así lo juzgaré –respondió éste– hasta que vea mi inversión de vuelta y luego las ganancias que me aseguraste.

El siguiente paso era hacer venir al médico y convencerlo de que participara en el plan de Lucas Crisóstomo. El médico lo encontró bajo, infame y sacrílego, aunque no pudo evitar, en un primer momento, sorprenderse de que un alcohólico tan zángano, vividor y caradura hubiese sido su autor; ni de corregir y teorizar, tiempo después, de que tal vez habían sido esas características precisamente las que le habían permitido concebirlo.

Arrinconado por la insistencia del alcalde y del alguacil, el médico no tuvo más remedio que prometer que testificaría a favor de los poderes curativos del resucitado Lucas Crisóstomo, a cuyos milagros de sanación debería atribuir siempre un origen que rebasara toda lógica científica.

–No hay libro ni estudio que pueda explicar lo que hoy he presenciado – habría de decir una y otra vez el médico de ahí en adelante.

Lucas Crisóstomo reapareció en San Rafael a los seis días de su presunta muerte, engalanado en un pulcro smoking blanco, bien afeitado y con el pelo engomado hacia atrás. Se paseó por todas y cada una de las calles del pueblo para que no hubiera quien no lo viese, fingiendo indiferencia hacia los gritos y miradas de susto que iba dejando tras de sí. Los últimos en verlo fueron su hermana y su madre, quien desde la tarde en que lo había dado por muerto no salía de casa más que para cumplir con las obligaciones más estrictamente indispensables, tal y como lo dictaminaba el tradicional duelo sanrafaelino.

Lucas Crisóstomo halló a su hermana postrada en la mecedora de siempre y a doña Norma Maciel colando en vasijas inmensas los pétalos de los adornos florales que previamente había puesto a remojar en agua con vinagre con la esperanza de reducir de esta forma su sabor y su perfume y así poderlos guisar después en tortitas de huevo. Tras acercarse a ellas cuidadosamente, Lucas Crisóstomo besó a su hermana en ambas mejillas y, cabizbajo, sujetó a su madre de los hombros por temor a que se desmayara de la impresión de ver a su hijo resucitado. Antes de que pudiera explicar nada, doña Norma Maciel se adelantó a decir:

–No sé qué te traes entre manos ni me interesa averiguarlo. Sólo espero que valga tanto la pena como para haberle antepuesto el respeto a Dios, la estima del pueblo y el amor a tu madre. No obstante, si eso que estás maquinando te ha alejado del alcohol y te ha hecho ocuparte finalmente en algo, entonces yo te perdono por haberme causado el mayor sufrimiento que una madre puede tener: sobrevivir a sus hijos.

A Lucas Crisóstomo le resbaló una lágrima por la mejilla izquierda. Quiso dar sus razones, pero su doña Norma Maciel lo abrazó y le hizo entender con la calidez de su mirada que no era necesario. Lucas Crisóstomo estuvo entonces más decidido que nunca de triunfar a toda costa. Salió de su casa para pronunciar ante el pueblo un discurso que había estudiado minuciosamente, pues sabía que del buen uso de sus palabras dependería su linchamiento o el éxito de su plan. Era consciente también de que habría quienes le creyesen y quisieran seguirlo y quienes buscarían vengarse por la burla sufrida y la herejía de pretender crear su propia iglesia. Bastaba, sin embargo, con mantenerse sereno, seguro de sí mismo y, sobre todo, con que fuera convincente la actuación del primer enfermo que sanaría. Porque dentro de la turba debía estar el médico por un lado y por el otro el presunto enfermo, a quien Lucas Crisóstomo impondría sus manos curadoras, como lo había visto hacer en la televisión a los practicantes del reiki, y entonces lo libraría de sus dolencias inexistentes.

–¡Milagro! ¡Milagro! –habría de gritar eufórico el alcalde.

–Este hombre agonizaba –debía de secundar el médico–, yo lo atendí anoche y ya nada se podía hacer por él. No me explico qué ha sucedido aquí.

Y en ese momento Lucas Crisóstomo debía de darse media vuelta y refugiarse en su casa hasta nuevo aviso. El alcalde se encargaría de que los vecinos no lo molestaran, argumentando que, falsa o verdadera la historia de Lucas Crisóstomo, aquella era propiedad privada y las leyes debían respetarse.

Las cosas ocurrieron conforme a lo planeado. Presuntos enfermos que nadie conocía en San Rafael peregrinaban con sus ficticios pesares a cuestas hasta la casa de Lucas Crisóstomo, y tras ser curados se devolvían a sus lugares de origen sin dejar rastro alguno, con un fajo de billetes en la bolsa y con la advertencia de que si rompían el acuerdo de silencio preestablecido alguien los rompería entonces a ellos, pero a machetazos, y echaría sus restos en el monte, y que sus muertes quedarían tan impunes como lo siguen estando decenas de miles en todo el país, más aún porque el alcalde y el alguacil se encargarían de sembrar evidencias de nexos incriminatorios entre los occisos y el crimen organizado, estableciendo de esta forma, y sin que ninguna investigación posterior se ocupase en confirmarlo, que aquellos asesinatos tan brutales se habían tratado de ajustes de cuentas del narcotráfico.

Pero ninguno tenía pensado hablar. De hecho fueron ellos quienes entre sus íntimos y familiares más discretos consiguieron los nuevos tullidos simulados que suplicarían de rodillas ser atendidos por Lucas Crisóstomo. La fila de dolientes fingidos pronto se tornaría kilométrica al ser engrosada por enfermos reales, comenzando con los de San Rafael, que tras reflexionarlo someramente terminaron por decirse a sí mismos que no perdían nada con intentarlo.

–Me parece que ya va siendo hora de que empiecen las ganancias –comentó el dueño de la maderería El Fénix a Lucas Crisóstomo en una supuesta visita de sanación–. Hasta los que querían lincharte, hoy se forman frente a tu casa implorando por verte.

Lucas Crisóstomo no había salido a la calle durante todo ese tiempo, aguardando la ocasión propicia para dar un nuevo discurso y desprestigiar en público al cura del pueblo para que éste no interfiriera, o al menos no con mayores perjuicios, en la creación de la que se llamaría: Iglesia Renovadora de San Rafael. Poco a nada había que se le pudiera reprochar personalmente al cura, pero era suficiente con recordarle al auditorio que la Iglesia Católica había estado siempre del lado de los opresores de los sanrafaelinos, que ocultaba y por tanto protegía a los sacerdotes pederastas, y que sus cúpulas vivían en las capitales de los estados y en la Ciudad de México en la mayor de las opulencias, mirando con desdén al pobre y desamparado. Frente a las acusaciones verídicas de Lucas Crisóstomo el cura no halló cómo defenderse, y fue entonces él quien se guareció de vergüenza en su parroquia sin salir en días de ella.

La Iglesia Renovadora de San Rafael propagó rápidamente su fama por los poblados de la región, aunque siempre con cautela de no acercarse todavía a las ciudades, donde el negocio de la fe estaba en manos de pastores modernos que expulsaban a karatazos los malos espíritus, o de mujeres de voz chillona pero de curvas notables que no aceptaban en su feligresía a quien no manejase tarjetas de crédito o tuviese una chequera con fondos garantizados. El sueño patriótico de Lucas Crisóstomo era el de hacerse, como mexicano, de aquel mercado vasto y jugoso que hasta ahora había sido explotado casi exclusivamente por extranjeros.

En las primeras semanas de su creación la Iglesia Renovadora de San Rafael se hacía de un nuevo parroquiano por cada cien incrédulos; luego uno por cada mil; al final, uno por cada diez, treinta y hasta cincuenta mil, pero aun así sus números se mantenían positivos, contrario a las iglesias tradicionales, específicamente a la católica, que registraba una disminución constante de adeptos, sobre todo de adeptos practicantes y no sólo de nombre.

Cuando la sospecha de la estafa tomó revuelo nacional, Lucas Crisóstomo quiso huir del país llevándose las ganancias consigo. Para entonces ya había remodelado con lujos exorbitantes la casa de doña Norma Maciel, había contratado dos enfermeras permanentes que atendían a su hermana de noche y de día e incluso había proyectado crear una fundación para ayudar a personas que padecieran el síndrome de Rett y de paso para lavar dinero cuando fuere necesario, pues estaba seguro de que tarde o temprano algún cártel de la droga le solicitaría este servicio. Tuvo que aplazar sus planes porque una de las grandes televisoras del país lo acosaba con reportajes que, aunque ciertos y fundamentados, no obedecían al principio periodístico de perseguir la verdad, sino a los intereses de la competencia extranjera que monopolizaba el negocio de la fe en las ciudades, que pagaba además a dicha televisora por publicidad y por horas de programación nocturna, y que evidentemente había comenzado a juzgar la Iglesia Renovadora de San Rafael como un competidor peligroso e indeseable.

Lucas Crisóstomo resolvió entonces repetir el milagro de la resurrección, sólo que esta vez los únicos que sabrían que había revivido serían su familia y sus socios empresariales. Luego de muerto y resucitado volaría a California, donde con algo de suerte podría continuar aliviando enfermos sanos. No previno, sin embargo, que sus accionistas no verían con buenos ojos el hecho de perder de la noche a la mañana una fuente de ingresos tan redituable, pues no tenían la menor duda de que si Lucas Crisóstomo desaparecía, y con él sus curaciones milagrosas, los seguidores de la Iglesia Renovadora de San Rafael terminarían por hacer lo mismo. Además, conforme la iglesia había ido creciendo, los socios habían ido notando que aun tras haber reclutado elocuentísimos embaucadores que fungían como nuevos ministros, las esperanzas de los feligreses seguían recayendo en Lucas Crisóstomo, así que la opción de hallarle un substituto tras su segunda muerte simulada sería causa perdida si no había también en aquél un principio misterioso y mágico de fondo.

No obstante, fue el hecho de que Lucas Crisóstomo quisiera quedarse con la totalidad de las ganancias ahorradas para la manutención y la expansión de la Iglesia Renovadora de San Rafael lo que realmente llevó a los demás socios a urdir medidas extremas. Lucas Crisóstomo había argumentado que ellos se quedarían con la iglesia, lo que a la larga los haría millonarios, mientras que él no sólo perdería su única fuente de ingresos, sino también el único trabajo que había hecho bien en toda la vida.

–Si Lucas Crisóstomo quiere morirse de nuevo –dijo el alcalde–, pues que así sea. Pero esta vez para siempre.

Los demás socios intercambiaron miradas. Se habían reunido para confabular en secreto contra Lucas Crisóstomo, pero ninguno de ellos, a excepción del alcalde, hubiera planteado como solución del problema la muerte de aquel a quien precisamente no querían perder.

–Corrección: lo que no queremos perder son sus poderes milagrosos –dijo.

El alcalde expuso su idea, que consistía en desaparecer a Lucas Crisóstomo pero no su esencia, ese milagro inicial representado en el ataúd. Bastaba con volverlo reliquia para conservar la magia. Los socios entendieron el plan y acordaron llevarlo a cabo en seguida. El médico, que desde un principio se había rehusado a formar parte de la Iglesia Renovadora de San Rafael, lloró en el fondo de sí mismo por su alma perdida para siempre, ya que a su juzgar no sólo habían explotado la ignorancia e idiotez del pueblo (que él prefería llamar inocencia) profanado la fe cristiana, a la cual no había renunciado del todo y creía seguir practicando a su manera desde que se había alejado del catolicismo durante la preparatoria, sino que ahora también sería cómplice de un homicidio.

Lucas Crisóstomo facilitó las cosas a sus asesinos, pues desde semanas atrás había ido pregonando por las diferentes parroquias de su iglesia que las fuerzas del más allá nuevamente lo habían visitado en visiones, advirtiéndole que le había llegado la hora de regresar al mundo de los muertos. Para entonces la televisora que lo acosaba había cesado sus reportajes gracias a una fuerte suma que la Iglesia Renovadora de San Rafael había tenido que desembolsar y al pacto sin firmas de no abrir templos en por lo menos los próximos cinco años en las ciudades que la competencia controlaba. De esta forma pasó inadvertida para el grueso de la población la cuantiosa colecta de limosnas y donativos que Lucas Crisóstomo logró juntar entre sus feligreses con la intención tácita y secreta de resucitar en los Estados Unidos, si no como ministro de su iglesia, sí como propietario de cualquier negocio que lo absolviera de la necesidad de trabajar con sus propias manos. Fueron muy pocos por lo tanto los que supieron, y aun mucho menos los que le dieron importancia, que las calles de un pueblito llamado San Rafael se habían colmado por segunda ocasión de lirios, gladiolos y crisantemos, que se habían dispuesto hogueras colosales en las cuatro esquinas de su plaza principal para quemar incienso en ellas, y que sobre una tarima alzada frente a la maderería El Fénix, bajo la ensordecedora explosión de los cohetes que silbaban elevándose al cielo, el milagroso Lucas Crisóstomo, cual vampiro de Transilvania o a la David Copperfield, se había metido en el ataúd que él mismo se había fabricado para desaparecer en su interior, pero esta vez para siempre, pues el truco consistía en no quedarse escondido en esta ocasión en el compartimento secreto, el cual había vuelto a destapar, sino en escabullirse por una rendija que daba a la base del entarimado, donde él pensó que encontraría una botella del mejor whisky para esperar a que los feligreses se dispersaran tras el acto, pero que lo que en verdad halló fue a tres matones despiadados que le arrancaron la vida a cuchilladas y que luego lo desmembrarían con las sierras eléctricas de la maderería El Fénix para finalmente depositar sus miembros en un barril atiborrado de resina y prenderle fuego.

El plan resultó conforme a lo esperado. El ataúd fue abierto nuevamente y se mostró al público su interior vacío. Hubo quien aplaudió maravillado, se hincó, se persignó, gritó improperios o simplemente los llamó embusteros. Sin embargo, todas esas reacciones y exclamaciones propias del entremezclado de ceremonia religiosa y espectáculo circense que aquello era, no tuvieron mayor relevancia: fueron ahogadas por la voz entusiasmada del alguacil de San Rafael que no dejaba de repetir en uno de los micrófonos de la tarima:

–¡Milagro, milagro!

El público simpatizante lo dudó un segundo, pero casi en seguida compartió aquella sentencia y se unió al coro reconociendo el milagro, mientras los incrédulos se alejaron del lugar lanzando reproches y maldiciendo el momento en que habían decidido venir a San Rafael. El gran número de desertores que hubo aquel día no habría de representar absolutamente ninguna pérdida para la Iglesia Renovadora de San Rafael comparada con las hordas de feligreses que en un futuro habría de conquistar, ya no únicamente en México, sino en todo el continente, pues tal y como Lucas Crisóstomo lo había observado, no hay ni probablemente habrá nunca una sociedad sin miembros necesitados y/o convencidos de la existencia de un poder mágico espiritual al que confían, y con frecuencia delegan, sus sueños y preocupaciones, y del que a su vez esperan recibir la fuerza y el ánimo necesarios para vencer el tedio de su vida diaria, pero sobre todo, que represente para ellos una certeza a la cual aferrarse, que los aleje del vértigo de saberse finitos.

No hay aquí, por lo tanto, ninguna estafa. Al menos es lo que Lucas Crisóstomo pensó hasta sus últimos momentos. Jamás sintió haber timado a nadie: para él la Iglesia Renovadora de San Rafael, como tantas otras en la actualidad, era un negocio lícito que únicamente se limitaba a ofrecer aquello que sus feligreses buscaban en ella.

Made in the USA
Middletown, DE
01 October 2021